新 潮 文 庫

杏奈は春待岬に

梶 尾 真 治 著

新 潮 社 版

11003

杏奈は春待岬に

そこでぼくは杏奈(あんな)という少女に出会った。

それだけは、間違いない。

季節は春。

それも間違いない。

最初に彼女に出会ったとき、ぼくは十歳。

春休みだった。

そのとき、杏奈は少女だったのだが、十歳のぼくからはずいぶんと大人に見えたものだ。

もう、あれからかなりの時が経過したというのに、初めて杏奈を見た日のことは、くっきりと昨日のことのように憶(おぼ)えている。

杏奈………ぼくにとっての永遠の少女のことを。

そこを、春待岬と呼ぶことを知ったのは、杏奈を初めて見かけた年のことだ。春待岬という名前が、なんと皮肉な付けられかたをしているのだろうと思い知るのは、それからまた、数年を待たねばならないのだが。

ぼくは地方都市に住む、ごく平均的な小学生だった。外観も、ものの考え方も。そして、その年から祖父の住む天草の西にある海辺の町で春休みを過ごすことになる。初孫を年に一度くらい預けてくれてもいいじゃないかという祖父の希望を、両親は親孝行のつもりでかなえることにしたのだ。

都市で日常を送っていたぼくにとって、祖父母が暮らす海沿いの町は見たことのない遊園地以上の楽しさと物珍しさを備えていた。

祖父母は、昔からの銃砲店で、限られた客を相手に細々と銃弾や工事用のダイナマイトやらを販売していたが、すでに生活費の大半は年金に頼っていたらしい。しかし祖父は来店客の相手をするため、なかなかまとまった時間がとれず、昼間、ぼくの相手をして遊んでくれることは、ほとんどなかったが、それでも、ぼくはかまわなかった。町では接することのない自然の中で、十日あまりを過ごすことができるのだから。

春休みがスタートする朝に、我が家まで、祖母が迎えにきてくれていた。祖母が運転する自動車の助手席に腰を下ろし、二時間のドライブを楽しむのが常だった。その間ぼくはのんびりと海の風景を眺めながら、祖母との他愛(たわい)のない会話を続けたものだった。

三学期の成績はどうだったか？　とか、学校ではどんな遊びをやっている？　とかの話だ。途中でなぜかぼくは睡魔に襲われるのだが、次に目を醒(さ)ましたときは祖父たちが住む苓浦(れいうら)町がもうすぐというところまできていた。だからぼくにとっては二時間の旅も、そう長い時間に感じることはなかった。

そのときぼくの眼に入ってきたのが、道路の右側に広がる海。そして海には沖に向かって伸びる黒褐色の陸地が見えるのだ。まるで、その岬は人の手によって作られたかのよう。

もっと幼い頃から目にしていたし、祖父の家から見えて当然の風景だと認識していたから気にも留めなかったのだ。

「今年は、少し遅れているようだねえ」

そう祖母は、言った。その意味が幼いぼくにはわかりかねた。

「何が遅れているの？」と訊(たず)ねた。

祖母は右手だけ、ハンドルからはずし黒褐色の海に突き出した場所を示した。

「あの岬って、この季節は殺風景でしょう。でも、……ほら樹がいっぱい並んでいるのわかる？　あの桜がいっせいに開花したら、それは見事なのよ」

「あれ……桜の木なの？」

「そう」

祖父の家の前の漁港から岬を眺めたときに、白いイメージがあることにも納得できた。

そのイメージは、桜が開花したときのものだったのだ。その頃のぼくには咲き乱れる桜の花よりも、ぼくの竿にかかる一匹のカサゴの方がより重要だったから、気にも留めていなかった。

そのとき、初めてぼくはその岬の名を知ることになる。

「だからかもしれない。あの岬が春待岬と呼ばれるのは。あの殺風景な岬に早く桜が咲くようにって、ね」

その位置からは、はっきりとわかった。

岬の突端の部分に洋館らしきものが建っていることを。それまでは気がつかなかった。

「家が見えたね。一軒だけ建っていた。誰か住んでるの？　他に、家はないの？」

　ぼくはすぐに祖母にそう訊ねた。

「おや、屋敷が見えたのかい。健志ちゃんは目がいいねえ。春待岬は、個人の私有地なんだよ。私がおじいさんのところに嫁いできたときから、ずっとそうだ。桜が咲いたら、屋敷も花に埋もれて見えなくなるのだけれどね。今の時期だけは、よく見える。今は少し変ったお爺さんが住んでいるということだよ。あまり世間とおつきあいしない人のようだから、正直なところ、どんな人だとか、よく知らないんだよ。町の方から工事にやってきたり、食糧を配達に来る自動車は見かけたりするけれど、あまり苓浦町の人たちとは交流がないようだねえ」

　祖母も、その洋館に対して持っているイメージは、その程度でしかないようだった。

　その日の天候は曇り。厚い雲が空を覆っていた。その岬の先端にぼんやりと浮かんで見える洋館はぼくの幼い目にも、不吉な物語を背負っているように映ったものだ。たとえば狂気の科学者が忌わしい秘密の研究を続けているように。あの洋館は、雷鳴や閃光こそが似合いそうではないか。いや、嵐の夜こそが……。

　しかし、海面に沿って長く伸びた春待岬も数分後には、岬の付け根の森の横を過ぎると見えなくなる。こんもりと繁った樹々に遮られて、沖へ伸びる岬の様子は、まったくわからなくなった。

祖父はぼくの顔を見るだけで、満足のようだった。口数は多くはなかったが、ぼくに話しかけるときの表情は、本当に嬉しそうだった。夜は、祖父と祖母の間に布団を敷かれて、川の字になって眠った。

昼は、朝から祖母が勉強を見てくれ、それが終ると、一人で遊んだ。

仕事時間中は、店を離れることもできないため、祖父は退屈しているぼくのために買っておいたトランプや花札を出して、遊び方を教えてくれたりした。しかし、カード・ゲームも、客が訪れると中断してしまう。そして、ぼくもこんな海辺の町までカード・ゲームをやりに来たつもりは、まったくなかったのだ。

釣りは、祖父から習った。祖父はぼくのために釣り道具を一式揃えてくれた。それほど高級なものではない初心者用だったが、すべてが物珍しいぼくにとっては、それで十分だった。

夕方の四時半を過ぎると、もう客は来ないと祖父はあわてて店を閉めた。そしてぼくを連れて外に出た。

数軒先の顔見知りの釣り道具屋でほんの少しの餌を分けてもらい、そのまま漁港のした。

埠頭(ふとう)に一緒に腰を下ろし、祖母が夕食の準備ができたと呼びに来るまで釣り糸を垂らした。

他に釣り人はいない。竿をぼくに握らせウキの動きを見ながら、祖父がタイミングを教えた。それほど大きくないカサゴやフグ、そして小さなタイなどがかかった。それだけでも、十分に興奮したのだった。

もちろん、祖父との釣りが毎日続いたわけではない。来店した客との商談次第では、全くぼくとの時間を割けないこともあった。

近所には、残念なことにぼくの遊び相手になるような子供たちもいなかった。それで、ぼくは漁港のまわりを歩いてまわるくらいしか、できなかったのだ。

そのとき、自分ではどんな気持で岬へ伝う入口の森に足を向けていたのかはわからない。遠目から見た岬は、緑の印象がない荒涼とした風景が続いていた。しかし、岬への入口である森は、ヤブツバキや松、アコウの木々が生い茂り、靴がぬめりこみそうになるほどの厚い苔(こけ)が地面を覆っていた。空が見えない程の樹々が頭上にあった。

そしてその位置から自動車一台が走れる幅の未舗装の小径(こみち)が、岬の奥へ走っているのだった。そこへ足を踏み入れた。

厚いクッションのような苔を踏みながらぼくにとって未知の世界である、岬の奥へと、歩き始めた。遠くから聞こえる潮騒（しおさい）と海鳥の鳴き声以外は、何も聞こえてこない。車輌（しゃりょう）が通れるように、小石が小径に敷きつめられていた。だが頭上は樹々の葉が覆っているのだ。木漏れ日が光の点として前方に連なっていた。祖父の家の周囲とは、また異なる光景だった。見えるものの珍しさに不安も感じずに歩き続けた。

突然に森を抜けた。右も左も海が見える。そして、ぼくは、今自分が立っているところが、祖母が運転する自動車の中から見た春待岬の一部であるにちがいないのだということを実感した。

右側の海の向こうに、山の連なりが見えた。それほどの高度はないことがわかった。その山の麓（ふもと）の海面近くに堤防が続いていた。そこを数台の自動車が走っているのが見える。祖母と車中から話しながら岬を眺めたのが、あのあたりだったのではないかとぼくは見当をつけた。そこは岬のつけ根からはいくらも離れていないようだ。そして森のはずれから先は、下草もあまり生えていない光景が続くのだった。だから、岬全部が殺風景に見えたにちがいないと思う。

車道は相変らず岬の先端に向かって走っていた。そして、車道を挟むように規則的に葉をつけていない樹々がならんでいる。

幼いぼくにはその樹々が桜並木になっているということが、わからずにいたのだが。

そこで、岬の奥へ進むのをやめようか、という選択は思いつかなかった。実は岬の先端までが緩やかに弧を描いていたのかもしれない。

前方に見えるはずの岬の先端にある洋館が見えない。代わりに桜の樹々が視界を遮っている。そんな場所をぼくはとぼとぼと歩き続けたのだ。

傾きかけてはいるが、春の陽光がぼくの勇気を後押ししてくれていた。光量が少ない森の中に後戻りするよりは、波光が左右で閃く中を前進する方が子供らしい選択だったのだと思う。

そこが、岬の先端にある洋館までどのくらいの距離になるのかはわからなかった。

ぼくが進めるのはそこまでだった。

門が遮っていた。

黒い金属棒で出来た、牢の鉄格子を思わせる開閉式の門だった。その高さは、途方もない。先端は槍のように尖り、外部からの侵入者を絶対に寄せつけないという確固たる意志を感じさせるのだ。

それから先は、一歩たりとも入れない。

子供のぼくにもはっきりとそれはわかった。思わずたじろぎ、数歩後退りしたほどだ。

普通であれば、その門がロックされているかの確認をするのかもしれない。しかし、そんな心の余裕は生まれてはこない。門扉に触れることさえ、できなかった。

黒い金属製の門には他には何の装飾もないだけでなく、表札も警告板の類も、そして、奥の屋敷に来客を知らせるための呼びリンやブザーさえもまったく潔いほど見当らないのだ。

侵入者を寄せつけないということだけではない。この土地の所有者は、外界との接触を、完全に拒否しているとしか思えなかった。

ぼくはしばらくその場に立ちつくしていた。どのくらいの時間が経過したものかは、わからない。子供の意識する時の経過だから、実際はそれほど長い時間ではなかったのかもしれないが。

ぼくが我に返ったのはカラスのけたたましい一声でだ。その方向に目をやると、桜の枝から大ガラスが一羽ぼくを睨んでいた。

いつまでも、そこで何をやっているんだ。用もないのなら、引き上げたらどうだ。

そう言いたげに。

黒く冷たげな光を発する門扉の向こうには、まったく人の気配はなかった。そして、このような屋敷では警備用の猛犬を飼ったりすることが常だと思いこんでいたが、そんな獣のいる様子はなかった。

ただ、金属製の門が放つイメージはぼくが幼い頃からテレビで見てきた、外国映画に出てくるそれと似通っているのが印象的だった。

屋敷の中に隠れているにちがいない怪物を追い詰めるために、村人たちは鋤や鍬などの農作業の道具を手にして屋敷の前で騒ぎたてる。そんな古城のような屋敷の門と。

ここまで自分の足でたどり着ければ、それでよし、とそのときぼくは自分自身に言い聞かせていた。自分なりに一所懸命に謎を解こうとしたのだと。

ぼくは、来た道を同じように引き返すつもりで踵を返した。

そのときだった。

「おい！」

ぼくはびくりと身をすくめた。

その場で聞こえるはずのない人の声を聞いたからだ。

思わず振り返ったが、門の中には人影も見あたらなかった。すると、再び聞こえた。

「こっちだよ。ぼっちゃん」

なんとなくのんびりした声音だった。ぼくはその声の正体を探していた。

地面から、首だけが出ているように見えた。いや、地面から出ていたのではない。道の端の向こうに男はいるのだ。そしてぼくを招くように手を振っていた。

ぼくはぼっちゃんと呼ばれることには馴れていなかった。どうしようか、と一瞬迷ったのだ。学校でも、顔を知らない大人と、あまり親しくしてはいけないと指導されていたし。

年齢はよくわからなかった。子供の目からは大人の年齢ほどわかりづらいものはない。よほどの高齢者でない限り、「大人」というくくりになってしまう。そのときぼくの目に映った彼がそうだった。

額から前頭部にかけて薄くなっていたがその周囲に伸びた髪は肩まで垂れていた。顎鬚も長かったが、思えば見かけよりも彼は若かったのではないかと思う。

「こっち。こっち」

彼が、またしても手招きする様子を見せた。子供の直感というやつだろう。悪い人ではないと思えた。話しかけてくる様子が、大人ではなく、そのときの自分に近いような気がしたのだ。

手招きに応えるように、ぼくは男のいる場所へと歩いた。

そこからは岩が階段状になっている。男は、その一段に立っていた。

近づくと、痩せた男だとわかった。幾重にも服を着ている。髪も顔も、何日も風呂に入った様子がない。垢だらけの肌だ。

男は、ぼくを見て嬉しそうに、ニタニタと笑った。

その場所から下方を見下してわかった。海面から十数メートル高い位置に折り畳み椅子やマットレスのようなものが置かれているのがわかった。そして出っぱった岩の下から青いビニールシートがかすかにひらひらと風に揺れているのが見える。

男は、そこを住まいにしているようだ。

「屋敷にきたのかね？」

そう男は訊ねてきた。ぼくはどう答えていいものかわからず、立ちすくみ、身体を硬張らせていた。咎められるのだろうか、と。

「屋敷のお嬢ちゃんの友だちか？」

次に男は、そう言った。岬の奥の洋館に、人が住んでいる。そのことを初めて聞かされた。あわててぼくは首を横に振った。

「そうだろうな。お嬢ちゃんが、屋敷にいるって知ったのは、昨日からだかんな。それに、ぼっちゃんより、お嬢ちゃんの方が、ずっと歳上だ」

そう言って、ニタニタ笑い続けた。

「ぼっちゃん。名前はなんなの？」

「健志です。白瀬健志です」

ぼくは正直にその男に自分のことを名乗った。

「白瀬……白瀬銃砲店にこんな子はいたっけえ」

「孫です。遊びに来ているんです」

男は自分のことをカズヨシ兄ちゃんと呼んでくれと言った。それ以上のことは後にかすかに知っただけだが。かつては祖父たちがいる苓浦町に住んでいたのだろうということは、ぼんやりと想像できた。

「屋敷のもっと奥まで見れるぞ」

カズヨシ兄ちゃんは、鼻を右手でこすりながら得意そうに言った。

「でも、奥に入ったら叱られるんでしょう。門から先には入れないようになっているし」

するとカズヨシ兄ちゃんはニタニタ笑いを消さないままに何度もうなずいた。

「屋敷には入らねえ。でも中は見れるぞ。見たくねえか？　ぼっちゃん見たくないか？　見たいだろう。俺は、いつも見たい。きれいなお嬢ちゃんを見たいはずだあ」

そう言われれば、この屋敷に住んでいるという、男が言う〝お嬢ちゃん〟に会ってみたいという好奇心が湧きあがってきた。

「どうだあ? お嬢ちゃんを見たくないのか?」

「見たいです。でも中に入っちゃいけないし、屋敷に入らないなら、どうするんですか?」

すると、笑い顔のカズヨシ兄ちゃんは、それまでにもまして表情を笑み崩れさせたのだった。

「こっちに来いね。ついといでよ」

そう言ってカズヨシ兄ちゃんはぼくに背を向けると不揃いな岩でできた天然の階段をひょいひょいと下りはじめた。ぼくは、その後を慎重に尾いていく。足を踏みはずせばそのまま岩壁や真下の岩礁に激突してしまいかねない。確実に、確実に岩の階段を一段ずつ伝っていった。遠景で苓浦町の漁港を見ることができた。潮の匂いを含んだ冷風がのべつ額や頬や両手にあたるのがわかった。

何度も立ち止まり、荒い息を吐きながら、カズヨシ兄ちゃんの居場所を確認した。カズヨシ兄ちゃんは、長い髪を潮風に揺らし、辛抱強くぼくが追いつくのを待ってくれていた。ニタニタ笑いを浮かべたまま。その様子は、まるで敗走途中の髪ふり乱した落武者のように見えた。

十メートルほども崖面(がけめん)を下ると、そのまま岬の奥に向かって前進することになった。不思議なことに、そこは人が一人立派に歩いて行けるほどの小径になっているのだ。岩肌に無数のフナムシが走りまわるのを横目で見ながら、ぼくはカズヨシ兄ちゃんの背中を追った。

カズヨシ兄ちゃんは急に立ち止まり、笑いの表情のまま振り返り、左手の人差し指を上に向けて二回首を振った。そこから登るということのようだ。

階段状の石積みは、岬へ続く道と、登りとに別れた。

その場所から登りの石積みを選ぶ。何も目印がついているわけではなく、カズヨシ兄ちゃんが登る位置を同じようにたどるだけだ。カズヨシ兄ちゃんの速度は、はなからぼくが子供の体力であることを考慮に入れていないようだった。だから、ぼくとしては取り残されないように必死だったのだ。

石積みは自然にできたものではなかったのだと思う。ほどよい幅で歩きやすいように、また足許(あしもと)が揺らがないように人工的に置かれていた。多分、カズヨシ兄ちゃんが、自分のために作った遊歩道なのだろう。

そこでカズヨシ兄ちゃんは立ち止まり、岩の向こうを眺めていた。

到着したのだと、すぐにわかった。彼はこの場所に、ぼくを連れてこようとしていたのだった。初めて彼と会ったときと同じように、カズヨシ兄ちゃんの目の高さは地面すれすれに置かれている。

カズヨシ兄ちゃんの目が笑っていない。彼は自分の横に来るようにと、手招きする。

ぼくは息を整えるのに必死でいた。

石積みは、その気になれば岬の稜線（りょうせん）に登ることも可能なように置かれていた。だが、カズヨシ兄ちゃんが、足を踏み入れたかどうかはわからない。

「あっ。桜が咲いている……」

ぼくはそのとき思わず、漏らしていた。そこにも桜の樹が並んでいるのが見えた。だが、岬の付け根の桜よりも、蕾（つぼみ）が白く膨らんでいる。そして、そのうちの数輪は花を開いているのだ。

まだ一分咲きにも至っていない。

カズヨシ兄ちゃんが、あわててシーッと人差し指を自分の唇にあてた。

ぼくとカズヨシ兄ちゃんの顔は、桜の幹とその横の名も知らぬ海岸植物の植え込みの陰に隠れてしまっていた。そこからは敷地内の様子を知ることができた。

遠くから眺めたときは、殺風景な岩肌の岬の先端に建つ不気味な洋館に思えたが、それはかなり離れた距離から見上げていたためだったのだということを知った。

そこからは洋館の庭を眺めることができるのだった。

庭は芝生で覆われていた。建物の近くには花壇が設けられていた。そこには、色とりどりの花が咲き乱れていた。チューリップやパンジー、そしてまだ名も知らない花たち。

庭の芝生の上には、白い円卓が一つ置かれている。周りに白い椅子が四つ程、卓を囲んでいた。そして白く大きなパラソルが椅子を太陽光から守っていた。

桜の木だけではなかった。丈の低い樹木は他にもいくつもある。

ただし、洋館に住んでいるらしい人の姿は見えない。

だが、幼いぼくにも、そのときはっきりとわかっていた。

この洋館では、確かに人が生活している。その気配が、はっきり感じられる……と。

あの花々を育てたのが、カズヨシ兄ちゃんが言っていた、〝お嬢ちゃん〟なのだろうか。

ぼくはまだ会ったこともない〝お嬢ちゃん〟が、いったいどんな女の子なのか、想像を膨らませていた。髪は長いのだろうか？　やさしい人なのだろうか？　そして、今、洋館の中で何をして過ごしているのだろうか。

カズヨシ兄ちゃんが急にぼくの腕を握った。「え。なに？　どうしたの？」と言いかけたが、すぐに口をふさがれた。カズヨシ兄ちゃんの汗と体臭が混じりあい、何とも言えない饐(す)えたような耐えがたい臭(にお)いが鼻腔(びこう)をついた。吐き気を必死でこらえた。

それからカズヨシ兄ちゃんはぼくの口から手を離してくれた。

カズヨシ兄ちゃんは、彼女の気配を感じ、ぼくに教えようとしてくれたのだ。

洋館の正面入り口からではない。花壇の奥の方に見えた通用口が開いて、彼女が姿を現した。

それが、彼女を初めて目にした運命の一瞬だった。

ぼくは息を呑(の)むしかなかった。

彼女は輝いていた。そして大人の女性に見えた。とてもカズヨシ兄ちゃんの言う〝お嬢ちゃん〟などではなかった。

まずぼくが吸い寄せられるように見たのは彼女の目だった。彼女の背景として広がっている海にも負けない穏やかさをたたえていた。他に、どう喩(たと)えればいいというのか。どのような表現を用いても嘘(うそ)臭くしか響かないように思えるのだった。

そして、これだけははっきりと憶えている。

彼女は、椅子や円卓やパラソルと同じように純白の服を身につけていた。だから、ぼくの目には、一枚の風景画に描かれた人物が生命を得て動いているようにしか見えなかったのだ。

大きな瞳だった。

長く黒く、くっきりとした睫だった。

ゆったりと長いスカートをはいていたから実際に目にしたわけではなく、ぼくの直感の延長にある想像でしかないのだが、彼女の手足は長く、あくまで優雅そうにも見えた。妖精が実在して、岬の先端という不思議な場所で生活しているとすれば、まさしく彼女のような存在なのだろう。今思えば、そのような存在に、彼女は見えた。

ぼくの目はそのときから彼女に釘づけになっていたのだ。ぼくが想像していたよりも、遥かに素晴らしい。

彼女は、唄を口ずさんでいた。何の唄かはわからない。聞いたことのない唄だった。どのような歌詞なのかも、幼いぼくにわかるはずもなかった。

妖精、という語と同時に思い浮かんだのは天使という語だった。

そのときの願いは、まず名も知らぬその女性と友だちになりたい、というものだ。恋とか、愛とかいうものについて何の実感もない年頃のぼくの願いだ。

ただ、彼女と親しくなって、おたがい言葉を交わせるようになりたい、と思っていた。ぼくはカズヨシ兄ちゃんにまたしても腕を摑まれていた。

彼はそんなぼくの心を見透かしていたのかもしれない。やめろ！というように首を振る。そして尖らせた口に人差し指をあて、絶対に喋(しゃべ)るなという仕草だけを示した。

彼女は、ずっと、この屋敷の中で過ごしているのだろうか？

そんなことはありえない。社会との繋(つな)がりが何かの形であるはずだと思った。祖父母の住む苓浦町とも何かの関わりがあるにちがいない。どんなときに出会えば、彼女と言葉を交わすことができるのだろうか。

そして名前……彼女に名前を訊ねてみたい、と。

こんな泥棒猫のようにのぞき見をしているのではなく、正々堂々と訊ねたい。

だがそれはその時思った事ではなく、後で考えた事だ。幼いぼくが咄嗟(とっさ)にそこまで気のきいたことを思いつくはずもない。あのとき、ああすればよかった、とか、彼女は、どんなときに会えるのだろうと思いだしながら思考を巡らせた結果でしかない。

そのときできたことは、ただ、ただ、その女性に見とれていただけなのだ。

彼女は、しばらくぼくたちに背を向けていた。苓浦町へ続く車道が見える海岸沿いの方を眺めていた。日光を避けるように右の掌(てのひら)を、目の上にかざしながら。

数分間、そんな仕草が続いただろうか。もう一度、彼女がこちらを眺めてくれることを願っていた。

彼女が、こちらの斜面の上から苓浦町方向を見下していたら、ぼくたちのことに気がついていただろうか？

それは、わからないが、きっと気がついたにちがいない。しかし、そういうことはないのだろう。だからこそ、カズヨシ兄ちゃんは絶対にばれることはないという確信をもってぼくを岬の謎の屋敷を覗くというイベントに参加させてくれたにちがいないのだから。

そのとき必死に願ったのは彼女が白い椅子に腰を下ろすということだった。そうすればぼくのいるこの位置から、飽きることなくじっくりと彼女の姿を見ることができるのに。それほど冷たい風というわけではなかった。陽光も暖かだった。

だが彼女が椅子に腰を下ろしたら、彼女にもぼくらが見えるのではないか？

急いで頭を低く保つ必要がある。

その願いは達せられた。彼女はゆっくりと踵を返し、白い円卓に近づいてきた。

長い黒髪が風に吹かれてさらさらと揺れるのがわかった。その髪を右手で肩の後ろへと流す。

はっきりとその瞬間、彼女の顔立ちを再確認することができた。

最初に見たときは、彼女の整った美しい容姿だけに目を奪われていた。しかし、今度はそれだけにとどまらない。

彼女の表情の奥に宿る、彼女の本質的な美しさに触れた気がしたのだった。幼いながらそれは男としての本能のような嗅覚だったのだと思う。

唇は、一文字に閉じられてはいるが、口角はかすかに上がっている。それは意志の強さと明るさを同時に備えているように思えたし、涼し気に見える目もとは、彼女の気品を象徴しているようだった。いや、気品は、彼女が椅子に腰を下ろすまでの立ち居ふるまいの流れるような動きを見ているだけでも十分にわかっていたはずだ。

ただ、彼女はぼんやりと平和そうな時間を過ごしていた。眺めているぼくにとってもそれは嬉しいことだった。こんなに素晴らしい女性には、つらい表情を浮かべて欲しくない。

ぼくの平和な気持は突然に中断させられた。

予想外の声が、短く響いたのだ。

「あんな！　あんな！」

ひしゃげたような低い男の声が響いた。〝あんな〟と呼ばれて、彼女はすぐに立ち上った。そしてすぐに洋館に向く。その彼女を呼んだ声に応えるように。

「はい。ここにいます」

彼女の声は軽やかな唄うような声音だった。鼻唄を口ずさんでいたときとも違う。彼女はこういう声をしているにちがいないとぼくが想像した、そのままだった。

彼女を最初に呼んだ男の声は、それ以上は繰り返して呼ぶことはなかった。

彼女は答えると舞うように洋館へ入っていった。

ドアが音もなく閉じられる。

それまでの色彩に溢(あふ)れた世界が、岬特有のモノクロームだけに変ってしまったようだ。聞こえていなかった潮風の音さえ、殺伐とした音色で耳に届く。

彼女が、そこにいただけであれほど満ち足りていた空間が、瞬時に虚(うつ)ろになってしまうことも驚きだった。

ぼくはカズヨシ兄ちゃんを見た。カズヨシ兄ちゃんの笑った目と視線があった。そのときカズヨシ兄ちゃんの笑った目というのは作り笑いであって、本当は笑ってなぞいないということをぼくは知ったのだ。

「今日は、もー、終わりだぞ」とカズヨシ兄ちゃんは肩をすくめた。「ここにいても、お嬢ちゃんとは、もー、今日は会えないぞ」

そう言われてもぼくはすぐにはその場を去りがたかった。もうしばらく待てば、再びあの〝お嬢ちゃん〟が姿を見せてくれるのではないか。そんな未練が消えなかった。

数分が経過した。

ぼくはその足場の悪い岩の上で背伸びをして必死に待ち続けた。〝お嬢ちゃん〟が再び姿を現してくれることはなかった。

「も。今日は、おしまいだ」

カズヨシ兄ちゃんが、ニタニタ笑いで言ってぼくはやっと、その場を離れることになった。

祖父の家でぼくは心ここにあらずという気持で過ごした。勉強をやっているときも、祖父のつきそいで港から釣り糸を垂れているときも、白い服の髪の長い、〝あんな〟という少女のことがはっきりと心に浮かんでくるのだ。うりざねの輪郭の顎が潮風に吹かれて見える。唇は薄かったろうか? 厚かったろうか。ぼんやりしている。もう一度、会って確認したい。

祖父から、もっと岬の屋敷の住人について話を訊いてみたい……。そんな衝動が湧いてきて抑えることができなかった。だが、祖父に訊ねていいものだろうか?

祖母からは、岬は私有地だということを聞いていた。少し変ったお爺さんが住んでいるという話も聞いていた。あんな、と呼んだ男がそうなのだろうか？　とすればあの少女とはどういう関係なのだろう。少女はその老人の孫ということなのだろうか？　とすれば、両親はいないのだろうか？　ぼくと同じように、春休みの間だけ、岬の屋敷に遊びに来ているということなのか。

だが、他人の敷地内に黙って忍びこんだとは言いづらかった。たとえ、カズヨシ兄ちゃんに誘われたとしても。

釣り糸を垂らしていてもぼくの注意は視界の右隅に見える岬の屋敷に吸い寄せられた。

あの洋館の中に、今も少女はいるに違いないのだ。いったい何をやって時を過ごしているのだろうか。〝お爺さん〟の相手を厭々させられているのだろうか。

そんなとき、口火を切ってくれたのは、祖父の方からだった。

「ほう。もう、春待岬にも春が来ようとしているなあ。岬の春は先端からやってくる。屋敷の方の桜が三分咲きかなあ」

驚いてぼくは祖父を見た。祖父は目を細め、穏やかな表情で春待岬を眺めていたのだ。

ぼくは意を決して、しかし精一杯のさりげなさを装って祖父に訊ねた。

「あの岬の洋館には、誰が住んでいるの？」

「ああ。深沢さんの屋敷か。とにかく、このあたりの人たちとはまったくつきあいがないからねえ。私もよくは知らないな。昔は、いろんな話を聞いた。私が若い頃は、上品な一家が住んでいるという話だった。洋館がいつの間にか建ち、そして両親と兄妹（きょうだい）の四人が暮らしている、と。だが、私は直接会ったことはないからねえ。人の噂（うわさ）でそうだと聞かされてはいたのだが。今はどうだろう。正直、よく知らないのだよ」

「岬には行ったことないの？」

「行ったことはない。私有地だからね」

それ以上の事実はわからなかった。かわりに、祖父は言った。

「あの岬では、カズヨシをときどき見かけるなあ」

そのときぼくは返事をせずに黙っていた。祖父にとってのカズヨシ兄ちゃんがどのような存在かわからなかったからだ。

「荒戸さんとこの一人息子だが、荒戸のおばちゃんが亡（な）くなって、カズヨシは一人で過ごしとったが、いつの間にか家に居なくなったんだ。ときどき、岬の海岸で魚やら磯（いそ）もんを採っているのを見かけたりはするがねえ。カズヨシは町の人間を嫌っているようで、皆、カズヨシのことを心配して声をかけようとするんだが、すぐに逃げ去ってしまう。だが、あのあたりで皆見かけたと言ってるから岬の岩陰にでもいるんじゃないかと思う。とにかく、変っとるからなあ」

そこで、祖父は、カズヨシ兄ちゃんに関しての話題を打ち切った。祖父は、その話題が孫の興味の外にある、自分のひとり言に近いものだと考えたのだろう。ぼくがカズヨシ兄ちゃんと行動を共にしていたなどということは祖父には想像もつかないに違いない。ぼくはやはり苓浦町の中でカズヨシ兄ちゃんは特殊な人間であるということを知った。町の人々はカズヨシ兄ちゃんに手を差し伸べようとしているが、カズヨシ兄ちゃんはそれを頑(かたく)なに拒否している。

それから、思い出したように話題を洋館に戻した。

「とにかく、あの洋館は古い。私が物心ついたときには、岬の屋敷はもうあったからなあ。だから、私にとっては、あの岬には、あの洋館があることは、あたり前の風景なんだ。深沢さんの土地。殺風景な眺め。春だけ与えられる桜の優雅さ。だから、誰が言いだしたか春待岬だからね」

初めての祖父の家での春休みは、駈(か)け足で去って行こうとしていた。ぼくの中で気になることは、岬の屋敷の少女のことだけだった。

あれ以来ぼくは岬に近付いてはいなかった。直感として、これ以上あの屋敷の人たちと関ってはいけないのではないかと自分に言い聞かせたりしていた。同時にカズヨシ兄ちゃんとも接触すべきではないと考えていた。祖父や町の人々が心配してやっているカズヨシ兄ちゃんとは距離をとっていた方がいいのではないのか。

だが、どうしても抑えきれない衝動があった。その衝動をどう呼ぶのか幼いぼくの言葉の中では探しだすことができなかった。

それを、どう呼べばいいのか。知るのは、数年待ち、本や映画に接した後のことだ。その気持こそが、幼いぼくにとっての早すぎる初恋であり、運命の恋だったと知ったのだ。

そして、夏休み。

ぼくは祖父母の誘いを断らなかった。苓浦町で夏休みの数日を過ごすことにした。誘いの連絡があったと母から聞かされたとき、ぼくは二つ返事で祖父母の家に行くと宣言して驚かせた。

そのときぼくの心に浮かんだのは、あの髪の長い白い服を着た岬の洋館の少女に会えるのではないかというあてのない願いだった。

そして、その夏は、新たな事実に、いくつも出会うことになるのだ。

苓浦町の祖父の家に着いた初日は夕暮れだった。夜の八時近くになっても夏の太陽は光を岬に残していた。真紅の波光の中に浮かぶ岬のシルエットを眺めながらぼくは波止場で立ちつくした。

「健志ちゃん。ご飯の用意ができたよ」と背中に祖母が呼びかけてくる。

「はい。すぐ行きます」と答えながら、洋館の位置を確認しようとした。宵闇が迫ろうとしている。遠目であることも手伝い、洋館の位置は、はっきりとは特定できなかった。しかし、あの岬には白い服の少女がいるのだということは信じていた。

同時にカズヨシ兄ちゃんのことも探した。

青いビニールシートも、遠くのその位置から探し出すことはできなかった。

「こんばんは。白瀬さんとこの？」

知らない声に驚いて、ぼくは振り返った。

女の子が立っていた。ぼくと、背丈も同じ位。ぼくが通う小学校ではなかなか見かけないタイプの、おカッパ頭で、色が黒い目の大きな女の子だった。

「あ、きみは……？」

「私。あずさ。木ヘンに辛いって書くのよ。青井梓っていうの。よろしくね。健志くんってきみなんでしょ。ずっと聞いていたわ」

ぼくは見知らぬ少女の出現に気付いて本能的に身を硬くしていた。学校へ通っていても、クラスの女子と話すことなぞ、まずないし、目を合わせることもできない。何の興味もないし、何を話したらいいのかもわからない。

梓は続けた。

「白瀬健志くんってどんな子だろうって、ずっと待っていたわ」

ぼくはそこまでで緊張の糸が一瞬にして切れてしまった。

「夕食で呼ばれたところなんだ。ぼくは帰る」

ぼくは梓と名乗った女の子の前からダッシュして、祖父母の家へ駈けこんだのだ。

そのときのぼくは、梓という子のことなど、眼中にはなかった。

食事のときに、祖母が言った。

「梓ちゃんと会ったかい。健志ちゃんが来るのをそれはそれは楽しみにしとったからねえ」

「知らん」と答えたが、祖母は、青井梓という子について教えてくれた。

今年の四月から、祖父母の家の近くに越してきたという。父親は苓浦町に一軒だけある病院の院長で、数年、単身で診療にあたっていたが、今年から家族も呼び寄せたのだということだ。その一人娘が青井梓だった。

「言葉もちがうし、ここいらの子供たちにも馴染めんで、梓ちゃんという子は苦労しておるんだって。だから、健志ちゃんの話も、梓ちゃんのお母さんにはしておいたのよ。健志ちゃんに会うのを、そりゃあ楽しみにしとったんだと。今日は、何時頃来るんだと、朝からも訪ねてきて訊いてきたくらいだから。仲良くしてやったら喜ぶよ」

そう言われても、そのときのぼくには返事のしようがなかった。

そして翌朝、明るくなると、朝食前に「このあたりを散歩してくる」とぼくは祖母に言い残し、岬に向かって走った。必死で海沿いの道路を走ると、堤防が切れその向こうに森が見えた。夏休みが来るまでに、ぼくの夢の中に何度か現れた光景だ。

印象が異って感じられたのは、夏草が生い茂っていたからではないだろうか。

森の中へ入るといっても自動車が一台抜けることができる程の空間は確かにある。だが、その自動車が抜けることのできる隙間も、最近は使われた気配がないのだった。だから、下草までもこれほどまでに伸びきっていると思えた。

春とは情況に雲泥の差がある。ごくりと生唾を呑んだ。

この繋った下草の中に、正体のわからないものが潜んでいるのではなかろうか。ぼくがまだ見たこともない毒虫や、噛まれたら百歩以内に命を落してしまうという百歩蛇やらが。

だが、そこで足をすくませていることはしなかった。半ば目をつぶり、ぼくは助走をつけて一気に森の中へ駈け込んだのだった。

木々に覆われた砂利道では夏草は途切れていた。そこで走るのをやめ、両手を両膝（りょうひざ）について荒い息を整えた。再び歩き始めて、岬の夏の風景を実感した。

小径の両脇（りょうわき）の桜並木は黒い枝の連なりではなく深く濃い緑に溢れていた。激しい蟬（せみ）の声が、その幹から響く。近づくと即座に鳴き声はやみ、小水を撒（ま）きちらしながら飛び去っていく。その桜の樹々の向こうで、コバルトブルーの海面の上を海鳥が滑空しているのが見えた。

春先とは海の色さえも違う。

それが、そのときのぼくの印象だ。

水平線が樹々の間から見える。漁船が何隻（なんせき）か沖を走っている。里山に囲まれた地方都市に住むぼくの目には何もかも、水平線から立ち昇っている真っ白い雲まで含めて新鮮に映っていた。

緩やかな登りと下りを繰り返し、小径を進んだ。春にぼくがそこを訪れたとき、そのような道をたどったのだろうか？

記憶がなかった。ひたすら、がむしゃらに洋館にたどり着いた覚えはあるのだが。

その洋館までの道程（みちのり）に関しての記憶は欠落していた。

ただ、黒光りのする冷たい頑丈な鉄の門扉のことだけは、はっきりと心にこびりついていた。

ぼくは、左側の斜面へと迷うことなく走り寄っていた。無意識に目を走らせ、探していた。春にここで声をかけてくれたカズヨシ兄ちゃんの姿を。

小径の端まで来て岩を積みあげて階段状にした場所を探しだした。その光景もすぐに憶（おも）いだしていた。しかし、カズヨシ兄ちゃんの姿は見当らなかった。

どうしようか、と一瞬迷ったが、階段状の石は、岬の先端へと連なっている。ぼくは意を決した。道を迷うことはない、と信じて足を踏みだした。フナムシやカニが走る岩の階段を一歩ずつ丁寧に下っていった。岩壁を両手で触れながら。ひょっとして、岩蔭（いわかげ）からカズヨシ兄ちゃんがひょいと顔を出して「ぼっちゃん。また来たのかね」と声をかけてくれるのではないかと期待しながら。

崖の半ば程のところで登りの岩になる。道を誤らないように、小石に、サイダー瓶のキャップを嵌（は）めこんだものが目印に置かれていたのは、カズヨシ兄ちゃんがぼくのためにしてくれたことにちがいないと思えてしまった。それをたどれば屋敷の建物横の庭にでることができると信じていた。

そして、それは間違いなかった。

洋館の庭が見渡せる場所だ。

だがここも、春先とはずいぶん印象がちがっていた。庭に咲いていた花は数輪の朝顔だけだ。芝が春には刈りこまれていたが、今は伸び放題だ。しかも、雑草までも生えていた。テーブルも白い椅子も見ることはできない。蟬の鳴き声だけがけたたましく響く。

あのときとの一番大きな違い。

あの美しい女性の気配がまったく感じられない。

その瞬間、ぼくはさまざまな可能性を思い巡らせていた。

この屋敷の住人たちは、どこかへ引越してしまったのではないか？　あの美しい天使か妖精のような女性は、病気にかかっているのではないか。

それをなんとか確かめる方法はないのだろうか？

ぼくは、その真実を知りたくて我慢ができなくなった。この屋敷の住人に捕まってもいい。そのときは自分の気持を正直に伝えるだけだ。

あんなという女性のことが心配だったから、と。

ぼくが、崖から身を乗りだして庭へ這(は)い上がろうとしたときだった。

ぼくの右足を握る者がいた。

予想は当った。カズヨシ兄ちゃんだった。大きく首を横に振り、人差し指を口にあてていた。左手でぼくの右足を握ったまま。

ぼくは、カズヨシ兄ちゃんに素直に従った。そして、そのタイミングで屋敷が無人ではないことを知った。

屋敷で鈍い開閉音がした。その気配をカズヨシ兄ちゃんは察知していたのかどうかはわからない。中から真っ黒のスーツを着た老人が姿を現わした。ゆっくりと芝生の上に出る。踝（くるぶし）あたりまで伸びた夏草の間をゆっくりと歩いた。外に出てきたのだが風景はどうでもいいというように見える。

男の様子をじっと観察した。春にこの場所で少女を見たとき屋敷の中から声がして、彼女を呼んだ。

あの声の主だろうか？

少女の父親？　あるいは祖父？

首をすくめて、ぼくはカズヨシ兄ちゃんの隣で、その男のことを心に刻みつけるように観察した。

その男は、ぼくの中でまるでバッタのような印象に刷りこまれた。両手と両足が日本人ばなれして、やたらと長い。それに痩せている。実際には身長はそれほど高いわけではないのかもしれないが、ぼくにはやたら長身に見えたのだった。肩までかかるような白髪だった。まるで外国人のように目が大きく鼻が高かったが、外国人というわけでもなさそうだ。顎がしゃくれていて、少し猫背になると、まったく年齢がわからなくなった。四十歳といっても、七十歳といっても通用すると思えた。

男は、庭をゆっくりと見渡した。何かを確認するように見える。あたかも、それが習慣のように。見渡し終えると、少し首を傾げて仕方なさそうに頷いていた。

「儀式なんだよ。あの人の」

ぼくの耳許にカズヨシ兄ちゃんが囁いた。反射的にぼくは身をすくめていた。カズヨシ兄ちゃんが隣にいることを完全に忘れていたからだ。かまわずにカズヨシ兄ちゃんは続ける。

「もう納得できたはずだから、屋敷の中へ戻っちまうよ」

その言葉は、本当だった。屋敷から出てきた男は、ぼくの姿にもカズヨシ兄ちゃんにも気付かなかったのだ。再び中へ入っていく。

「よし、もう大丈夫だ」

カズヨシ兄ちゃんは、手招きすると一目散に崖を下りはじめた。ぼくは、それに従う他はなかった。

そこは、岩蔭になっていた。海面までは十数メートルの高さがあったが、ほどよく崖がえぐれていて小部屋ほどの広さの雨露がしのげる空間が確保されていた。遠目からは岩に隠れて、カズヨシ兄ちゃんの天然の個室は見えないのだろう。奥には、うす汚れたマットレスが敷かれている。子供のぼくにも、ここで寝起きして湿気は大丈夫なのかと心配になったほどだ。他にも折り畳みパイプ椅子や、簡易コンロやらカズヨシ兄ちゃんの生活を思わせるものが、さまざま備えられていた。

「まあ、座んな」とカズヨシ兄ちゃんは言った。腰を下ろすと、苓浦町の港町の様子が一目でわかる。同時に岬のつけ根からの崖面も見えるのだ。ぼくが、屋敷に近付こうと必死で崖面を這いずっていたとき、カズヨシ兄ちゃんはぼくの姿を見守っていたのだと知った。だから、久しぶりだな、とか、元気にしていたね、といった挨拶は完全に抜きだった。

それがカズヨシ兄ちゃんらしさでもあるのだが。あたりを物珍しそうに見回すぼくをニタニタ笑いながらしばらく眺めていた。

突然に言った。

「きれいなお嬢ちゃんを見に来たんだな」

そのとおりだったが、少し照れ臭くて、黙ったままでいた。

「きれいなお嬢ちゃんを忘れられないんだ」

そうカズヨシ兄ちゃんは続けたから、仕方なくぼくは頷くしかなかったのだ。

カズヨシ兄ちゃんは悪戯っぽく目を細めた。

「ぼっちゃんが必死で崖を伝ってきているのを見たら、そうだとすぐにわかるよ」

そう言われるとぼくは顔全体が真っ赤になるのがわかった。見透かされている……。

しかし、その後、予想外のことを聞かされたのだ。

「だけど残念だったな。あの色の白い上品なお嬢ちゃんは、今は屋敷にはいない。春に、言わなかったかな」

初耳だった。なぜ？　あの少女は病気にでもかかってどこかに入院したというのか？　春に、言わなかったかって、どういう意味なのだろう？

「どうして？」

ぼくは、やっと口を開き、彼に訊ねた。「あの女の人は病気になったの？」

すると、カズヨシ兄ちゃんの顔から感情が消えた。ぼくの目を見据えて言った。

「病気じゃねぇ。そう思う」

「じゃあ。あのひとはどこに行ったの？」

「わかんね。だけど、あのお嬢ちゃんがいるのは春だけだ」

「春だけあの屋敷に遊びにくるの？」

少し困ったような顔をして、カズヨシ兄ちゃんはうなずいた。

「そうだ」

「だったら、今はどこに住んでいるの？　どうして春だけしかいないの」

しばらくカズヨシ兄ちゃんは口を尖（とが）らせて黙っていた。それから、やっと言った。

「どこにも住んでいない。……そう思う。さっきの屋敷にいた男は、探してるんだ。お嬢ちゃんが現れているんじゃないかってね。お嬢ちゃんがいるはずはないと思っていても、わかっていても、確かめずにはいられない。毎朝、姿を見せるのはそれを確認するためだ」

だが、幼いぼくには、その意味がうまく理解できなかった。いや、成長後に聞かされたにしてもその言葉がどういうことなのか戸惑ったと思う。

「あのお嬢ちゃんは、春だけ屋敷に現れる。桜が散る頃にはいなくなっている。俺が、ぼっちゃんくらいのときから、そうだ。ずっと、そうだ。桜の咲く頃だけ戻ってくる。あの痩せている老人がいるよなあ。あれはお嬢ちゃんの兄さんだ」

「兄さん？　嘘でしょ」

さすがにぼくには信じられなかった。

「嘘じゃない。あのお嬢ちゃんが、秋彦(あきひこ)兄さんと呼んでいたことがある。しっかり、この耳で聞いた。不思議なんだよなあ。その頃は、まだあの老人も、背筋がちゃんと伸びとったなあ」

「それ、いつ?」

「ぼっちゃんよりも俺が少し上くらいの年齢だったかなあ。だけど、あのお嬢ちゃんだけは変らない。あのときから……いや、その前からずっと、あのお嬢ちゃんはあのままだな」

そのときぼくが連想したのは、小学校のお話会で聞かされた幽霊話だ。ぼくの知識の中では、〝昔からずっと少女のままでいる人〟というのは存在しなかった。必ずなにかの理由があるはずで、思いつくとすれば、その理由というのは、彼女がこの世の人ではなく、幽霊なのだということだった。

だが、同時にそれはちがうということもわかっていた。屋敷の庭にいた女性は、信じられないほどの美しさではあったけれども、子供のぼくの目からもはっきりと生命の輝きに溢れていたのだから。

「それは、あの女の人が歳をとらないということなの? なぜ、歳をとらないの?」

それはカズヨシ兄ちゃんにも答えようがない質問のようだった。ただ彼には自分が知っている事実を答えることしかできなかったのだ。

そしてぼくは、春待岬が、ぼくにとっては桜の季節以外は何の魅力も存在しない場所だということを知った。

ぼくが会いたかった歳上の少女は、存在しない。そんな苓浦町にいることは何の意味もない。

その夏、祖父母の家にいたのは、四日間だけだ。そのときの日課は、朝起きてすぐに岬の崖沿いを散歩がてら訪れてカズヨシ兄ちゃんと磯遊びをすること。暑い時間は昼寝をして、ひたすら宿題をやった。春には夕刻になると祖父が釣りに連れていってくれたのだが、夏はそんなことがなかった。陽差しと夕凪(ゆうなぎ)の暑さのせいでもあったのだと思う。

カズヨシ兄ちゃんとは、崖の天然のテラスで採ったばかりの磯の恵みを鍋(なべ)で煮て食べたことは覚えている。カニや、カメの手や、名前もわからない生きものを。そのとき、カズヨシ兄ちゃんが年中、この場所で寝起きしているわけではないことを知った。春先から、秋の始まりまでは、ここにいる。涼しくなったら逃げ出すと言っていた。

その基準が何なのか、そして逃げ出して、どこへ行くのか、冬の間をどこで過ごすというのか。その疑問をぼくは訊ねることはなかった。冬の間に、ぼくが春待岬を訪れることはないのだ、ということを直感的に自分で悟っていたからだろう。ぼくがいない間、カズヨシ兄ちゃんがどこで過ごそうが、それはカズヨシ兄ちゃんの自由なのだから。

祖父母は残念がったが、母に四日目には迎えに来てもらった。それ以上、ぼくが苓浦町にとどまる理由は、なにも見あたらなかったからだ。

その翌年の春は、ぼくは苓浦町を訪れることはなかった。

もちろん、町のはずれの公園で桜が咲き始めたとき、今、天草の春待岬に行けば、あの少女が屋敷に帰っているのだ、という淡いときめきのようなものは感じていた。だが、小学生のぼくには憧(あこが)れはあっても、すべてをなげうって春待岬へ駆けつける激しい衝動には至っていなかった。

彼女への想(おも)いは燠(おき)としてくすぶり続けてはいたのだが。

その春も、実は苓浦町を訪れる予定にはしていたのだ。恒例となった祖母の運転で。

だが、母親が急に高熱を発して倒れた。春休みの前日のことだ。すぐに入院した。

苓浦の祖父母の家へ行っていればいいと父親には言われたが、さすがにそのときは単身で行く気にはなれず断ってしまった。

その間、ぼくは母の病室の長椅子(ながいす)で寝泊りしていたのだ。四日目には、容体も落ち着いていた。それから苓浦町に行く選択もあったのだが、言いだすことはできなかった。

春休みの最後の日。

祖父母が揃(そろ)って母の病室へ見舞いに訪れた。しかし、二人の一番の目的はぼくと会うためのようだった。病室へ入ってきた二人はぼくの姿を見て目を細めた。丁寧に挨拶をすると、祖父は「夏休みに、くればいい」と声をかけてくれたが、ぼくは黙っていた。春待岬に桜が咲く時期以外の季節に正直、ぼくは興味はないのだ。

代わりに祖父母には、こう訊ねた。

「春待岬の桜は、今年もきれいだったの？」

祖父と祖母は、驚いたように顔を見合せた。まさか、孫からそのような問が発せられるとは思いもしなかったのだろう。祖父は、大きくうなずいた。

「もう……盛りは過ぎたかな。今年は咲くのが早かったからな。毎日、見事な春待岬を眺めさせてもらったよ。絵のように真っ白でな。

そうか、健志は、あの光景が好きか。来年、また見に来ればいい」

そんな祖父の言葉を聞くと、気のせいだろうか。ふっと桜の花の香りを嗅いだような気がした。

今、屋敷の白い服の少女は、その香りの下に帰ってきているのだろうか？ そんな連想が心をよぎったのだった。もちろん、そんなことはおくびにも出しはしないのだが。

病室を出る間際に、祖母がぼくに言った。

「ああ、それからね。健志ちゃんによろしく伝えてくれって。梓ちゃんから」

「梓ちゃん？」

ぼくは問い返していた。その名前には、正直なところ咄嗟に思いあたらなかったのだ。

「苓浦町病院の院長さんとこの娘さんだよ。青井梓ちゃん。去年の夏休みに健志ちゃんと会ったと言っていた。春休みに来るかもって話していたから、すごく楽しみにしていたんだよ」

ふとおカッパ頭の少女の顔がぼんやりと思いだされた。ひと言ふた言、言葉を交わしただけではなかったか。それまで、完全にぼくの意識の外へとはずれていた。この場で祖母が話題に出すことがぼくには奇妙な感じがしただけだ。

ぼくは「ふうん…」とだけ反応してしまった。それ以上、〝梓ちゃん〟についてのイメージは何も湧いてこなかったからだ。

「おやおや、あまり興味がなさそうだね。梓ちゃんに言ったらがっかりしてしまうねぇ。このことは内緒にしておこうかねぇ」と祖母に言わせたほど、素気ないものだったらしい。

次の春休みは二日ほど早く、土曜日からのスタートだった。祖母は土、日と昼間は地域の催しの手伝いをしなければならないということで、月曜日には迎えに行けるけれどと言ってきた。具体的にぼくは何の意思表示をしたわけでもなかったが、祖母も祖父も春待岬に桜が咲く時期はぼくが当然来るものだと思い込んでいたようだ。

「今年は行くの?」と受話器を握った母がぼくに訊ねた。

「行く!」

そう明確に答えた。四月から中学生になるぼくは、その年、新しい方法に挑戦した。祖母に頼らずに、わが家からバスを使って苓浦町へ行く選択をしたのだ。それも春休みに入る土曜日に。

祖母も祖父も昼間はイベントへの協力で忙しいものの、夜は日常と同じように過ごしていると聞いていた。

　だから、両親には頼んでいた。「おじいちゃん、おばあちゃんにはバスで行くことは、内緒にしておいて。突然行って驚かせてやるんだから」

　春休みの最初の日の午後、ぼくは交通センターから一人でバスに乗り込み終点の苓浦町を目指したのだ。

　もう、桜は咲き始めているだろうか？　そして春待岬の屋敷には、あの少女は帰ってきているだろうか。

　それを考えるだけで、なんだかぼくは胸の鼓動が大きくなるのがわかった。

　そしてその年、ぼくは大きな賭（か）けにでることを決意していた。

　それは二年間の空白を経験したからこそ、そんな気持ちにたどり着いていたのだ。

　この機会を逃せば、また一年、後悔を感じるにちがいないと。

賭けのための仕掛けも、子供心に必死に考えたものだ。うまくいくかどうかはわからない。しかし、こう考えた。うまくいかなければ、次の方法を考える。

海沿いの道を走り、巨大な鉄橋をバスは走る。半島から天草へと渡る最初の橋だ。天草は上島（かみしま）と下島（しもしま）に分かれていて、上島へは小島に架った五つの橋を伝って行かなければならない。橋を渡る間にも海にはいくつもの小島が浮かんでいるのを見ることができた。

祖母の車に乗せられて来るときと風景が違っているように見えた。たった一人で旅に出た緊張感と興奮のせいだろうか。

途中のバス停から乗り込んでくるのは圧倒的に老齢者が多かった。必ず、一人で乗っている小学生らしいぼくに気がつくと近くの席に座り、話しかけてくるのだった。質問は決まっていて、一人でどこまで行くのか？　何をしにいくのか？　だ。ぼくの存在がそれほどに珍しいことは確かのようだ。老人の乗客はお互いに顔馴染みのようで、後から乗りこんできた老人には、ぼくに代わって先に話を聞いた老人が経緯を説明してくれるのがおかしかった。

そんな人々も下島に渡り、天草市の本渡(ほんど)バスセンターで下車してしまうと、新たなメンバーと入れ替ることになった。そこから、苓浦町は四十分ほどの距離だった。バスの右手には、天草灘(なだ)の海が拡(ひろ)がっていた。祖母に連れられて来るときは、何度かうつらうつらと意識を飛ばしていたというのに、そのときは風景を一つも見逃さないほどに胸をときめかせていた。

遠くに春待岬を見つけたときは、自分の鼓動を自分の耳で確かに聞いていた。

あの場所に少女がいるのだ、と。

いや、確信してはいなかった。まだ、春待岬は黒いのだ。どこに屋敷があるのかも、はっきりとはわからない。

桜が開花するのは、これからのことなのか、と。屋敷もわからない。少女の存在もわからない。そして、カズヨシ兄ちゃんがそこにいるかもわからない。

その十分後に、苓浦町漁協前のバス停でぼくは降り立った。

そこが、バスの終点だった。

明日から、どのような日々を迎えるのかを考えながら歩き始めたとき、名前を呼ばれた。

母は、裏切っていたのだ。

名前を呼んだのは、祖母だった。到着時間まで連絡を受けていたのだろう。祖母は、そんなことは言わなかったが、考えればわかることだ。

「健志ちゃん。偉いわねぇ。苓浦まで一人旅ができるなんて。大人になったんだねぇ」と言った。

「母さんが知らせてきたの？」

祖母はしらじらしく頭を横に振った。

「なんとなく、ムシが知らせたんだね。ここまで散歩に出てみたんだ。身体（からだ）つきが似ていたので、もしやとは思ったのだけれどね。やはり来ていたんだねぇ」ととってつけたように言ったのだった。

「梓ちゃん。健志ちゃんが来たよ」

祖母の後方に、あの子がいることがわかった。前にも一度会ったことがある。病院の院長の娘だと言っていた。岬の少女がいなかった夏休みだ。

「こんにちは。私のこと覚えている？」

青井梓は少し首を傾げて言った。

まだ、あれから二年も経過していないというのに、彼女の背丈は、ぼくを追い越してしまっていた。おカッパだった髪は短く切られていて目の大きさが一層際立っていた。色も白くなっている。梓はそのとき、女の子から女性へと一歩を踏みだしつつあったのだろう。

ぼくは、反射的に頷いていた。

「健志ちゃんは、恥かしがりやなんだよ。男の子は皆こうなんだ。馴れたらよく話すようになると思うし、梓ちゃんの友だちになれると思うよ」

それを聞きながら、勝手なことを言っている、と思っていた。正直なところ、ぼくは、青井梓のことなど、何の興味もなかった。ただ、ぼんやりと思ったのは二年足らず会わなかっただけで梓がこれだけ成長したのであれば、岬の少女も二年分の変化を経ているのではないか、ということだ。カズヨシ兄ちゃんはあの少女は理由はわからないが年齢をとらないと言っていた。しかし、そんな人間がいるはずがない。

祖父は、ぼくの顔を見ると、驚いた様子もなく「やあ、無事に着いたな」と喜んでくれた。やはり母は知らせていたのだ。母は人一倍心配性なのだから、当然と言えば当然なのだが。

夕食の時間に出た話題は、ぼくがいない間に苓浦町で、どのようなことが起ったかということだった。

県道沿いに温泉センターの計画があるという話や、漁港の再開発の話も、祖父は語ってくれた。ぼくが内容を理解できるかということは、どうでもよかったにちがいない。ただ自分のところに集った苓浦町に関する情報を語ることで自分自身の知識の再確認をやっているように見えた。

それほど、ぼくがいない間に苓浦町で変化したことはない。そう思っていたときだった。

「そういえば、荒戸さんとこの息子さん。どうなったんだろうね」

ぼくはまず、自分の耳を疑った。祖母も祖父も、ぼくがカズヨシ兄ちゃんのことを知っているとは思ってもいなかったのではないか。祖父の噂話の中に出てきただけだ。

「ああ。カズヨシか。どうしたんだろうな。やはり、姿が見えんようだな。昨年の秋からだろう。確か、台風十七号が通った後から、まったく話を聞いておらんなあ」

それから、祖母は思いだしたように昨年の台風十七号のときの恐怖について語り、二人は、ひとしきりその話題で盛り上っていた。

台風は、南西の天草灘の海上から何にも遮られることなくこの苓浦町に直接上陸したということだった。瞬間最大風速が四十三メートルを記録したらしい。

「荒戸さんの息子さん。嵐が来る寸前に、町役場の職員さんが、岬の波打ち際近くで見たらしいよ。早いとこ、避難した方がいいって注意したそうだけれど、笑っとったそうな。避難する、わかっとるいうて。結局、嵐が来るまで、岬の崖のところにおったんだろうね」

「きっと、そうだろう。カズヨシんとこのビニールシートやら、折り畳み椅子の残骸やら、台風が行った後の波間に浮かんでおったからなあ」

それを聞いて、ぼくはご飯茶碗を落しそうになるほど驚いた。

あのカズヨシ兄ちゃんが、いなくなった。どうしたのだろう。まさか、死んだりはしていないはずだ。

「やはり、風に飛ばされたんでしょうかね。荒戸さんの息子さん。誰かちゃんと面倒みてくれる人がいればよかったのにねぇ」

ぼくの顔色の変化は、劇的だったらしい。祖父も祖母もぼくの顔を覗きこみ、目を丸くしていたのだ。

「健志ちゃん、どうしたの？　気分が悪いの？」

そう祖母は叫んだ。そのときのぼくは、まったく血の気を失い、蒼白になっていたという。

結局、その夜は早くに床に就かされた。慣れない子供のひとり旅で神経を消耗させたのだろうというのが、祖父母の推測だった。

早くに布団には入ったものの、ぼくはなかなか眠りに入ることはできなかった。夕食時に聞かされたカズヨシ兄ちゃんの運命をなかなか受け入れることができなかったからだ。あの岬の崖沿いの小径へ行けば、いつかのようにカズヨシ兄ちゃんは声をかけてくれる。そう言いきかせていた。

いつ、眠りに入ったのかはわからない。浅い眠りの中で何度も覚醒させられたのは覚えているが、結局、翌朝、目が醒めたのは、陽が高く昇った後だった。

母との約束である一日の自主学習をすませると、ぼくは自由だった。それから、やっと昨年苓浦町が体験したという台風の爪跡を感じることができた。祖父母の銃砲店の屋根瓦も葺きなおされていることがわかったし、漁港の恵比須像横にあったアコウの樹もなくなっていることに気がついた。

ぼくが、自由の時間を得て、最初にやったのは、春待岬を訪れることだった。少女と会えるとは思っていなかった。まだ、その日、岬には桜の花の兆しは見ることができなかったから。岬のつけ根あたりに濃い緑の樹々が繁っているのはわかるが、岬の先端までモノクロームのままだった。

あの少女は花々の咲き乱れる中にこそ存在する、とぼくは勝手にそう思いこんでいたのだ。

岬の先端へと続く小径は、例の森の中をくぐって行くのだ。もう、その小径は何度も通っていた。何も迷うことはなかった。

あの洋館への小径は鉄の門扉まで続いていた。

そこから、左の崖へと下るのだ。

そこまで来て、ぼくは現実をつきつけられた。崖を下れない。

この岬までも台風が襲っているという事実をすっかり忘れ去っていた。苓浦町の港近くでは、消えてしまったアコウの樹や、白瀬銃砲店の新しい屋根で台風のことをぼんやり意識はしたものの、岬の森へ入った頃から台風の気配を感じなかったためだ。

かつて、初めてカズヨシ兄ちゃんが声をかけてくれた場所。だが、カズヨシ兄ちゃんは気配もなかった。それだけではない。崖を伝い下りるはずの小径も崩落してしまったのか、痕跡も探すことはできなかった。

もともと、容易に崖沿いを移動できるように、カズヨシ兄ちゃんが石を運び、時間をかけて足場を組んだものだったのだ。ぼくが、その小径を移動するときはその石積みが壊れることなんか、まったく予想できない頑丈なものだと思いこんでいたのに。

もっと下まで行かなければ、どれくらいの崩壊具合かはわからないが、そのときほど、絶望的気分になったことはない。

肩を落としてしゃがみこんでいても、事態が進展しないことは、はっきりとわかった。門扉の中へ押し入る勇気はなかった。だから、間にあうかどうかはわからない。壊れた崖の小径をなんとか自分なりに修復するしかないのだ、と思った。本当にカズヨシ兄ちゃんがいなくなったのであれば、彼をあてもなく頼るわけにはいかないということは、わかっていた。

ぼくは、とにかく最初の足場を作ることに集中した。いくつもの岩を窪みにつみあげた。岩の一つが、ぼくの頭の半分ほどの大きさか。最初に崖を下り始めた位置まで下れるようになるのに半日を要した。昼どきには祖母が心配しないようにと食事に戻る。午後は、また作業にかかるために岬を目指す。

作業を続けていればわかる。

カズヨシ兄ちゃんが崩壊した後に復元しようとした形跡はまったくなかった。ということは、カズヨシ兄ちゃんは消え去ったということの証なのだ。

そして次の石を積む。

春、海の冷たい風にあたりながらではあったが、肉体労働を続けると喉が渇いた。こらえきれずに崖を登り始めると、信じられないことに目の前に水筒が吊るされた。

「飲んだら？　健志くん。お水いるでしょう」

そこにしゃがんでぼくを見ている者がいるなんて思いもよらなかったのだ。

だが自分の身体は正直だった。とにかく水を欲していた。

崖を登りきり、地面に尻をつくと、一気に水筒の水を飲んだ。落ち着くと、彼女の笑い顔が目に飛びこんできた。

なぜ、ここにいるんだ……。それがこのときぼくが持った疑問だ。彼女の名前はたしか…梓と言ったっけか。

水を飲ませてもらったことには素直に感謝した。だが、彼女がなぜここにいるのか？

「一昨年の夏もここに来ていたの？」

青井梓は、そうぼくに訊ねた。仕方なく、ぼくは、「ああ」と答えた。

「ここは荒戸という人がいたところでしょ？　病院の看護婦さんに聞いたことがあるわ」

梓という子は、ぼくの目的を誤解しているらしいことを知り、少しほっとした。

「そう。カズヨシ兄ちゃん……荒戸さんは、ぼくの友だちだった」

それは、嘘ではない。梓は納得したようだった。「でも、荒戸さんは台風の後、行方不明のままだって聞いたわ」

ぼくは、そのことはすでに知っているのだ、と頷いてみせた。青井梓は、勝手な解釈を進めていた。

「だから、荒戸さんがどうなったのか知りたくて、道をなおしていたんでしょう？」

「ああ、そうなんだ」

その答で納得して彼女は引き上げてくれるとぼくは考えたのだ。その予測は外れた。

「私、小径を作るのを手伝ってあげる」と、とんでもないことを言いだしたのだ。

「いいよ。大丈夫だから。女の子には危険すぎる。気持は嬉しいけれど」

　ぼくは丁寧に断ったが、青井梓は、簡単に引き下がる子ではなかった。

「一緒にやれば、早いよ。それに、どちらかが危いめに遭えばもう一人が大人に助けを呼びにいけるし。一人だったら、そんなときはどうしようもないでしょう」

　そう言われて、ぼくは断る理由を失ってしまったのだ。

　青井梓とぼくは、それから左下への崖沿いの小径に転がっていた岩を取り除き、道の横の隙間に積んでいった。梓は無駄口を叩かずに、適確に岩を転がして作業を進めていく。ぼくよりも集中力を発揮することに感心したほどだ。

　休憩のときに、ぼくは梓に訊ねた。

「なんのために、こんなに面白くないことを手伝うんだい。女の子が楽しい遊びって、他にもあるだろう」

　梓は、表情一つ変えずに答えた。

「健志くんと仲良くなりたいからよ。健志くんが喜ぶことだったら、なんでもやってあげたいの。健志くんが何をやろうとしているか知りたかったから、ついてきたのよ」

　ついてきたというよりつけてきたのだと、ぼくは思った。そして、女の子というのは、なんだか怖い存在なのだと口には出さないものの、本能的にそう思っていた。

小径が崩落して通れなくなっていたのは、崖を下ろうとする最初の斜面に集中していた。それからも、崖面に沿って下りながらも、崩れた岩が道をふさいでいたりはするのだが、通行不能な状態になることはなかった。小径を遮る岩は、その都度、崖下に落したり、次の足場になるように固定しながら進んでいった。

小径が分かれる場所へと来た。

斜め上に進めば、洋館の庭を覗ける位置へたどりつける。その場所へ一刻も早く行きたいと心がはやった。そこから海面近くへ下りの小径をたどればカズヨシ兄ちゃんの天然のテラスに出るのだ。

立ち止まり、振り返ると、青井梓がゆっくりと岩を伝ってついてきているのだった。

「ここのことは、誰にも話さないと約束してほしいんだ」ぼくは梓にそう言った。

「わかってるわ。私たちの秘密だって。約束する」

だが、洋館のことは、今はぼくとカズヨシ兄ちゃんだけの秘密にしておきたかった。ぼくは、その天然の石段を下ることにした。そこへ行けばカズヨシ兄ちゃんはどうなったのかを、自分の目で確認できると思ったからだ。

「こっちはなに？」

見上げながら梓が指差した。

「そっちは関係ない。こっちだよ」

ぼくは、天然の石段を速足で下り始めた。青井梓も遅れまいと必死でついてきているのがわかった。女の子が、こんな奇景の足場が不安定な場所で怖くないはずがなかった。しかし梓は表情にもそれを出していない。

眼下に少しずつ海面が近付くのがわかる。

「健志くん。待って」

初めて、梓が弱音を吐くのを聞いた。カズヨシ兄ちゃんの個室のすぐ側の位置だった。

岩蔭の向こう側が、カズヨシ兄ちゃんの生活空間……。のはずだった。

ぼくは、そのあまりの変りように、絶望のあまり立ちすくむしかなかった。

もちろん、カズヨシ兄ちゃんの姿はない。

ここは、あの夢の空間と同じなのだろうか？　カズヨシ兄ちゃんが屈託ない笑い声をあげていた。

ぼくとカズヨシ兄ちゃんが腰を下した古びたマットレスは姿もない。いくつかの空き缶やペットボトルが散乱していた。マンガ週刊誌が千切れて落ちている。発泡スチロールの屑があり、かつてはここに人が足を踏み入れたのかもしれないという気配があった。

でも、この場所でもうカズヨシ兄ちゃんは長いこと生活をしていない。

「ここに、荒戸という人は住んでいたの？」

青井梓がそう言ったことで、ぼくはやっと我に返ったのだ。

カズヨシ兄ちゃんがどうなったのかは、想像するしかないが、町の人々の噂は正しいのだと半ば信じはじめていた。カズヨシ兄ちゃんが使っていたパイプ椅子も、簡易コンロも見当らない。風の吹きだまりの位置に、何かの燃えかすが集っているだけだ。

虚を突かれたのは、梓が「健志くん。かわいそう」と言ったことだ。そんな言葉をかけられるとは思ってもいなかった。

梓が、ぼくの胸に押しつけてきたものを見てわかる。彼女はハンカチを押しつけてきていた。

そのとき、ぼくは恥ずかしさも忘れて、自分が涙を流し続けていたことが初めてわかった。

梓は、それ以上何も言わず、ぼくを黙って見ていた。ぼくは、訊ねられもしないのに言った。

「カズヨシ兄ちゃんがどうなったのか、誰にもわかるものか。嵐の前にどこかに避難したのかもしれない。きっと、ここよりも気持いい場所を見つけたんだ。だから、ここが汚れようと散らかろうと、どうでもいいんだ」

そんなことを言ったが、ぼく自身の負け惜しみのようなものだった。心の底には、もう二度とカズヨシ兄ちゃんに会うことはできないという、無念さが溢(あふ)れかえっていたのだった。

去る前に、ぼくはもう一度振り返った。そこには、もうカズヨシ兄ちゃんが生活しているという痕跡は、何もないことを確認できただけだった。

そのとき、ぼくは黙したまま、苓浦町へと引き返した。青井梓に、一言も声をかけることなく。

そして、梓も、ぼくの気持を察したつもりでいたのか、岬から帰ったぼくがあたりを見回すと、いつの間にか、姿が見えなくなっていた。

さすがに、その日は自分自身の気持がどっぷりと落ち込んでいるのがわかった。白瀬銃砲店の店先に置かれた椅子に腰を下ろし、家から持ってきたコミック本を読んだ。なんども読んでいる本だったのだが、ぼくはかまわなかった。ページを単に目で追っているだけで、とても読んでいるとは言えない状態だったのだが。

その合間に、ぼくは顔を上げて春待岬を眺めた。太陽は西に傾きつつある。夕凪を迎える前の微風が吹いていた。そのせいだろう。無数の波光が天草灘で閃（ひらめ）いているのが見事だった。

店には客は誰もいなかった。祖父もぼくの隣で椅子に座り、彼方（かなた）の岬を眺めていた。そして、ひとり言のように言った。

「もうすぐ春待岬に春が来るな」

「え？」

ぼくは思わず反射的に祖父に問い返していた。祖父は大きく何度も頷いていた。それから、人差し指をゆっくりと上げて岬の方を差してみせた。

「ほら、蕾（つぼみ）があんなに。いくつもほころび始めているさ。今年は遅かったんだなあ」

そのときのぼくにはなにもわからなかった。朝、岬に行ったとき、岬はまだモノクロームな印象しかなかったのに。どうして祖父がそう言いだすのかが知りたかった。

「ぼくには、わからない。どうしておじいちゃんには、わかるの？」

「おじいちゃんは、毎年この風景を見て過ごしてきたのだから。向こうの山や、海や、海の上の雲や、岬やら、まるで息をしとるようにわかるようになるんだよ」

そう答えてくれた。祖父はぼくが尋ねてきたことが、万更でもないようだった。

ぼくは素直に祖父の言葉を信じた。

その夕(ゆうべ)、店には客は誰も来なかった。ぼくと祖父は日が水平線の向こうに落ちるまで、辛抱強くそこに座り続けていた。

岬の桜の樹々の蕾が膨んだかどうかは、ぼくには最後までわからなかった。だが、黙って祖父と過ごしたその数時間のことは、鮮明に覚えている。

岬のすべてがシルエットに変った。空が朱の色に染まる。そのとき祖父が「明日も天気だぞ」と断言したことは嬉しかった。

太陽の姿がなくなっても、しばらくはあたりも明るかった。西の空が紅から、濃紺に変っていく。

ふっと心に浮かんだのだ。

あの日没を、岬の屋敷から眺めている女性のことを。あの少女もきっと同じ夕陽を見ていたはずなのだ。

その思いが、その日の午後の落ちこみを、きれいさっぱり拭(ぬぐ)いさり、明日には再び洋館を訪ねようと決意していた。

心だけは、はやっていた。しかし、そういうわけにもいかなかった。

目が醒めると布団を片付け、一日に最低、これだけはやると決めた学習プリントをすませた。それから、祖父とともに朝食をとった。祖母は、水筒とおにぎりを用意してくれていた。このまわりをもっと歩きまわってみたいから、と前日に言ってあったのだ。祖母は、勝手に苓浦町界隈(かいわい)の歴史や遺跡の探訪をやるのだと解釈してしまっていた。ただ、「危い場所に行ったりするんじゃないのでしょう」とだけは確認してきたが。

洋館下の崖沿いの小径ほどの危い場所はぼくには思いつかなかった。だから、「そんなところは行けないよ」と答えた。

祖母は十分に安心できたようだった。

本当は、朝、目を覚ました時にすぐにでもぼくは岬を目指したかった。だが、そんな時間帯に、ぼく一人が岬を訪れても、あの洋館の少女が庭に姿を見せているということは、ないような気もした。

この時間帯に岬を目指すのが、一番正しい。

祖父母の店を出発するとき、ぼくは十分な注意をはらった。あたりを見回す。

青井梓の気配がないことを確認して、ぼくは、岬へ続く森を目指したのだ。

森に入り、樹々の間でしばらく潜み、誰もつけてこないとわかると、岬の奥へ伝う道をひた走った。

屋敷内を覗ける場所には一人でたどり着きたい。誰にも邪魔はされたくなかった。

樹々で覆われた小径を抜けた。

目の前には鉄の門がある。その門の両脇に並ぶ鉄の棒の向こうの桜の木に目がいった。

昨日は、そのような樹々は見えていなかった。祖父の言っていたことに嘘はなかった。白い蕾が、はちきれんばかりに膨らんでいるのがわかる。奥の桜では陽あたりがいいのか、すでに数輪が開いていた。

「咲いてる……」

ぼくは、思わず立ち尽くして見上げていた。あのとき、やはり祖父の目には桜は見えていたのだろう。ぼくには岬の暗さだけしかわからなかったにしても。

胸がどきどきと鼓動が激しくなっていくのがわかった。そうだ。まる二年間、待ち続けていたのだから。

崖を下る場所を間違えることはなかった。その場所へ駈け寄り、恐れることもなく、下り始める。前日はあれほど瓦礫に邪魔されていたのだが、もう足場は復元しているのだった。

ぼくは、その瞬間、青井梓のことを思いだした。彼女の協力があったからこそ、これほど効率よく崖沿いの小径が復元されたのだから。ゆっくりと下り、そして小径が分かれる場所に着く。真っ直ぐに進めば昨日のように、カズヨシ兄ちゃんの場所へ至る。だが今日は、ぼく一人なのだ。梓に邪魔されることもない。

ぼくは、ゆっくりと登った。その小径は、台風によって岩石が転がり、落石によって遮られている場所もある。ぐらついた岩はできるだけの注意をはらって通り過ぎた。それまでの道程よりも、分かれる場所からの時間をどれほど長く感じたことか。

洋館の壁を見上げることができた。ぼくは、二年間の空白を埋めておく心がまえを、そこでやるべきだったのだ。

最後の登りの岩だった。目印に置いてあるはずの小石は見つけることができなかったが、間違いないという確信はあった。

どのくらい待てば屋敷の中から少女は現れるのだろうか。そんなことをぼんやりと考えながら登りつめたのだ。

門の位置よりも桜の花を多く見ることができる。

あの時と同じだ。

植え込みのはずだった。

だが……ぼくは、そのとき崖から芝生に顔を突き出したような形になった。

そして、ぼくは再会できた。

そこに彼女がいた。

二年前と一番大きな違いは一つ。

彼女が、ぼくの存在に気がついたことだ。驚いたように、あの大きな瞳で、ぼくを見つめていたのだ。

少女は一人だった。夏に、この場所で見かけた年老いた男の姿は見えなかった。

少女は余程、ぼくのことが珍しかったのだろう。ゆっくりと近付いてくる。

もし彼女に会えたらこうしようと考えていたことを、今こそ実行に移すときだと思った。

「こんにちは。ぼくは怪しい者ではありません」

そう言って頭を下げた。そして続けた。

「ぼくは、白瀬健志といいます。お友だちになりたくて、崖下からやってきたんです」

少女は、初めてぼくに笑顔を向けてくれた。大きな瞳が細くなると黒い睫がいっそう素晴らしく強調された。すでに少女は、ぼくの前に立っていた。

嬉しいからなのか、恥かしいからなのか、頬から耳にかけて、火照るような熱さを感じていた。照れくさく、目をそむけたいという抵抗と必死で戦っていた。

こんなところにタンポポの花が咲いている、と無関係なことを考えようとしているぼく自身に驚いた。

タンポポは、彼女の足許に一本だけ黄色く花を開かせていたのだった。水色のゆったりとしたスカートから、彼女の足がその横に伸びていた。

「あ」

ぼくは思わずそう漏らした。彼女の白く細い指が、ぼくの目の前に伸ばされた。

彼女は言った。

「そこは、危いわ。こちらに上がってきて」

自分の手に摑まって登れと彼女は言っているのだ。ごくりと唾を飲みこみ、何度もうなずいた。あまりのことに一言も出なかった。

手を伸ばしかけたが後ろめたかった。触れてはいけないものに、触れてしまいそうな気がしたのだ。

そんなためらいは、彼女に悟られることはなかったようだ。ぼくの右掌を握り、

「上がって」と言った。

夢ではなかった。握り締めてくれた彼女の手に力が入ったのだ。ぼくの足が滑り落ちるのを防いでくれるだけでよかった。彼女に必要以上の力を使わせたくなかった。

思いきって駈け上った。

そして、ぼくは彼女の前に立ったのだ。

現実のできごととは思えなかった。ぼくはその庭の中にいた。

彼女は洋館を背に立ち、少し不思議そうに首を傾げた。笑顔を浮かべたまま。

洋館の向こうには黄色い花が咲き乱れていた。桜の花はまだこれからだというのに、ぼくの目の前の彼女を中心とした光景は、まるで一枚の名画のようだった。

彼女の長い黒い髪。くっきりと大きな瞳。白いブラウス。淡い水色のロングスカート。

ぼくよりも頭一つ以上背が高いと思われた。こんなお姉さんが欲しい……。真剣にそのとき、そう願っていた。と、同時に、これは夢にちがいない、という思いも拭い去れない。この二年間、心の隅でこの光景を願い続けていた。だからこそ、いざ実現すると現実感が薄く感じられたのだ。

会ったら、こんなことを訊ねよう、どう説明しよう、などと考えていた段取りがすべてぼくの中でふっ飛んでしまっていた。代わりに喉がからからに渇いてしまっている。祖母が持たせてくれた水筒の水を飲むことさえ思いつかないでいた。

彼女は、やさしくぼくに訊ねた。

「どこから来たの？」と。それから遠くの苓浦町の方角を指で示した。「あそこに住んでいるの？」

何度も咳ばらいを繰り返した後に、ぼくは答えた。

「お祖父さんのところに遊びに来ているんです。ここから、見えます。船がたくさん留まっているところ」

それから、ぼくも指で祖父の店を差してみせた。

「白瀬銃砲店というんです。行ったことありますか？」

「よくわからない。行ったことあるのかしら。でも、今は行けないの」

「え？」

それが、どういう意味なのか、ぼくにはわからなかった。彼女は、ここに閉じこめられているというのだろうか？

しかし、知り合ってすぐ訊ねるには、それは不躾すぎる質問に思えてならなかった。

初めて彼女をカズヨシ兄ちゃんに連れられて崖の蔭から盗み見したときも、彼女の声を聞いた。あのときと、姿も声も彼女は寸分も変ってはいない。

「さっき、私とお友だちになりたくて、ここまで来たって言ったわね。どこで、私のことを知ったの？」

「二年前です。ぼく、二年前にも、あそこから庭を覗いていたんです。そのとき、お姉さんのこと、見ていたんです。そのときから、ずっとお姉さんとお友だちになりたくて。去年はお祖父さんの家に来れなかった。でも、今年はやっと来ることができた。今度は、絶対にお姉さんとお友だちになろうと決めていました。だから、勇気を出して、声をかけたんです」

二年前に、ぼくが崖の蔭から屋敷の中を覗いていたことを告げると、彼女は信じられないというように大きく目を開いていた。カズヨシ兄ちゃんのことは、あえて言わなかった。それ以上、不安に思わせることはないと思ったからだ。だが、崖の蔭から彼女を初めて見たことは嘘ではない。それだけは、本当のことを話しておくべきだと思ったからだ。

「崖の蔭から、ここを覗いていたりして、ごめんなさい。お姉さんとお友だちになれますか？」

数秒の間はあったものの彼女は、あの白く優雅な右手をぼくに差し出し、そしてうなずいたのだ。

彼女はぼくに告げた。

「もう、変なところから入って来たりしないで下さい。お友だちなのだから。いいわね」

その言葉は、ぼくにとっては夢のようだった。そのとき、ぼくは彼女の〝お友だち〟として正式に認められたのだということを知ったのだから。

ぼくは、何度も激しく首を縦に振り、「もちろんです」と自分でも驚くほど大きな声をあげた。

「それから」と彼女は付け加えた。「私は、お姉さんという呼ばれかたは馴れていないんです。私の名前は杏奈。杏という字と奈良の奈。杏奈でいいから、そう呼んでください」

彼女が〝あんな〟という名前であることは、わかっていた。ただ、どんな字なのかが、そのとき初めてわかったのだ。

「杏奈、でいいの?」

「いいわ。深沢杏奈です」

ぼくも、「白瀬健志です。ぼくも健志と呼んでください」と伝えると、杏奈は、大きくうなずいた。

ただ、心配なことが、まだ一つ残っていた。最初にここを訪れたときに彼女の名を呼んでいた男の存在だ。

あの人は、今もここにいるのだろうか？

あの人は……杏奈の父親？　ひょっとして、祖父なのだろうか。

「最初にぼくが、さっきの崖のところからこちらを覗いたとき、お姉さんを……いや杏奈の名を呼んでいた人がいました。あの男の人は誰なの？

今も、この屋敷にいるんですか？」

杏奈は、大きく頷いた。ぼくは少し緊張するのがわかった。

「お兄さんのことね。秋彦兄さん」

ぼくは耳を疑った。あの長い白髪の猫背の老人がお兄さんだなんて。何歳年上になるというのだろう。そんな兄妹が存在するという話は聞いたこともない。

「嘘でしょう？　あの人はお年寄りですよ」と正直に口にしてしまった。

「それとも、お兄さんって病気なんですか？　肉体だけがどんどん齢をとっていくっていう病気のことを聞いたことがある」

ぼくがそう言うと、杏奈はつらそうに首を横に振った。本能的に、ぼくは口にしてはいけない質問を言ってしまったのではないかと思った。

「秋彦兄さんが、普通なんです。変なのは、実は、きっと私の方」

それは、どういうことなのか、口にしようとしたが、ぼくにはどうしても訊ねることができなかった。人は話題に出してほしくないことを、必ずや一つ二つは持っている気がする。これも、その一つ。訊ねるということは、杏奈を傷つけてしまうことのように思えたからだ。

もちろん、ぼくは同時にさまざまな想像をしていた。不思議に思えることも、真実を知れば、なんだそんな簡単な事情だったのかと納得できるのではないか、と。

「外には行かないんですか？ 荅浦町に遊びに行ったりしないのですか？ さっき、杏奈は行けないと言ったけれど、どうしてですか？」

そんな話ならしてもかまわないのではないか、とぼくは思ったのだ。

「何度か、行こうとしたことはあったの。でも、私には行けないってことを知っているの。秋彦兄さんも、行かない方がいいって言っている」

「それは、どうして？」

杏奈は寂しそうにぼくに、肩をすくめて見せた。

そうだ、とぼくは思った。杏奈こそ病気なのだ。治療のために、この洋館に隔離されて療養生活を送っているのではないか。それであれば、荅浦町へ出ていくことも控えなければならないはず。陽射しの強い真夏も、寒風吹く冬も、彼女は庭に出してもらえない。そう考えれば納得がいく。

「私にはよく、わからない」とだけ杏奈は言った。「それよりも健志くんのことを聞かせて。まだ、私は健志くんに会ってすぐなのよ。なにも、健志くんのことを知らないのよ」

ぼくは、すべてのことを一瞬に知る必要はない、と自分に言いきかせた。まだ、杏奈という歳上の女性と言葉を交わすようになって数分も経たないのだ。今は、憧れだった杏奈にぼくのことをなんとか気にいってもらえることが最優先だと考えた。だとすれば、幼い自分なりに、やれることをやるべきだ。彼女が望むことをかなえるべきだと。

杏奈は手招きした。その先には、白い椅子が四つ。そして白い円卓が置かれていた。彼女はそのまま椅子に腰を下ろし、ぼくにも腰を下ろすように勧めているのだ。ぼくは、彼女の言うとおりに、彼女の正面の椅子に腰を下ろした。

それから、ぼくはどういう話をしたのやら。思いだそうとしても、ぼんやりとしか思いだせない。なんとか彼女に気に入られたい。その必死な思いだけは憶えている。だが、その思いと、話の内容は、ずいぶん乖離していたのではなかろうか。というより、支離滅裂だったのではないか。

彼女は、すべてを吸い込むような瞳をぼくに向けて微笑(ほほえ)みながら、何度もうなずいていた。ぼくは、途中、何度か何を話していいかわからなくなり言葉を詰まらせた。すると、杏奈は、そこでやっと相槌(あいづち)を打ってくれるのだ。

「とても、おもしろいと思う」とか「興味あるわ。楽しいと思う」と言ってくれる。そこで再びぼくは勇気を奮いおこし、次の話題を探し出すことができるのだ。小学校の同じクラスの友人たちとの失敗談や、担任の先生はどういう人なのか。思いつく限りのことを身振り手振りを交えて必死で話し続けたのだった。

　幸いなことに杏奈は聞き上手だった。ぼくが話すどんなつまらないできごとにも興味を示したし、友だちが言っていたジョークの受け売りにも心からおかしいというように笑ってくれたのだ。

　だから、嬉しかった。楽しかった。杏奈がぼくの話にそれだけ真剣に耳を傾けてくれるというのは、ぼくにとっては夢のようなできごとなのだ。

　しかし、夢のような楽しい時間は突然中断したのだ。

　あの、「秋彦兄さん」の声が聞こえた。杏奈の名を呼んでいた。ぼくは、その声を聞いただけで、胃の腑(ふ)を掴まれたような思いに襲われていた。

　杏奈は、返事をした。そして立ち上る。

「きっと、兄さんはお茶を飲みたいのね。ちょっと準備をしてくるわ。一緒にお家に入る？　健志くんのことを兄さんに紹介するわ」

　だが、どぎまぎしていたぼくは、まだ「秋彦兄さん」に挨拶する心の準備はできていなかった。それに、自分が、よその家に黙って忍びこんだ泥棒猫のような気分に陥ってしまったのだ。

「いや、ぼくはもう今日はそろそろ帰ります」

　一瞬にしてからからになってしまった喉で彼女にそう答えた。そして反射的に立ち上がり敷地を覗きこんでいたあの斜面に走っていった。

　ぼくの背中に杏奈が声をかけた。

「そちらは崖になっているのよ。危いわ。門から帰った方がいいわ」

　ぼくは振り返った。

「大丈夫です。ぼくは馴れています。早く、お兄さんのところに行った方がいい」

　杏奈は、心配そうに頷いた。

「じゃあ約束して。次は、来るときは門の方から来て。門の横に呼び出し用の紐が吊るしてあるから」

あの門にそのような仕掛けがあった記憶はなかった。だが、ぼくは彼女の言う事を信じた。

ぼくは声が弾むのに自分でも気がついていた。つまり、ぼくに、またこの屋敷に来て欲しいと彼女は言っている。ぼくは彼女に気にいられたということなのだ。「わかったよ」

斜面を滑るように下り、石段の場所にたどり着くと、ぼくは気になるものを感じて振り返り見上げた。

杏奈は、まだ、そのときぼくを見ていたのだ。そして、ぼくともう一度視線が合ったのを知り、笑顔を浮かべてくれた。その後に、小さく手を振ってくれた。

もう一度、杏奈の名前を呼ぶ、兄の声が聞こえた。その日、彼女の顔を見たのは、それが最後だ。

杏奈は、振り返りながら大きく、「はい」と答えた。それから姿が見えなくなった。

しばらく、ぼくはその場に立ちつくしていた。下方から潮が崖に打ちつける音が生きものの鳴き声のように響いていた。その鳴き声は、まるでぼくを祝福しているかのように聞こえる。やったな！　やったな！　と。

頬にあたる風も冷たくは感じなかった。それは多分にぼくの気分が高揚していたからかもしれない。空には、まだ高く太陽があった。今日は、水平線に沈む見事な夕陽が見られるはずだと思った。しかし、夕陽にはまだ時間があるのに、もう春待岬から帰らなければならないのかと、もったいない気もした。

白瀬銃砲店へ帰ると、祖父は堤防へ一緒に行くかと誘ってくれた。もう、その日の仕事は一段落したらしい。ぼくには断る理由は何もなかった。

祖父と一緒に釣り糸を垂らすときに、祖父は「健志は、よほど何かいいことがあったようだな」と指摘した。

ぼくは、自分ではいつもと変らないように振る舞っていたつもりなのだが、祖父の目にはそれほどうきうきしているように見えたようだ。

その日は潮の加減がよかったのか大漁だった。カサゴや、キス、メジナなどが次々にかかったのだから。途中からぼくの横には青井梓がいつの間にかやってきて、腰を下していた。

あれほど梓に対しては頑(かたく)なだったぼくも、そのときにかぎっては愛想よく振る舞った。

釣りを終えて、獲物の大半をぼくは梓に分けてやった。それほど気分がよかったのだ。

もちろん、祖父にも、梓にも、岬でのできごとは何も話しはしない。

夕陽は天上にあるときの太陽と較べても大きかった。今にも水平線に触れんとしている。

そのとき、ぼくが思っていたことは、今でも憶えている。

この巨大で美しい夕陽を、あの岬の屋敷の中から、杏奈という歳上の少女も眺めているにちがいない、と。ぼくが今、見ているのと同じ夕陽を。

翌日は、どうしたものかと考えていた。とりあえず、朝のうちに母と約束をしている勉強を済ませた。それから、祖母に声をかけられた。車で買物に行くから一緒に来ないか、と。ぼくを誘ったのは、買物の荷物運びの手伝いだということは、わかっていた。

祖母は週に一度ほど少し離れた町の大きな商店街に出向き、苓浦町では手に入らない日用品をまとめ買いする。だから買物の量も多くなる。白瀬銃砲店の車で、商店街はずれの駐車場まで行って、あとは歩いて買物にまわるのだった。

祖母に声をかけられたときは、そろそろ春待岬に足を向けてみようか、と考えていたときでもあった。だが、祖母の望むことにも協力してやるべきだと考えた。一日は長いのだし。

商店街と駐車場を何度か往復して、ぼくと祖母は、午前中のうちに白瀬銃砲店に帰り着くことができた。

それが限界だった。

昼食を用意するからという祖母に断わり、商店街で買った稲荷寿司(いなりずし)を咥(くわ)えると、ぼくは「遊んでくるよ」と飛び出していったのだ。

もちろん、行く先は、春待岬の屋敷だった。杏奈が、次に来るときは門から訪ねてくれと言っていた。その言葉に従うつもりだった。

海岸沿いの道路を走った。歩いていくつもりでいたのだが、気が逸(はや)る。自然と足は小走りになり、いっそのことと、走り始めた。そして息が切れ始めると、速度が鈍る。それの繰返しだった。

その日は、杏奈がどのように迎えてくれるだろう、というときめきもあった。もうしばらくしたら、またあの笑顔に会えるのだと。

岬のつけ根にある常緑樹の森に入った。

岬の奥へと道を伝いながら、杏奈のために何か手土産の一つも持参するべきではなかったのかと思い始めていた。だが、引き返すわけにもいかない。もし、次に訪ねる機会があれば、そのときに持っていくことにしよう。

森を抜けると、左右に海が見えた。そこからは、海岸沿いの道路はわかるが、白瀬銃砲店は山陰に遮られて見ることは、かなわない。もっと岬の先端方向へ歩けば、視界に入ってくるのだろうが。

それよりも、森を抜けた途端に潮風が感じられたことの方が印象的だ。岬にやってきたという実感に変る。

そして、その向こうに、金属製の門があった。最初に見たときは、まるで、牢を思わせる、すべてを拒否するかのような威圧感を備えた門に見えた。

これまでは、ここから斜面を下っていた。

だが、今日はちがう。門から訪ねてきて、と杏奈に言われている。

その門の前にぼくは立つ。震えが背筋を走っていった。きっと武者震いなのだと、ぼくは思った。

杏奈が、ぼくに言ったことを思い出す。

「門の横に呼びだし用の紐がある」と。

そんな仕掛けには、これまでまったく気がつかなかったし、見当らないような気がした。しかし、彼女の言うことに嘘はないはずだ。前にも見ている。何の飾りもない殺風景な門でしかなかった。どこに、そんな呼びだしの仕掛けがあったというのだろう。

突然、そのときぼくには見えた。

そのあたりの樹木とはまったく種類の異なる樹。杉の木だった。その杉に、太いロープが巻きつけてあった。ロープもあまり使われていないようで、もともとの色から変色しているように思われた。

だから、最初にこの場所に立ったときは、このロープに気づかなかった。樹々の風景の中に溶けこんでしまっていたのだ。

ぼくは、その杉の樹木に近付き、樹の裏に腕を伸ばし巻きつけられている〝紐〟をほどいた。それは樹の上部から垂らされていた。その上に、滑車のような金属が見えた。

この紐を引けば、杏奈が門を開きにやってくる。ぼくを迎えるために。

ぼくは躊躇うことなく、その紐を引いた。紐には手応えがあり、五十センチ以上も引っ張ることができた。紐は切れることなく滑車の先のどこかに繋がっているのだ。

遠くで、鐘の音が響いているのが確かに聞こえてきた。

次の瞬間、ロープはたぐり上げられた。そして、ぼくはロープが鎮(しず)まるのを待ち、杉の幹の裏にもとのように巻きつけて、杏奈が、迎えにきてくれるのを待った。

どんな表情で彼女はそこに現れるのか？

ゆっくりと、笑顔で。それとも駈足(かけあし)で？

屋敷から門までの距離もけっこうあるはずだった。だから、あわてることもない。あるいは物陰に隠れて待ち、杏奈を驚かすのも面白いな、と思った。それは、その頃のぼくが、まだ幼かったということに違いない発想なのだ。さすがに子供じみた悪戯(いたずら)はやめて、辛抱強く杏奈が現れるのを待つことにした。

数分が経過した。もう、彼女は門に近付いているのだろうか？　こんなにも時間がかかるものなのか。

人の近付く気配があった。砂利を踏む音だ。洋館へ続く道は微妙な角度で曲がり、樹々で視界が遮られているから、気配はわかってもその姿を見ることはできないのだ。

直感が胸に走った。何か違和感があったのだ。

突然、目の前に現れたのは、杏奈ではなかった。白髪の猫背の老人だった。そのような事態をまったく予測していなかったから、思わず数歩後退(あとずさ)った。

違和感は、足音の間隔のせいだったと思う。杏奈が、そんな大股(おおまた)で歩いてくるはずはないのだ。

老人は門の前で立ち止まり、眉間に深い皺を刻んでぼくの頭から足の先に至るまで無言のまま眺めまわした。

杏奈が、「秋彦兄さん」と呼んでいた老人に間違いなかった。ぼくは老人に睨まれたまま胃の腑を強く握られたような思いに襲われていた。どうしたらいい。どうすべきか？

何か言わなくては。

喉をからからに涸らしてぼくは叫んだ。

「杏奈さんに会いに来ました。白瀬健志といいます」

老人は、それを聞いても眉一つ動かさない。何の感情も読みとれない。しかし、それから門扉に近付き内側にあるらしいロックを解錠した。冷たい金属音が聞こえた。

ぼく一人が入れるほど、門は開かれた。老人は、それから無言のまま大きく一つ頷いてみせた。それは入ってこいというジェスチャーのようだった。杏奈に会うという目的がなかったら、ぼくはそのまま踵を返して逃げ帰っていたと思う。老人は、昔のモノクロ映画に出てくる吸血鬼ノスフェラトゥか、狂った発明を続ける老科学者のような不気味な雰囲気を放っていた。全身が黒ずくめだからだろう。

ぼくは、覚悟を決めて門の隙間(すきま)に滑りこんだ。

老人は、すぐに元のように門を閉じて施錠(せじょう)した。それから、もう一度ぼくについてこいというように頷くと歩き始めた。

ぼくの見当では、この門の場所から奥の洋館までもけっこうな距離があるという印象だったのだが、やはりその通りだった。緩やかな高低がいくつもある。その間の道の両脇に桜が等間隔でならんでいるのだ。白い花がまばらに開いている。二分咲きというところだろうか。あと数日で、ここは見違えるほどの光景に変化するのだろうな、という予兆があった。

ぼくは、老人の後を歩いていく。そして、ぼくはその老人からこのときまで一言も声をかけられていないのだということに気がついていた。なぜ、一言も言葉をかけてくれなかったのか。ぼくのことが気に入らないのか。招かれざる客だったということなのかもしれない。

門の前に立ったときと較べて、だんだんと気分が萎(な)えていくのを感じていた。

突然、老人は立ち止まり振り返った。ぼくは、あまりのことに二、三秒息が止まってしまった。何事なんだ。

まだ、洋館は見えない。ひょっとして、ぼくは老人に崖(がけ)から突き落されてしまうのではないか。

「ちょいと、私とそこで話していこう」

老人が初めてぼくにそう言った。確かに、その声は、杏奈を呼んでいたときの声と同じだ。老人は無表情のままだった。老人が右手で示した場所には、木製のベンチが一つ置かれていた。

老人は、自分が先に腰を下ろし、その隣にぼくが座るように掌（てのひら）で誘った。

これは儀式みたいなものだろうか？　少々の不安を感じたが、ぼくにはそれを断わる理由は見当らなかった。

ぼくは老人の隣に座った。とても、この老人が杏奈の兄とは思えなかった。

老人は海を見ていた。

海は、小さな漁船が一隻（せき）、沖から帰ってきているのが見える。水平線まで、海の青が広がり、その上の空の青とつながっている。

「杏奈から聞きましたよ」

老人が、そう言った。予想外に丁寧な話しかたに、ぼくは驚いてしまった。

「健志くんというんですね。驚きました。崖伝いに庭先に来たそうですね」

老人は、ぼくを見ていなかった。やはり、遠くの海を見たままでいた。

「すみません」とだけ答えた。最初はカズヨシ兄ちゃんに崖伝いに連れてきてもらったことは、口にしなかった。人のせいにはしたくなかったのだ。

「もう何度か、庭までは来ていたのですね。杏奈から聞いて、崖の小径を見つけましたよ」

そのことをこれから責められるのか。

ぼくは、はいと答えた。一昨年に初めて、ここまでくることができたこと。杏奈と友だちになりたかったこと。ようやく昨日、話をすることができたこと。その経過を正直に話した。

老人に怒っている様子はなかった。海を眺めている老人の横顔、そして、その目が世の中のすべてを達観しているように見えた。

ぼくが話している間、老人は何度かうなずいていた。それから、確認するように訊ねた。

「ということは、健志くんがここへ訪ねてくるというのは、杏奈に会うためなのだね」

「はい」少し照れくさかったが、そう正直に答えた。

「この屋敷のことは、誰かに話したのかな?」

「いいえ。誰にも言っていません」祖父や祖母には言っていない。ただ、この屋敷のことは話していないが、青井梓は崖の小径のことは知っている。しかし、梓のことまでは話さなかった。

するど、老人は、ぼくの方に向きなおった。

「これから、健志くんがいつまでここを訪ねてくるのかわからないが、この屋敷のことを絶対に他所で話さないと誓ってくれませんか？　ここに来て杏奈と会って話をしたりすると、もっと不思議に感じることが出てくるにちがいない。でも私は世の中からそっとしておいてもらいたいのですよ。私のためだけじゃない。杏奈のことを思うなら」

それが、どういうことなのか、ぼんやりとわかったような気がした。それが、不思議なことだというのだろうか？

「約束します。でも、教えてもらっていいですか？　杏奈さんはお爺さんのことを、秋彦兄さんと呼んでいました。本当に、そんなに齢が離れているんですか？」

老人は、ぼくの質問にはすぐに答えず、皺だらけの口を少し尖らせるような仕草をした。ぼくは、どうしてもその答を知りたかった。老人が実は、杏奈の父親でも祖父でもいい。伯父と姪という関係でも納得できたはずだ。

「それから、もう一つ、訊ねていいですか？　杏奈さんは、この時期しか家にいないんですか？　他の季節には、杏奈さんはどこに住んでいるんですか？」

老人は、少し驚いたような表情を浮かべた。

「そこまで知っているのかね。そのとおりです。私は杏奈の兄です。事情があるのだけれど、もう少し健志くんが大きくなってから話した方がいいのかもしれない。今は、何歳ですか？」

「十二歳です」

「わかりました。もし、あと三年経って、健志くんがここのことを忘れずに杏奈に会いに来ていたら、教えてあげよう。それは約束する。ただ、その頃は健志くんは興味を持つことが多くなっているはずだ。そのときは、この岬のことを忘れてしまってかまわない。そういうことでいいだろうか？」

ぼくには、老人に答をはぐらかされた気がしてならなかった。答を知るには、ぼくは幼すぎると思われたのだろうか？　自分ではその答を知る資格はすでに十分に備えているつもりであったのだが。

しかし、目の前の、杏奈の兄という老人の言葉に背くわけにはいかない、ということはわかった。それだけ謎を残されておきながら忘れてしまってかまわないと言われても、忘れることなどできるはずがない。

「十五歳になるまでですね。待ちます。大丈夫です。それに、ここのことも誰にも言いません」

そう、ぼくが言うと、老人は「うん。健志くんのことを信用してよさそうだな」と頷き、初めて目を細めてみせた。その表情で、ぼくは知ったのだ。

この秋彦兄さんという老人は、悪い人ではないのだ、と。

杏奈は、昨日と同じ場所で、ぼくを待っていてくれた。そして、近付くとぼくを突然、抱き締めてくれた。まったく予想しなかった。

「必ず来てくれると思っていたわ。健志くんのことを今日は朝からずっと待っていたのよ」

ぼくは、杏奈の香りを嗅(か)いでいた。何の匂(にお)いなのだろうか？　わからなかった。彼女が、どのような表情を浮かべていたかはわからない。ぼくの顔は杏奈の胸にあてられていたのだから。途方もなく甘く馨(かぐわ)しい世界の中で恍惚(こうこつ)となっていた。そして、まさにこのとき、ぼくは自分の一生がこの女性のためにあるのだと、自分の意識下に刷りこんでしまったのだ。

それまでの老人との砂を嚙むようなできごとも忘れ、ぼくは夢見心地のままで時間を過ごした。

それだけは憶えている。

だが、庭のテーブルで、杏奈となんの話をしたのか、よく記憶していない。

杏奈の後方にはコバルトブルーの午後の海が拡がっていた。その背景の海の色から浮かび出るように彼女は真っ白い綿のブラウスを身につけていた。最初に彼女を見かけた二年前と同じ姿だった。ただし、日光を避けるためだろう、鍔の広い帽子をかぶっているからあの見事な長い黒髪は隠れてしまっている。

二年前も思った。そして昨日も思った。あの輝くような瞳は変わらない、と。

話の内容を記憶していないというのは、それほどぼくの注意が杏奈に奪われてしまってうわのそらになっていたということなのか。何かを喋り続けていたのだが、それはあたりさわりのない、どうでもいい世の中のできごとを口にしていたのではなかったろうか。

けれども、杏奈は、退屈することもなく、ぼくの話に耳を傾けてくれていた。だから、それだけでよかった。ともに過ごせたことが、つまり幸福なのだ、と。

ぼくは、それから春休みの間、可能な限り、毎日、朝早くから春待岬を訪れた。

そして杏奈と屋敷で過ごしたのだが、杏奈と過ごす時間はわくわく感の連続だった。だが思い出せばなんともったいないことだろうという気がしてならない。毎日、岬に行けば杏奈に会うことができる。

それが当然のことだと考えるようになっていた。しかし、それは〝当然〟なのではなくとても貴重な時間であることを思い知ることになる。

ある朝、いつもと同じように、ぼくは、屋敷の門の前に立った。杉の木に巻きつけられた変色した紐を思いっきり引っ張った。そのときは、すでに身についた訪問の儀式をこなしているという意識でしかなかった。そして、門を開きに現われるはずの〝秋彦兄さん〟を待った。今日は、杏奈と何をやって時間を過ごそうかと思い巡らせながら。

ひらひらと白いものが舞い下りてきてぼくは掌でそれを受けとめた。

桜の花びらだった。

それほど強い風が吹いたわけではない。頰を撫(な)でて去っていくのがわかるほどの風だ。だが、白い花びらが大量に宙を舞う。あたかも季節はずれの雪の中にいるような錯覚さえあった。

そして、ぼくは知った。一つの季節が去っていこうとしていることを。

この鉄の門で待った初めての日、桜は、まだ二分咲きだった。そして今、桜は花をすべて散らそうとしている。その間、七分咲きから満開の時期を迎え、そして今から花吹雪になるのだ。

そして気がついた。この春に、ぼくは一度もじっくりと桜の花を見ていなかったことに。

いや、見ていなかったというより、気がつかなかったのだ。ぼくには桜は見えていなかった。見ていたのは杏奈の瞳だけ。他は何も注意が向かなかった。

そして、今、花びらが落ちていくことに気付いたということは。

もうすぐ、春休みが終る。そして悪い予感が広がる。

近付いてくるのが見える。秋彦兄さんという老人が。つらそうな足取りを見たときに、わかった。

今年の杏奈の季節が終ったのだということを。その予感がはずれることを、ぼくは心から願っていた。

老人は、門に触れることはなかった。立ち止まり、大きく首を横に振った。それから、ぼくに言った。

「杏奈は、来年まで会えない」

ぼくは、そう答えた。カズヨシ兄ちゃんが言っていたことが証明されたのだ。返事のあまりの素直さに、老人は少し拍子抜けしたような印象さえあった。

「もっと色々と尋ねてくるのかと思ったよ」と老人は言った。

「ええ。でも十五歳になったら教えてもらえるんでしょ」

「そのつもりだが」

「そのときまで待ちます。来年、桜が咲く頃に訪ねてきます」

老人はうなずいた。ぼくは踵を返すと、走り始めた。そのままでいたら泣き出しそうだったからだ。

杏奈が、その前夜からいなくなったのか、その日の朝だったのかは、感情が高ぶってしまい、聞かず仕舞いになってしまった。それは、当然聞いておくべきことだったのに。

それから一年間、ぼくはそのことを思いだし、後悔し続けることになるのだ。

ただ、岬の屋敷を訪ねていって、秋彦兄さんという老人から杏奈が去ったことを聞かされた日は思いだす。四月の五日だったということを心に刻みこんだからだ。

ぼくの中学校で初めての夏休みだった。祖父母の家から連絡があり、なぜぼくが夏休みに遊びに来ないのか、と母に尋ねてきたそうだ。だが、正直言って杏奈がいない苓浦町には何の魅力も感じない年齢になっていた。

そして、中学二年に上がる春に、天草の祖父母の家を訪ねた。夏も冬の休みも訪れていなかった。

まだ、春休みに入ってすぐのことだ。岬の桜も白い蕾(つぼみ)をつけてはいるものの固かった。

それでも、ぼくはこの春も杏奈を待っているのだということを知らせるために、屋敷を訪ねた。

門の前に着くと杉の木に巻かれたロープを引いた。そしてしばらく待つと〝秋彦兄さん〟がやってくる。

ぼくの前で立ち止まり、老人はぼくの足もとから頭までを舐(な)めるように眺めまわした。

一年前と老人はまったく変わらない。眉間の縦皺も、バッタのように長い手足も、総白髪の頭もそして着ている真っ黒い服も。ただ、少々背丈が縮んだかなというのが変化らしい変化だ。

「健志くんと言ったかね。他所の子は成長が早いというが、そのとおりだな。ずいぶん背が伸びたようだ。たった一年だろうに。そのような成長時期だということか。杏奈に会いに来たんだね。残念ながら少し早かったようだな。杏奈は、まだいないよ」

それは、予想していた老人の答でもあった。

「ええ。まだ、お会いできないかもしれないとは思っていました。でも、ぼくも、苓浦町に着いていることを知っておいて頂きたくてここまで来たんです。杏奈さんと会えるようになったら、ぼくに知らせてもらえないでしょうか?」

老人は、意外そうに目を開いた。ぼくは続けた。とても自分が子供らしい頼み方をしていたとは思えない。「杏奈さんに早く会いたいんです。毎朝、訪ねてきてもいいんですが、一刻も早く会える方法はやはり教えてもらうしかないと思うんです。祖父の家に電話はあります」

「私に電話をかけろというのかね。冗談じゃない。君にはわからないのか。私が、どんなに外界と接触をとるのを避けているか。電話も最低限の生活必需品を購入するときだけだと決めている」

電話で知らせてもらうことは無理だと、その剣幕でわかった。

「じゃあ、他の方法で知らせてもらえませんか？」

「他の方法で？　どうやって？」

問い返されたが、ぼくはそのとき、何かを思いついたわけではない。幼い頭の中を必死で掻き回していたのだ。

「何か……岬の先端で煙が出るような……」

「狼煙をあげろというのかね。苓浦町の人々の目にどう映るというんだ。すわ、何事かと、好奇心を剝き出しにしてここへ押し寄せてくるに決まっとる」

ぼくは、なるほどと思った。老人には、どうしても守りたい秘密がある。その秘密を守るために外界との一切の接触を断っているのだ。できるだけ世の中の人々の興味をひかないように。

他に、いい方法があるだろうか？　そのときのぼくには、何も思いつかなかった。旗を岬の先端に揚げてもらうことも考えた。しかし、祖父母たちがいる苓浦町からは、掲揚された旗を肉眼で見ることは、自信がなかった。

いい案は、浮かぶことはなかった。仕方なく、ぼくは言った。

「じゃ、また来ます。毎日、……顔を出してもいいですか？」

老人は、不愉快な表情は浮かべなかったが呆れたことを隠すこともなかった。

「ああ。かまわない。なんとか、知らせる方法があればいいのだがな」

それしか、方法はないとぼくは諦めた。

それから、二日続けて岬の屋敷を訪れた。そのときに、ぼくは子供心に〝過剰な期待をしてはいけない〟ということを学習する。

今日も会えないはずだと思いながら屋敷を訪ねるのだ。それなら首を横に振る老人に会っても落ちこむことが少ない。狡いと言えば、狡い。情けないと言えば、情けない。

杏奈と会えるのがもうすぐという予感はある。だが、正確な日がいつだったのか？桜の花が何分咲きだったのか。春分の日を過ぎていたことはわかっている。

その朝、ぼくはその予感に熱いものが伴ったことを実感した。

胸がどきどきする。早朝に祖父の家の前の埠頭から岬を見上げたときだ。

一本だけ、桜の花が満開に咲いているのだ。

昨日も同じ位置から岬を眺め、この光景を見ていた。だから見紛うことはない。咲いたのは今日だ。

ぼくは、そのとき自分の胸の鼓動をはっきり聞いたことを憶えている。

そのまま何も考えずに走りだしていた。

岬へ。

常緑樹の森の中に入り、ひたすら走り続けた。最初に訪れたときは、鉄の門にたどり着くまで、ひたすら遠く感じたものだ。だが、その頃のぼくは、ちっとも遠いと感じないようになっていた。通い慣れたということなのかもしれない。そして、鉄の門にたどり着くと杉の木に巻きつけられていたロープを力一杯に引いた。前日までは期待していなかった。しかし、そのときのぼくは、期待するなという方が無理な精神状態だった。

老人が姿を見せたときから、自分の予測が間違っていないことがわかっていた。前日までであれば、老人は足を引きずるように現れたというのに、その日の〝秋彦兄さん〟は胸を少し張って歩くときもリズムに乗っているように見えたのだ。

それから、少し得意そうに目を細め、ぼくに言った。

「お待ちかねだったね。杏奈も健志くんに会いたがっているよ」

鉄の門を開きながら、老人は、そう言った。嬉しいのだろう。老人も心なしか声が弾んでいるようだった。

やはり、予感はあたっていた。老人に、礼を言いながら、ぼくは思っていた。

杏奈は、水色のワンピースを着ていた。ぼくが彼女の姿を見つけると、杏奈は、立ちあがり駈け寄ってきたのだった。そして立ちどまりぼくを驚いたように見る。この一年でぼくはそれほどに背が伸びたということなのだと、わかる。だが、杏奈は、一年前とまったく変っていなかった。

それから、杏奈と毎日を過ごす。杏奈が、三月二十六日に現れることだけを、心に刻んだ。

ぼくは、確かに一年分だけ成長していた。杏奈は外見は変っていないのだが、昨年までの、年上の人という印象が薄らいできている。杏奈のぼくに対しての言葉づかいも気のせいかもしれないが敬意が加わっているように思えた。

杏奈はこの一年のできごとをぼくに教えて欲しいと乞う。ぼくは知っている限りのことを教えてやる。ぼくは彼女を喜ばせるために必死だった。

その一年の報告が終ると、昨年のような、ぼくと杏奈のまったりとした時間になっていった。その次の日も、またその次の日も。

一年間の空白なぞまったくなかったかのように。一年前の四月に杏奈を見なくなった日の翌日が再開したような気持になった。

少し、杏奈がぼくに身近な存在になったような気がしたというのは、ぼくが成長したから？

そうだ。その前の年から、ぼくは中学校に通っていた。小学校のときよりも、遠い距離を毎朝、歩いて通って。

中学校に入って、何が一番驚いたかというと、上級生たちは、ぼくの眼には、もう大人としか見えなかったことだ。男子生徒は声も変っている者がいたし、背も高かった。

上級生の女子生徒の後ろ姿で無意識のうちに杏奈を思い出し比較してしまう自分がいることに気がついていた。

女子生徒たちも、成長して女になりつつあることをぼくは感じていたのだ。だからこそ、周囲の女子生徒たちと、理想の存在である杏奈を同時にイメージの中で見てしまう。

目の前で小首を傾げてぼくの話に集中している杏奈を見ていると、やはりイメージの中にあった杏奈よりも格段に魅力的であることを再認識してしまうのだった。

できれば、この岬の屋敷で、ずっと過ごしていたい。そう願わずにはいられない。

だが、そういうわけにもいかない。

苓浦町の祖父母に心配をかけてはいけない。祖父母に心配をかけるということは、結果的に、この屋敷に注目が集まるということだ。それは〝秋彦兄さん〟の思惑を裏切ることにつながる。

秋彦兄さんである老人も、日没が近付くと、杏奈とぼくのところへやってきて、そろそろ帰宅するべきだと告げる。

そのとき、一度、杏奈が頼んだことがある。

「秋彦兄さん。健志くんにここからの夕陽を見せてあげたいの。水平線が茜色（あかねいろ）に染まって沈んでいくところ。いけませんか」

すると老人は、ゆっくりと首を横に振ったのだ。

「日没後は門の向こうは光一つない。子供が一人で帰るには危すぎる。もしものことがあったら取り返しがつかない。夕陽ならば、早目に引き上げてくれれば苓浦町の堤防の上からでも同じように眺めることができる」

「でも……」

そう杏奈が言いかけたが、ぼくは素直に立ち上った。また、明日になれば杏奈と一緒に過ごせるのだ。ぼくも杏奈の隣で水平線に沈む夕陽を見たかった。だが、秋彦兄さんが言うことが一番正しいのかもしれない。ぼくは何よりも秋彦兄さんに気に入られていなくてはならないのだ。

「ぼくはもう帰ります。もっと大きくなったらライトを持ってきます。そのときは杏奈さんと夕陽を見ることを許して下さい」

老人はぼくを射抜くように数秒睨んだ後で頷(うなず)いた。

「そうだな。もっと大きくなったら、いいかもしれないな。しかし、今はもう帰った方がいい」

「はい」

そして杏奈に別れを告げて屋敷を出た。春の桜の時期までの日没は速い。屋敷から眺めたとき、太陽はまだ高い位置にあったと思ったのに、ぼくが森の中へ走り岬を抜けて国道に出た頃には、すでにあたりは闇(やみ)に包まれていた。ぼくは、海岸沿いの道路を、小走りに急いだ。そのスピードを落したのは、ふと見上げた視界に、それまで死角になっていた春待岬の屋敷の灯りが飛びこんできたからだ。もちろん、光点でしかなく、細部がわかるはずもないのだが、その白い光の中には、さっきまで一緒に過ごしていた杏奈が、確かにいるのだと考えると、駈けていた足のスピードが緩やかになってしまい胸が温かく感じられるのだった。

その年から、四月五日になるということへの覚悟が生まれた気がした。

同じように、ぼくの中ではこれから一年間自分は成長するのだということが実感をもって捉(とら)えられるようになった気がする。

これから、また一年間、苓浦町を離れて、杏奈がいない一年を過ごすのだ、と。そして自分に言い聞かせる。ぼくは、杏奈を失ったわけではない、と。

実はその冬、クラスメートの一人が交通事故でこの世を去っていた。明るい奴(やつ)でぼくともよく冗談を言いあっていた。ある朝、ぼくはそいつが前夜に急逝したことを聞かされた。

信じられなかった。その知らせを朝に担任から聞いて涙が止まらなくなった。だが、本当の淋(さび)しさは、それからずっとゆっくりとやってきた。こんなときに、そのクラスメートが言っていたな、という冗談をふと思いだすのだが、すぐに、もう彼とは永遠に会うことはかなわないのだということを思い出すと、寂寞(せきばく)とした感情に襲われるのだ。

四月五日が近付き、ぼくは自分に言い聞かせた。

杏奈を永遠に失ってしまうわけではないのだ。一年間の空白の後、桜の時期が来たら訪ねていけばいいのだ、と。

と、同時に、クラスメートと同様に、もしも杏奈が永遠にいなくなってしまったら、自分は正常でいられるだろうか？

そんなことも考えているのだった。

ぞっとした。

とても、耐えられない。

そのとき、ぼくは杏奈が自分の中でいかに大きなかけがえのない存在になっているのかを思い知ったのだ。

桜の時期のその数日間があるからこそ、今のぼくは生きていけるのだ、と。

十四歳の春、やはり杏奈はぼくにとって特別な存在であり続けた。そして、その年、ぼくは背が杏奈と同じ高さになったことを知った。

杏奈と再会する朝は嬉しくて一刻も早く会いたいという気持ちと、矛盾を含んだ不安な気持ちがある。

少し、頬骨や顎の骨が張ってきた自覚があった。何よりも自分の声から、かん高さが消えつつあった。声の質も変っていた。それに……。

そんなぼくを見て、杏奈が嫌がるのではないかという不安だ。杏奈が可愛がってくれたのは、子供であるぼく。

子供でも大人でもないぼくは彼女の目には気持の悪い存在に映るのではないか？

まったく一年前と変らない杏奈は、外見が微妙に変化したぼくに、すぐに気がついたことがわかった。驚きを隠せずに目を丸くしたのだ。

　だが、杏奈の変化はそれだけだった。そしてぼくに接する態度は前年とまったく同じ。

　ぼくは、ほっと胸を撫でおろした。

　ただ、その日の帰りしなぼくに杏奈はこう言った。

「健志くんは、もう子供じゃないのね」

「そうですか？　自分では去年とちっとも変っていないように思うんですが」

　すると杏奈は大きく首を横に振った。

「ううん。健志くんは、前よりもずっと話すことがしっかりしてきたわ」

「どちらが、いいのかな？　子供のぼくと、今のぼくと」

　杏奈は即答した。

「どちらも健志くんじゃないの。どちらが、ということはないのよ」

　それを聞いてぼくは、なるほどと思う。

　それから、十四歳のぼくと、変ることのなかった杏奈との蜜のような日々が再開したのだった。

　ぼくにとってのその一年はどのようなものであったかというと、身体の変化だけでなく、知識の変化の年でもあった。

十三歳で杏奈と会えなくなり十四歳の春に再会するまでに、ぼくは夏と秋と冬を越えた。

その間に得た知識は主に級友たちから、もたらされた。彼等は得意そうに「知っているか？」と言いながら、未知の情報を見せてくれた。写真であったり、活字であったり。

女とはいったい何なのか。

赤ちゃんは、どうやって生まれることになるのか。

信じられないような、いくつもの不思議な情報の洗礼を受け続けた。

ショックだった。知る前と知った後で、世の中の仕組みがまるまる変化したように思われた。昨日までは天が地球のまわりをまわっていると思っていたのが、真実は地球が太陽のまわりを回っていると知ったくらいの驚きだった。

そんな真実を知ったのが、ぼくが夏休みを迎える前のことだ。もしも、明日、杏奈と会わなければならないという時に、そんなコペルニクス的転回の知識を注ぎこまれていたとしたら。

ぼくは、どんな顔をして杏奈と会えばよかったのだろう。しかし、幸いなことに再び杏奈に会うためには、三つの季節を越えなければならなかった。ぼくの心の中で突然に舞い上った灰神楽(はいかぐら)がゆっくりと降り落ちて鎮んでしまうくらいの時間だった。

そして、自分なりに、ぼくはその情報の裏付けを探しだし、やがて、落ち着きを取り戻した。

ぼくの年齢では、いくつもの妄想のフィルターがかかったままであったのだが、自分なりに自分の心に折合いをつけることに成功したのだ。

そういうものかもしれない。考えすぎても仕方のないことだ。仕方のないことを思い悩むことこそ無駄なことではないのか？と。

自分の身体の変化プラス・アルファの心の変化。そんなできごとの後の春だったのだ。

昨年と変らぬ杏奈と話していて思う。

杏奈は永遠なのだ。小学生のときに初めて見て憧(あこが)れた杏奈は、今もその存在を保ち続けている。

一年の話をする。世の中ではどのようなことが起っているのか。〝秋彦兄さん〟は杏奈に世の中のできごとをまったく何も教えていないのだ。無垢(むく)の心のままで杏奈はいる。

教えてあげるべきなのか。それとも〝秋彦兄さん〟がやっているように情報を遮断しておくべきなのか？

そして、一年間、杏奈と会っていなかったときに、ぼくが何をしていたのかを話し続ける。

もちろん夏に知った、男性と女性の知識については触れない。そんなことを、ぼくが杏奈に話すわけがない。

代わりに、世の中の動きについては、ぼくはいくつも記憶にとどめていた。これまでのぼくだったら、あまり注意を向けることはなかったろう。しかし、今は違う。杏奈に話してきかせるために、一年間、情報を収集していた。杏奈が聞かされていないできごとを教えてあげるために。彼女の笑顔をもらうための努力だった。

去年もやったはずだ。

だが、今年の杏奈は言ってくれた。「健志くんは、前よりもずっと話すことがしっかりしてきたわ」

それは何にも代えがたいぼくに対しての杏奈の褒美(ほうび)の言葉なのだ。

そして、その年の桜の数日は、夢のように終った。スタートしたときは、毎日が永遠に続くような気がしている。だが、ふと四月に入る寸前から、残りの時間が気になり始めるのだ。今年は、あと何日ぼくは杏奈と過ごせるのか、と。

実は、三月の末あたりから、ぼくは体調がおかしかった。身体全体が熱っぽかった。全身に寒気を感じるようになった。だが、岬を訪ねないわけにはいかなかった。これを逃せば、また、しばらくは会えなくなってしまうのだから。

できるだけ、杏奈に心配をかけないようにとぼくは考えていた。そして発熱していることを祖父母にも黙っていた。わかれば、外出を止められることは自明だから。

数日で、ぼくの熱は下がるにちがいない。

そう信じていた。

しかし、体力が消耗して、顔色も悪かったのだろう。そして体調が芳しくなければ、自然と態度に変化が出たのだと思う。口数も少なくなっていたかもしれない。

「健志くん。なんだか、つらそうだわ。会いに来てくれるのは、とても嬉しい。話を聞くのは、とても楽しい。でも、私はつらそうな健志くんの姿を見るのは嫌。いったい、どうしたの？」

杏奈は見抜いていたのだ。ぼくは、それに正直どう答えていいのかわからなかった。もっと年齢を経ていれば杏奈に心配をかけることのないうまい嘘をつくことができたかもしれない。しかし、その頃のぼくにはそこまでの狡猾な嘘をつける術は備わっていなかったのだ。

「それは杏奈さんの気のせいです。心配しないで大丈夫です。なんともないんです」

そう答える自分の息づかいが荒くなっているのがわかった。なんと底の浅い嘘だったのだろうか。

初めて、杏奈はぼくに心の底から悲しいといった表情を見せたのだ。ぼくが嘘をついたからか、あるいはぼくのつらそうな姿を見たからか。

心配しなくてもいいと、ぼくは言いたかった。言おうとした。だが、杏奈はきっぱりとぼくに告げた。

「もう、今日は帰って。そして、ゆっくり休んで。今度訪ねてくるときは、いつもの健志くんのように元気な顔を私に見せて」

どう隠そうと、杏奈にははっきりぼくが病気だとわかったのだ。ぼくは杏奈に抗弁する余裕も失くしていた。

杏奈は、うちしおれて言葉を失ったぼくに近づき、両手をとって立ち上がらせた。

ぼくはそれに従うしかなかった。

それが四月三日のことだった。

その日は、祖父母の家になんとか帰りつき、倒れこむように横になった。

祖母がぼくの額に手をあてて仰天していた。そしてやっとただごとではないことを知ったらしい。ぼくは口の中に体温計を差しこまれた。

体温は限りなく三十九度に近かった。

夕刻だった。苓浦町病院から青井先生が特別に往診に来てくれた。診断で、ぼくはインフルエンザだと言われる。数日は、安静にしているようにと告げられた。

それから、どれくらい苦しい時間だったことか。

形の定まらないドロドロした悪寒が繰り返し繰り返し、ぼくを襲った。全身がガタガタと小刻みに震え続けた。同時に、手や足や腰や背中の関節が、とにかく痛かった。もう二度と自分は、立って歩ける日は来ないのではないかと思えたくらいだ。

そして、それらは、まさにインフルエンザの典型的な症状だったのだ。

何度、昼が来て夜が去ったのかも、半ば意識がぼんやりとしてしまい、甚だ自信がなかった。

ようやく、あるとき目が醒めてから、楽になっていることがわかった。全身がまだだるい感じは残っていたが、それでも快復したという自覚は、あった。

往診に来てくれた青井医師が、青井梓の父親であることも、そのとき教えてもらったことだ。青井梓もその後訪ねてきたらしい。だが、感染するから、と祖母は断ったそうだ。

まず祖母に尋ねたのは、その日が何日かということだ。

四月五日だった。

ぼくは、まだふらつく足で、岬に向かった。

杏奈には、すでに会えなかった。

その前日までは、杏奈はいたということだった。〝秋彦兄さん〟は感情の見えない声で、そう教えてくれた。

ずっと、ぼくの容体のことを気にしていたということも知った。

ぼくがインフルエンザに罹（かか）り身動きならない状態だったことも老人に告げた。だが、彼にとっては、そんなことはどうでもいいことだったのだ。真剣に耳を貸してくれたかどうかは、わからない。老人にとって、ぼくはどこの馬の骨かも、わからないのだ。

「もう、今年は杏奈には会えないな。来年まで、待つことだ」

そう老人はぼくに冷たく言い放った。〝秋彦兄さん〟の言うことは正しいということはわかる。最後に、ぼくは老人に言った。

「ぼくは、もうすぐ十五歳を迎えます。十五歳になったら杏奈さんのことをちゃんと教えてくれる。そう約束しましたよね。約束したのが、十二歳のとき。三年経（た）ったら。

だから来年ですよね」

ぼくは、そう言った。老人は、そうだ、というように大きくうなずいてみせた。

また、一年が経過した。ぼくにとっては、中学の最後の年が終った。その一年は高校へ入るための受験勉強に明け暮れた。

入学も、すでに決まっていた。

自宅から自転車で三十分程で通える普通高校だ。中学もすでに卒業式を終えて、ぼくはいつもより早く春の苓浦町を訪れていた。

まだ、祖父母の家の近所にある公園の桜も、蕾の気配も見せない頃だ。春待岬を眺めても、モノクロームにしか見えない。しかし、それでもかまわなかった。

一年間、何の心の安らぎもなく受験勉強だけに時間を注ぎこんだのだ。少しはゆっくりと何も考えないでいる時間を楽しみたかった。

バスを使って何の連絡もなしに早目に苓浦町の祖父母の家を訪れた。

無事に中学を卒業して、進むべき高校も決まったことを報告すると、祖父母は目を細めて喜んだ。祖父母が何よりも嬉しかったのは、自分たちのことを忘れずに孫が毎年訪ねて来てくれるということのようだ。それが言葉の端々に現れるのだった。

数日間は、ぼんやりと過ごした。祖父に頼まれて一緒に倉庫の整理を手伝ったりもする。祖父一人の男手では捗（はかど）らないものもあるのだ。

「その気になれば、危険物取扱の資格もとれるぞ。取っておけば資格は邪魔にはならん」

弾薬の在庫をあたりながら、祖父はそんなことを言った。まるで一人言のように。祖父のそれは願望のようなものだった。自分がいなくなっても、ぼくが銃砲店をやってくれるのではないかという。「私が資料を探してもいいし、例題集も手に入る」

「ぼく、受けてみてもいいよ」

ぼくは、そう答えた。反射的に出た答だったが、祖父は、大いに喜んだ。試験に必要なことは私が教えるぞ、とまで声を上擦らせた。

暇な時間は、ぼんやりと本を読み、岬が眺められる位置で釣り糸を垂れた。カサゴとキス、そしてフグがよくかかった。小さめの花鯛（はなだい）も。ほとんどの魚をリリースしてやるようになっていた。よほど食卓で映えそうでなければ、持ち帰る気がしなかったのだ。

あと数日は待たなければならないだろうか？

釣り針から魚をはずし海に戻して無意識に岬を見上げるのだった。

釣り道具を片付けているときに、背後で、自転車が止まる音がした。ぼくのすぐ側で自転車は止まったのだ。

自転車に乗っていたのは青井梓だった。

もっと大きい子だったという印象がある。立ち上ったぼくよりもずいぶんと背が低い。だが、顔が小さくなってきれいになったという印象があった。

「久しぶり」と梓は言った。ふと、前の年に梓の父に往診に来てもらったことを思いだしていた。「ああ」と言って「去年、お父さんに世話になった」と頭を下げた。

それは梓にとって、どうでもいいことのようだった。「白瀬のおばあちゃんが教えてくれたのよ。びっくりよ。私も高校は同じところよ」

「えっ?」

市内の高校に通うという。いずれ医者になるつもりだと。そのためには、高校も進学に有利なところを選んだのだと。「健志くんと同じ高校になったことがわかったから、知らせておかなくっちゃと思って」

かつて梓はぼくと仲良くなりたいと言っていた。わざわざ、ぼくと同じ高校になることを知らせにくるというのは、今も同じ気持なのか、と思う。

「毎年来ていたんでしょう? 岬の崖の下には行っていたの?」

「いや。行っていない」

しばらく、会話が途絶えた。梓は少し淋しそうな表情を浮かべたが、無理に笑顔を作ってみせた。やさしい言葉をかけてやるべきだったかもしれないが、ぼくには、どう言ってやればいいかわからなかった。

「まだ、いるんでしょう？　苓浦町に」

「うん。入学式寸前までは、こちらでゆっくりするつもりでいる」

「じゃあ、あちらのことでわからないことができたら、教えてもらえる？」

梓は、親戚(しんせき)の家から高校に通うつもりで準備を進めている。そう聞いた。ぼくを慕うというよりも一人で見知らぬ土地で暮らさなければならない不安も抱えているのかもしれないと推察した。と、すれば相談を受けたら答えてやるべきだろう。

「ああ、もしわからないことでも、調べて役に立てるように努力するよ」

そう答えた。すると、梓はほっとしたように頷き、「じゃ、また。時間がとれるときにゆっくり」と告げて走り去った。それを聞いて、少しぼくは心に負担を感じていた。

そして、白瀬銃砲店へ足を向けた。祖父が店の前の椅子(いす)に腰を下して海を見ていた。

茜色に空が染まっているのだ。

祖父は「見なさい。もうすぐだから」と言う。

水平線に太陽が触れんばかりに近付いていた。岬もすべてが茜色に染まっている。この夕陽を杏奈と一緒に見たいと思ったのだ。

やがて、陽は沈んでしまう。まだ、明るさは残っているものの、祖父は椅子から立ち上った。

「さあ、夕飯だ」それから、ぼくに言った。

「危険物取扱の参考書を揃えておいたからな」

ぼくは、そのことを忘れてしまっていた。あれから祖父は問題集と参考書を探しまわったらしい。そしてぼくが帰宅するまでにきっちりと確保したのだろう。完全主義の祖父らしい、とぼくは思った。だが夕食どき、祖父はその話題に一言も触れなかった。

三月二十五日が訪れた。その年の桜は早かった。二十三日あたりから白瀬銃砲店裏の気の早い桜が何輪か、開いていた。まだ岬の先端の桜の様子を知ることはできない。

しかし、その朝、ぼくは岬を訪ねることに決めていた。

杏奈と会えるのは明日からだとわかっている。しかし、二十六日の前に知っておきたいのだ。

一年が経過したことを岬への細い道を伝いながら実感していた。新しい発見もあった。まだ、この時期、椿の花が残っているのだ。これまでも例年そうだったのかもしれないが目に入ってくる余裕がなかったということだろう。

今日は、まだ杏奈に会えない。

そう覚悟していることで、見える風景も異なる印象になるのだろう。見えなかったものが見えてくる。

そういえば、昨年はこの道を、高熱のために足をふらつかせて帰りついたのだ。漂うようにして。全身をガクガクと震わせながら、真直ぐ歩くことさえかなわなかった。

門にたどり着いた。例のロープを引く。耳をすませると、かすかに鐘の音が聞こえてくる。それから、待った。

前方は道が微妙なカーブを描いている。十数メートル先は常緑樹の並木に遮られて見通すことは難しい。

だが、気配はわかる。

老人の足音だ。足を引き摺るように近付いてくる。そして、昨年と寸分違わない黒いスーツ姿で〝秋彦兄さん〟は姿を現した。

足を引き摺るような歩きかたが、彼の癖なのだということがわかる。

門の前で一度、立ち止まり、しげしげと彼はぼくの姿を見た。それから再び近付いてくる。門は開けない。代わりにぼくに言った。

「また、ずいぶんと背が伸びたなあ。大人になったものだ。見違えたよ。鼻の下あたりも、もうそれはうぶ毛とは呼べないな。残念だが、まだ杏奈はいないよ。もう、そろそろなのは、そうなのだが。出直してきなさい」

「わかっています」とぼくは言う。彼は眉をひそめた。

「もう、十五歳になりました。今年から、ぼくは高校に通うことになりました。前に約束して頂きましたよね。十五歳になったら、杏奈さんのことを、すべて話してやると。だから、ぼくは早目に出かけてきたんです」

ぼくが、そう告げると老人は何も言わずに口をへの字に曲げた。辛抱強くぼくは老人の返事を待った。そんな約束はしていないとは言わせない。

老人は、門を開いた。

「時が過ぎていく速さは予想以上のものだな。もう、そんなに経過したのか。それだけ健志くんも背が伸びたということか。たしかに、杏奈がいないときの方が話すにはいいかも知れないな。中へ、入りなさい。屋敷の中で、話そうか」

「はい」

老人は、ぼくを門の中へ入れてくれた。前を歩く老人の背は曲がっていた。ぼくよりも随分と背が低く見える。そして気がついた。これまで数年間、ぼくはこの屋敷を訪ねてきた。

しかし、考えてみれば一度も屋敷の中へと足を踏み入れたことはないのだ。

玄関の前や庭先で杏奈は迎えてくれて、二人でそこで時を過ごした。雨の日はテラスの濡れることのない庇の下にいた。だから、まだ母屋の中の様子は、まったく知らない。

「さあ、入りなさい」

老人に言われるままにドアから室内へと入った。正直緊張した。天井が高く、薄暗い室内だ。正面に二階へと続く階段が見える。薄暗いのはカーテンが開かれていないからだろう。

独特の匂いが鼻をつく。厭な匂いではなかった。香が焚かれているのだろうか。

「この数日は、毎日、掃除ばかりだった。杏奈には快適に過ごしてもらいたいからね。杏奈が還ってくるまでには、私は必死で屋敷を磨きあげておくんだよ」

やはり、そうなのか、とぼくは思う。杏奈は、いつも旅に出ているのだ。だから、還ってくる……と言っている。

そして、桜の時期にここへ還ってくる……。

どこから？

海から？　それとも岬のつけ根から？

そして、階段横にあるドアへ進む。

外から屋敷を見たときに、建物の広さは容易に想像できた。しかし、予想以上に内部は広かった。

ドアの向こうは廊下が続いていた。その廊下を歩く。数十人が暮らせるのではないかという気がするほどの広さを感じながら。

廊下はまだ続いていたが、老人は左側のドアの一つを開けた。

「私の部屋だ。ここでお話ししよう」

ぼくは中へ入る。

室内は確かに歴史を感じさせる古さだった。そして壁の一面は古書がずらりと並んだ書棚になっていた。

反対側は窓がある。庭からの光が差し込んでくる。そして壁が二面。

壁には、いくつもの表が貼られていた。無数の数字が書きこまれている表。円に近い図形がいくつも半透明な紙に書かれて重ねられていた。

窓の近くの机には、この部屋に不釣合な正体不明の装置が置かれていた。何に使うのか想像もつかない奇妙なデザインだ。

装置の前にあった椅子を、外の景色がよく見える場所に置き、ぼくを座らせた。窓を少しだけ開く。潮風が室内に入ってくる。爽(さわ)やかさが広がった。そして老人は窓際(まどぎわ)に置かれていた籐(とう)椅子に腰を下ろした。

意外なことに老人は薄い笑いを浮かべていた。ぼくは老人が話し始めるのを辛抱強く待つ。

「これから、私が話すことは、健志くんの胸の中だけにしまっておいてほしい。約束してくれるね」老人はそう前置きした。もちろん、ぼくが予想していたことだ。

「はい。誰にも言いません」と答えた。老人は、無表情に頷いたが、視線を外の風景に向けたまましばらく沈黙がある。そして再び話し始める。

「なんとも奇妙に聞こえるかもしれないし、信じられないかもしれない話だからね。どこからどのように話すべきなのか、迷っていたのだよ。だが、どう話したところであまり大差はないのだとわかった。

私と杏奈は兄妹(きょうだい)だ。ここへは遠いところからやってきた」

「遠いところって、外国ということですか？」

ぼくが尋ねると老人は首を横に振る。

「外国じゃない。遠いというのは距離的なことではない。時間的な遠さということだ」

ぼくには意味がわからなかった。それが、ぼくの表情にも現れていたらしい。

「時間的な遠さというのは、遙かな未来から私と杏奈は逃げてきたということだ。場所はこの春待岬の屋敷から……事情は、あまり知らない方がいいだろう。人は未来を知るには向いていない生きものだからね。聞きたいかね」

ぼくは、どう答えたものか迷っていた。聞きたくもあるし、聞いてはいけないことのようでもある。

「機会があれば話すことになるだろう。そのときは、健志くんの方から色々と訊いてくることになるだろうから。それで今のところは勘弁してもらおうか。

私が未来からここへやってきたのは、ちょうど今の健志くんくらいの年齢……いや、もう少し上か……。それでも、その年齢の私には、苛酷な現実だったよ。正直、思いだしたくないというのが本音だ。杏奈のほうは十七歳だった。

だが、家族で逃げることができたのは、私と杏奈だけだ。両親も、後で来ることには、なっていた。しかし、結局、それはかなわなかった。先に到着していた高塚(たかつか)はいたのだが。

それだけじゃない。私と杏奈の過去への逃避行は、いくつものトラブルを抱えていたのだよ。まず、たどり着いた時間軸。本当は、九十年前の世界が目的地だった。出発の直前、時間を操作する研究は違法と見なされた。世界に時間軸の混乱による災害をもたらすと見なされたからだ。両親は、過去へ逃げる道をとった。九十年前で研究を再開すれば、時間パラドックスを避ける方法が見つけられると考えた。そして家族で九十年前を目指した。しかし、たどり着いたのは七十年前の世界だった。それどころじゃない。もっとまずいトラブルが、杏奈を襲ったのだ。

過去へたどり着いたときは、私と杏奈はそのことに気がつかなかった。そして、ある瞬間に、杏奈はとんでもない宿命を背負わされてしまったことを知った……」

そこで老人は思わず声を詰まらせていた。それはぼくも同様だった。自分の生唾(なまつば)を呑(の)みこむ音をはっきりと聞いたのだ。

その宿命とは、杏奈と春の一時期にしか会えないということなのだ。それは、……わかった。

「杏奈は……時間のはざまに捕えられてしまったのだ。なぜ、杏奈だけにそのようなことが起ってしまったのかはわからない。だが、過去世界へ到着して一定期間が経過すると、杏奈は消えてしまったのだ」

よく意味がわからなかった。人が消えてしまうというのは、どのようなことなのか？

「最初の一年は、事情が摑めなかった。もう杏奈は他の時間軸へと飛ばされてしまったのか、とも考えた。そして一年が経過した。過去へ到着した、ぴったり一年後だ。どんなに驚いたことだろう。杏奈が再び私の前に現れたのだ。一年前に私の前から姿を消したときとまったく同じ姿で。どこへ行っていたのか、私は杏奈に訊ねた。覚えてることを言ってくれ！　いったい何があったのだ、と。私は杏奈を質問攻めにした。

だが、無駄だった。

杏奈は何も覚えていない。いや、自分がいなくなっていたことも知らない。私のたて続けの質問に戸惑い泣き出しそうな表情になっていた。高塚から、それ以上の質問は杏奈を苦しめることになるだけだと忠告を受けたほどだ」

これで、二回目だと思う。〝高塚〟という人物の名前が出るのは。老人はその人物の名を口にはしたが、それが誰なのかは教えてくれなかった。話をすべて聞き終えてからでいい。今は、話の腰を折ってはいけない、とぼくは考えた。老人が話すことをすべて聞いてからだ。

「私は杏奈が無事であったのなら、それでいいと考え始めていた。だが異変は、終っていなかった。またしても、四月を迎えて、杏奈は忽然と姿を消した。前年と同じように。

高塚が、そのとき初めて指摘したのだ。杏奈は、特殊な時空に捕えられてしまったのではないか、と。彼は、過去へ到着したときの地球の公転位置と関係あるのではないか、と主張していた。地球がその空間にある時間だけ、春待岬が杏奈を受信して、その存在を許すのではないか、と。なぜ、そのような現象が杏奈にだけ起ったのかはわからない。だが、それから毎年、高塚の仮説どおりに、杏奈は桜の時期に戻ってきて、桜が散る頃に去っていく。繰り返し、繰り返し。

それから、何年経過したのだろう。高塚もこの世を去り、私も杏奈の世話を続けた。杏奈が、私のことを兄さんと呼ぶのを聞いて違和感を覚えたことだろう。杏奈は、ずっと私のことをそう呼び続けているのだよ」

だから、過去へ〝秋彦兄さん〟と杏奈がたどり着いて時の経過とともに秋彦兄さんは老人に、そして杏奈は十七歳の外見のままでいるということなのだ。ということは、これからも杏奈は十七歳のままで春の桜の時期だけに現われる。ぼくにとっては、きれいなお姉さんだが、いつかぼくも彼女の年齢を追い越すことになるのだろうか。そんなことが、同時に心の中でいくつもの泡のように浮かびあがり消えていく。

そして、ぼくは、どうしても知りたいことを尋ねたのだった。

「杏奈さんと兄妹ということは、わかりました。でも、未来からやってくることなんて、できるんですか？　どうやって時を超えることができるんですか？」

老人は、ゆっくりと立ち上った。

「ついてきなさい」

他の部屋に、その答があるようだ。ぼくも立ち上る。老人は廊下へと出た。奥へと歩いていく。首をゆっくりと振りながら。

廊下の突きあたりから、外へと出た。そこは岬の先端の部分だった。

大きな倉庫が建っていた。何の装飾もない雨や大風だけは防げるというモノクロームの殺風景な構造物だ。形は、馬鹿（ばか）でかいカマボコ形だった。そして、正面には普通のドアが一つだけある。

この中に、何があるというのか？

老人がドアを開き中へと足を踏み入れる。

こんな建物が洋館の奥にあるとは知らなかった。建物は樹々（きぎ）で囲まれていた。苓浦町からも、この建造物は見えるはずがなかったのだ。

その不気味さに正直、気後れもしていた。

老人が入ったドアの中が真っ暗であることも、そうだった。

「さ、入って」と言われ恐る恐る足を踏み入れた。カチリと音がする。

室内が明るくなった。

黒っぽい無数の血管のように、配管が這いまわったような建設用の重機のようなものが見える。ただし、車輪もキャタピラもついていない。

そして、それは何よりもでかい。見上げるほどの機械だ。

「これだよ。これに乗って私と杏奈は未来から逃げてくることができた」

ひょっとしたらと思っていた。ぼくが読むマンガにも未来からやってくる話があったことを思い出す。これが、あの……タイム・マシンというものなのだろうか？

ぼくは、それをそのまま口にした。

「これって、時を超える機械ってタイム・マシンですよね」

「父は、単に〝クロノス〟と呼んでいた。あるいは時間跳躍機とね。クロノスとは、時を司る神なのだが、時を超える機械に畏敬の念をもって、そう呼んだのかもしれない」

老人は感慨深げに巨大な機械を見上げていた。

「何人乗れるんですか？」

「最大二人だ」

意外だった。これほどの見上げる大きさであれば数十人は乗り込めそうに思えたのだ。実際、クロノスは苓浦町を走る乗合バスよりも大きそうだった。

「動くんですか？」

ぼくが訊ねると老人は大きく首を横に振った。馬鹿なことを訊ねたと後悔していた。

「これは、あくまで試作機だ。まず、父の助手をやっていた高塚が一人、過去へ飛んで、私たち家族を迎える準備をした。この土地を深沢のものにして、屋敷を建てたのだ。クロノスは無人で戻ってきた。そして、まず私と妹で過去へ跳んだ。

父は心配するな、と言った。絶対に大丈夫だから、と。だが、トラブルはいくつも重なった。私と杏奈は到着予定に二十年も届かなかった。そして杏奈の身に起った不幸だ。

父がいれば原因も対処法もわかったのかもしれない。だが、最悪のトラブルは、クロノスが私たちを運んだときに、作動不能の状態になったことだ。

高塚研究員から、基本的な時間軸圧縮理論とクロノスの作動原理は教えてもらった。

高塚は、クロノスの部品が一ヵ所、脱落していると言っていた。だから、目的の時間軸へ到着できなかったのだろうし、杏奈の身に、予測もできない事態がおこったのだろう、と」

「その部品は、作れないのですか?」

「今の時代にある精錬装置では、無理らしい。だが、そう言っていた高塚も、もういない。私たちが、過去へ着いて十年後には亡くなってしまった。もし、高塚が言っていた精錬装置が完成したとしても、私には部品を完成させる自信はない」

つまり、クロノスは未来へ還ることのない、機械として、ここに保管されることになったのだ。ぼくは、もう一度クロノスを観察した。

左側の脇に、急な階段が見える。それは二メートルほどの高さまで上り、そこに入口のドアが見える。中を見たいとは言いだせなかったが、そこから搭乗するのだろうと、思った。

「さあ。これが、私たちの秘密だ。兄として私は、そんな不幸を背負った妹を守っていく義務がある。そして、もう一つ。妹が存在できるのは限られた範囲なのだよ。この春待岬を一歩も出ることができない。杏奈が存在できるのは限定された空間、限定された時間なのだ。すべて話した。これで納得できたろう。もし、私と妹のことが気持悪いと思ったら、二度とここへ足を向けないことだ。杏奈の時は止まっているも同じだ。普通の人たちと共に生きていくことはできないとわかっている。だから、健志くんがこの話を聞いて去っていっても仕方のないことだ。だが約束してくれ。私たちのことは誰にも話さず、そっとしておく、と」

だが、ぼくは杏奈のことを諦める理由なぞなにもなかった。一年のうち数日しか会えなくてなんだというのだ。ぼくはこの春待岬にいる少女のことが本当に好きだ、ということを実感したに過ぎなかった。

「ぼくも……」と掠れそうな声で老人に言った。「ぼくも、一緒に杏奈さんを守ります。杏奈さんを救う方法が、何かあるかもしれません。それも考えます」

老人は少し驚いたように眉をひそめ、目を丸くさせた。ぼくは老人の予想とはちがう反応を見せたのかもしれない。

「今は、健志くんはまだ子供だ。だがこれから成長し、さまざまな人生の変化が待っている。そして今の杏奈の年齢を超え、徐々にその差が開いてくる。ものの考え方も変わってくるはずだ。とても正しい判断だとは思えないけどな」

「でも、あなたはそうしてきたではありませんか」

「私は……私は兄だからね。杏奈を守ると決めたからだ」

「ぼくだって、そう決めました。杏奈さんを守ると決めました」

老人の表情が変化した。それまで、つらそうに見えていたのだが、喜ぶでもなく失望を浮かべるのでもなく。

ぼくには、老人の顔から、すべての感情が抜け去ったかのように見えたのだ。

その日は、それで屋敷を去った。それ以上、老人からは話を聞かされることもなさそうだった。

帰り道に、ぼくは老人の話を反芻（はんすう）していたが、まだ十五歳のぼくはどれほど真剣に受け取っていたものだろう。そのときはぼくなりに、十分に重く受け取めたつもりだったが、実感が伴っていたわけではない。ただ、十五歳という年齢は、まだ、考え方があまりにも純粋な時期だった。

翌日が、岬の屋敷に、杏奈が還ってくる日だった。間違うことはない。杏奈の秘密を聞かされての帰りに、ぼくは、老人に確認をとってくることだけは忘れなかった。

昨年の春は、杏奈が消える数日前からぼくは高熱で身動きがとれないという悔しい思いをした。

床の中で、何度歯嚙（はが）みしたことか。そしていつもより一年間を長く感じたことか。

〝秋彦兄さん〟は即答してくれた。早朝には杏奈は還っているはずだ、と。

その言葉を信じて、その朝は早くから岬へむかった。祖母が最近は使わなくなったという自転車を借りて。

前日に、ぼくが事情を聞いたことを杏奈は知っているだろうか？　ぼくは、どういう態度をとるべきなのか。〝秋彦兄さん〟はそのことを話しているのか？　そんな話題にふれずに過ごしていればいいのか？

成り行きにまかせることにしよう。

それほど深くは考えていなかった。それが十五歳という年齢だったということになる。

岬のつけ根で自転車を降りて、木蔭に隠した。そこからはアップダウンが激しいし舗装もされていない。歩いた方が余程早く門に着ける。

小走りで進みながら想像した。

早朝に、杏奈はどこから現れるのだろう？　決まった場所があるのか？　屋敷の中？　それとも庭先で。前年に杏奈が去った場所と同じ所に出現したりするのだろうか？

屋敷の先で見せてもらった時を超える機械〝クロノス〟。あの機械が故障しているにも拘らず、磨きあげられて管理されているというのは、ひょっとして、杏奈が出現するというのは、〝クロノス〟の搭乗員用の空間ということではないのだろうか？

樹々の向こうで、波が岬の岩壁に打ちつける音がして、その方向に視線を向けた。昨日とは違って桜の花がいっせいに咲き始めているのが見えた。まるで、ぼくを祝福しているかのように感じられた。門の手前のこんな位置からでも、桜の花々を見ることができたのだ。

門に到着して、ぼくは、ロープを引いた。老人が門へやってくるのが、とても長い時間に感じられた。

鼻唄(はなうた)が出そうになるのを必死で抑えていたが、待つ間、両足がスキップを自然と踏みそうになるほど、気分が昂揚(こうよう)していた。その理由は自分なりには分析できたつもりだ。

杏奈の秘密を秋彦兄さんは誰にも話すつもりはない。ということは、杏奈を、ぼくだけが独占できるということなのだ。それから、もう一つ。やがては、ぼくは杏奈と同い歳(どし)になれる。

向こうから、例の足を引き摺るような老人の気配が近付いてくるのがわかった。

杏奈本人が迎えてくれればいいのに、という思いもよぎったが、いずれ会えるのだからと自分に言い聞かせた。

老人の姿が見えた。昨日と同じく……いや、昨年とも同じく、真っ黒いスーツを身につけている。ただ、少し背が曲がって猫背が進んだのかもしれないと思う。ぼくは、できるだけ明るく大きな声をあげた。

「こんにちは」

老人は、しっかりとぼくを見て近付いてくる。「よしてくれよ」とでも言いたげに右手を振りながら。その頃は老人の表情もぼくの目にははっきり見えていた。なぜだろう。昨日よりも浮かない表情を浮かべているように思えた。

老人は門の前に立ったが、門を開けようとはしない。ぼくのことで気に障（さわ）ることがあったのかと不安になっていた。

「杏奈には、会えない」

ぼくは耳を疑った。

「どうしてですか？　還ってきてるんでしょう」

「ああ。いつものように還ってきた。だが、具合が悪い」

「具合が悪いって……病気だということですか？」

「そうだ。還ったときからぐったりしていた。熱がある。かなり高い熱だ。三十九度近くもあった。去年、確か、健志くんも発熱していたのではなかったか。症状はどうかね。どのような状態かわかるかね？」

自分の頭を棒で叩かれたような衝撃を受けた。杏奈は還っている。しかし、ぼくに会える状態ではないらしい。高熱を発しているなんて。もし、去年の春から杏奈が存在していなかったとしたら。だとすれば、杏奈の病気は、ぼくが昨年春に発病したインフルエンザではないか。数日間の潜伏期間の後に杏奈が発症したというのであれば、ぼくのせいだということか……。

「ぼくが……ぼくが、杏奈さんに去年感染させた…ということじゃないでしょうか？　だったら責任は、ぼくにあります。ぼくが看病します。きっと杏奈さんはインフルエンザです」

老人は首を大きく横に振った。

「今朝から杏奈は朦朧としている。熱のためだろう。女性は、そんな姿を他人には見られたくないものだ。熱が落ち着くまでしばらくは会えないだろう。それに、インフルエンザならば、また杏奈から健志くんに感染させてしまう。悪循環だよ。今日のところは、黙って帰ってくれたまえ」

その言葉に従うしかなかった。

とぼとぼと帰途についたとき、それまで昂ぶっていた気持が縮んでしまったのが自分でもよくわかった。どう償えばいいのか。会いたい一心で、ぼくは杏奈に病を感染させてしまったのだから。

祖父母の家で、ぼくは何をすることもなく、一日を過ごした。ぼんやりと、床についているはずの杏奈のことを考えていたのだ。

「おや、何かあったのか？　元気ないようだが」

「いや、何でもないよ」と祖父には答えたものの、明かに様子が変だというのは気付かれたようだ。祖父が用意してくれた危険物取扱者資格取得のための解説本を手に取って目を走らせてはみたものの、字面を追うだけで、内容はまったく頭の中に入ってこなかった。だが、本を持つぼくを見て祖父は「健志がやる気をおこしとる」と小声で祖母に嬉しそうに話しているのが耳に届いた。

昨年の自分がインフルエンザにかかったときのことを思い出していた。とにかく全身が苦しかった。ガタガタと震え続けた。どれだけ節々の痛みが続いたろうか？　一日？　二日？

その苦痛の下に、今、杏奈がいるのだと考えると、発作的に立ち上った。そして何もできない自分に気付き焦立ちを抱えたまま、また座りこむ。

そんな虚しい繰り返しだった。

朝を迎えると、ぼくは岬へと向かった。自転車を走らせると、ぼくの横を自動車が並走した。誰が乗っているのかもわからない。何かぼくに用があるのだろうか？　さっさと行ってくれればいいのに、と思う。

自動車の助手席の窓ガラスが下ろされて、誰かが声をかけてきた。

「健志さーん」と名前を呼ぶ。

ぼくに手を振っていた。それが、青井梓であることが、そのときやっとわかった。

ぼくは虚を突かれて、どう反応していいか、わからなかった。

「これから、入学準備よ。高校で会いましょう。よろしくねー」そう叫んで、また激しく手を振る。そう一方的に告げると梓の乗った自動車は、みるみる速度を上げて視界から消えてしまった。運転していたのは、梓の母親だろうか？

高校へ行くことがそんなに楽しみなのだろうか？　ぼくには不思議でならなかった。

その朝の〝秋彦兄さん〟の反応も、ぼくにはつらすぎた。

まだ、熱は下がらないというのだ。杏奈が苦しんでいる姿が容易に想像できた。

「医者には、見せないのですか？」と思わずぼくは言った。老人の答はわかっている。

「杏奈は、この屋敷の外では消えてしまうんだ。連れていけない」

梓と、顔を合わせていたことから、連想が働いた。

「昨年、ぼくもインフルエンザにかかったって話しましたよね。四十度近い熱が出ました。だから、そのつらさは、よく知っています。そのとき祖母が先生を呼んでくれました。苓浦町病院の先生です。往診してくれたんです。きっと、病状を話して頼んでみれば、この屋敷までも来てくれるはずです。そうすれば、一刻も早く杏奈さんが楽になる。そうして下さい。ぼくが、医者を連れてくることもできます」

だが、老人は大声をあげた。

「駄目だ！」と。

「どうしてですか？」

「誰にも、杏奈を会わせるわけにはいかない。我々が未来から来ていることを知られるわけにはいかないのだ。一人が知れば、明日は五人が知ることになる。騒がれ始めるのは、あっという間だ」

「しかし、杏奈さんの命の方が大事です」

「まだ、この時代、インフルエンザの完全な治療法は存在していない。治す方法は、この時代ではただ一つ。患者自身の回復力に頼るしかない」

そう。ぼくがその年齢の頃の医学では、確かにインフルエンザの治療薬は、まだ存在していなかったのだ。

それから、ぼくは、毎日、岬の屋敷を訪ねた。会えない覚悟で毎日通った。その方が、老人のつれない返事を聞いても、落胆せずにすむから。

五日目だったろうか。老人がやっと笑顔を浮かべて門のところへやってきた。その表情だけで、ぼくは救われた気分になれたのだ。

「やっと、熱が下がったよ。なかなか熱がひかないから心配したのだがね」

それを聞いただけで、ぼくの内部で溜(た)まっていた氷の塊が融(と)けて流れ出すような感覚があった。

「じゃあ、杏奈さんは、もう大丈夫なのですね。杏奈さんに会えますか?」

老人は笑顔だったが、首を横に振った。まるでぼくに意地悪をしているとしか思えない。

「まだ、会わせるわけにはいかない。熱は下がった。確かに昨日までより随分と楽そうに思える。しかし、インフルエンザは今が一番感染力が強い時期なのだよ。健志くんに今、杏奈に会わせるというのは、今度は健志くんをインフルエンザにかからせてしまうということになる」

「それはかまいません。ぼくが杏奈さんに、感染させたのですから」

すると老人は口許(くちもと)を歪(ゆが)めたような笑みを浮かべた。

「杏奈も会いたくないはずだ。健志くんには、まだ女性の気持がわからないだろう。女性は病みあがりのやつれた姿は見られたくないものだよ」

確かに老人の言うことは正しいかもしれないと思えた。だが、これだけは聞いておきたかった。

「あの……杏奈さんは、ぼくが毎日訪ねてきていることはご存知なのでしょうか？」

「もちろん知っている。杏奈も君のことを尋ねるしね。どんな話をしたかまで、ちゃんと報告してやっているつもりだ。私とは、あまり言葉を交わさなくなっていたが、いい機会だったかもしれない。君のことを知りたいがために杏奈は私に話しかけてくるのだからね。健志くんが、どんな言葉を使ったのか。表情はどうだったのか、できるだけ正確に知りたがるしね」

ひょっとして、老人は杏奈にぼくのことを話して聞かせることが楽しくてわざと、ぼくを彼女に会わせてくれないのではないのではないか？　そんなことまで勘繰ってしまった。

「いずれにしてもインフルエンザを人に感染させる可能性は残っている。あと数日は、我慢してくれ。それからなら会えると思うし、杏奈も喜ぶはずだ」

結局、高校に入学する年の春、ぼくは一度も杏奈に会うことはできなかった。

その翌日は、岬へ行くことをやめた。白瀬銃砲店の前の海に釣り糸を垂らして、岬に咲き乱れる桜の花を見上げるか、気を紛らわせるために危険物取扱者資格の問題集に目を走らせて過ごしたのだ。時々、自転車に飛び乗って岬へ行きたいという衝動が襲ってきたが、抑えた。必死で抑えた。

行っても、数日は会えないと老人は言っていたのだから会わせてくれるはずがない。帰り道での砂を嚙むような空虚感を味わわなくてすむ。それから、もう一つ、ぼくは意地悪いことも考えていた。

〝秋彦兄さん〟は毎日、杏奈にぼくのことを尋ねられると言っていた。そして彼女にぼくの言ったことを逐一話して聞かせる、と。つまり、ぼくが訪ねていかなければ、〝秋彦兄さん〟は杏奈に話してやれることは、何もないのだ。

それが、杏奈に会わせてくれない〝秋彦兄さん〟への罰のように思えた。

数日が経過して、ぼくは満を持して屋敷を訪ねたのだ。

老人は、いつもの力のない引き摺るような足どりで門に現れた。表情からは何の感情もうかがうことはできなかった。

インフルエンザは治った、と言った。しかし……。

「昨日までには庭を散歩するほどに元気になったのだがね。今朝、また熱を出した。それほどひどい熱じゃない。一応、念のため、今は休ませている。ああ……杏奈には健志くんのことは何度か聞かれたよ。だが、私も答えようがなかったからね。昨日、今日は健志くんのことは言わないね。私が門へ行っていないことくらいは、わかるだろうし」

今日のところは我慢して帰ってほしい。そう暗に老人は匂わせていた。

「じゃあ、いつ来たら、杏奈さんに会えますか？」

眉をひそめ、わからないというように首を振り老人は言った。「明日また来てくれ。タイミングが合えば健志くんを杏奈に会わせられる」

なんの保証もない頼りない老人の言葉だった。そして、また、翌日岬を訪ねた。

それも夕刻。

その翌朝には、ぼくも苓浦町から帰らねばならなかった。入学式が迫っていた。翌日は四月五日。その日には杏奈もいなくなるのだ。

これが今年の最後の機会だと思っていた。

老人は言った。

「さっきまで、杏奈はいたよ。でも今年も、いつもと同じように消えて……去ってしまった。杏奈にとっては、明日には健志くんに会えると思っていたようだが。だが、私や健志くんにとっては、一年だからね。今年は縁がなかった。そう思ってくれないと。また、来年、還ってくるのを待とう」

老人の言葉が、ぼくにはすごく無責任に聞こえたのだった。思わず叫び出したい衝動に駆られたほどだ。いや、門のところを離れ、樹々の間を抜けた後、立ち止まり、ぼくは海に向かって口汚い言葉を叫んでしまった。それが、〝秋彦兄さん〟の耳に届いたかどうかはわからない。

最悪の春が終った。

それから、味気ない一年が始まった。

ただ、変化があったのは、ぼくが公立高校へ通い始めたことだろうか。

自転車で、中学とは真逆の方向へ三十分走る。それほど遠い場所ではない。

進学希望者が百パーセント。

男女共学の平均的な高校だ。

クラブにも、ぼくは入らなかった。友人たちとべたべた交際する気もなかったし、熱中できる趣味もなかった。スポーツも興味がなかった。本を読んだ方がましだと思うタイプに育っていた。

その頃から、授業の中でも将来の進路についての話題をよく耳にするようになる。

ぼくも、無意識のうちにぼく自身の将来について考えるようになる。

両親は、公務員になることを望んでいたがあまり興味はなかった。それよりも思考は、苓浦町の春待岬のことで堂々巡りを始めてしまうのだ。そして、杏奈と会いたい気持だけが募るのだ。

桜の頃の数日だけ逢(あ)える杏奈と、確実に一緒に過ごすためには、どうすればいいのか、と考えた。

すると、ぼんやりと答が見つかったような気がする。ぼくが苓浦町で暮らすこと。それが一番いい方法のように思えた。

祖父は、やがて身体(からだ)がきかなくなったら、白瀬銃砲店を閉めると言っていた。ぼくの父が継がなかったからだ。

ぼくが、白瀬銃砲店を継げばいいのではないか。危険物の勉強にぼくが興味を示したときに、祖父はあれほど喜んだのだから。

だが、両親は、それを許すだろうか?

一度、そんな考えが浮かぶと、なかなか魅力的な考えに思えてきた。

杏奈のことを一刻(いっとき)も忘れることはなかった。いつも会っていれば、あたり前のこととして杏奈のことを考えるようになるのだろうか? 年に十数日だけしか会えないからこそ、頭から離れないのだろうか？
いずれにせよ、杏奈の存在そのものがぼくにとっては劇的なできごとだったという
こと。いつも会えても会えなくても、ぼくが杏奈に思いを寄せることに変わりはない
のではないかと思えた。
毎日、授業が終ると高校の図書室に残ることが多くなった。図書室には目的の本は
なかったのだが、ぼくは化学の教師に相談した。危険物取扱者の資格をとるための勉
強をしたいから、と。祖父の銃砲店を継ぐために早いうちから準備をやっておきたい
からと説明すると、若い化学の教師は積極的に協力してくれた。教師自身も甲種危険
物取扱者資格を持っていたのだ。だから、自分が受験するに際して使ったという参考
書や問題集を惜しげもなく提供してくれた。もちろん無償で。
家で勉強するわけにはいかなかった。公務員を望む両親にそんな本を見せるわけに
はいかなかったからだ。化学室から参考書を持ってきて、図書室で必死に自習した。
最初はわからずに戸惑う用語も、無理に何度も反芻するように読むと、わかったよう
な気になった。それでも理解できないときは問題集をあたり解答を必死で記憶した。
こんなことは無駄だ、と疲労感を覚えるたびに思った。そんなとき、杏奈の笑顔が浮
かんできた。もう、ぼくの心の中に刷りこまれていたにちがいない。それで、何のた

めの危険物の勉強かということが瞬時に思いだされる。そして自分を再び奮いたたせるのだった。

限られた放課後の時間の勉強だったが、ぼくは集中して没頭した。甲種については受験資格が必要となる。大学や専門学校で規定の科目を習得しているかが条件なのだ。乙種には一類から六類までがあるが、こちらは受験資格は必要なく誰でも受験できる。高校在学中であるぼくにとっては乙種しか受けられないのだ。しかし、甲種資格を持っていることと、乙種一類から六類までの資格をすべて持っていることの意味は同じなのだ。順々に乙種の資格を揃(そろ)えていく方法を、ぼくは選んだ。

ある日図書室で危険物の勉強をやっているぼくの横に、誰かが立った。

「健志くん」と声がした。

顔を上げると見覚えのある笑い顔があった。制服を着ているからだろうか、育ちざかりだからだろうか。少し印象が変わっていたから、本当に彼女なのか、いま一つ確信が持てなかった。だからぼくは戸惑った表情をしていたのだと思う。

青井梓だった。

少し背が高くなったようだが、まだ顔は幼い。唇の右横にある小さなホクロで梓に間違いないと確信した。そういえば、高校に通い始めてからもクラスが違うからかほとんど梓の顔を見かけなかったことに気がついた。

ぼくは、「ああ」とだけ答えた。

「久しぶりね。同じ高校に入ったら、もっと会えるのかと思っていたけど。話す機会どころか見かける機会もなかったわね」

喋（しゃべ）りかたも相変らず快活だった。この元気はどこから湧（わ）いてくるのだろうかと思う。少なくとも、ぼくにはそんな才能はない。

「ああ、休み時間もけっこう教室の中にいることが多いし、クラブ活動もやっていないから見かけないんじゃないかな」

「そうかもしれないわ。でも、健志くんはけっこう女子の注目度が高いのよ」

「注目度が高いってのは人気があるっていうことか?」

「そうかもしれない。好きに考えたら。女子のひとりが、放課後は健志くんがよく図書室で自習していると教えてくれたのよ」

ぼくのいないところで、ぼくに関する情報が流れているというのが、ぼくにとって奇妙だった。できるだけ目だたぬようにしているというつもりはないが、知らぬ誰かがぼくの行動パターンを知っているというのが信じられない。

「ふうん。なんか、用事があったの?」と答える。

「別に用事はない。会いたかっただけよ」

正直、ぼくには迷惑だった。今は限られた自習時間だ。貴重な時間を無駄話に費したくはなかった。

「ここでは、あまり話ができない。場所はわきまえた方がいい」

そう言いながら、ぼくは壁に貼られた「図書室内では静粛に」を指差した。それでぼくの気持は十分に伝わったと思う。梓は、その貼紙を見てあたりを見回した。

「うん。わかった」

あくまで屈託のない明るい声だった。それから、梓はぼくの横に座り、メモ帳を取り出し、何やら書き始めた。ぼくは本を読むのを中断して、彼女がなにを考えているのかを探っていた。

梓は書き終えると立ち上った。そして、メモ帳を破り、ぼくに渡した。

「何だ。それは」

ぼくが問い返すと、初めて哀(かな)しそうな表情を見せた。

「私の住所と電話番号。渡しておく。いつでも気が向いたら連絡して。あまり遠くないの。学校の近くまでなら呼び出してくれたらすぐに来れるから」

ぼくは一応、そのメモ用紙を受け取った。

「そうか……わかった」

メモ用紙を、いらないと言って突き返したら梓の気持を踏みにじるような気がした。いや、そのとき「必要ないよ」とはっきり断わるべきだったかもしれない。だが数瞬迷った挙句、ぼくはそのメモ用紙を受け取ったのだ。

「それじゃ。健志くんの都合のいいときでいいから、いつでもいいのよ」

「あの、学校で健志くんと呼ぶのはやめてくれないか？　まわりに、なんだあれって思われたくないから。白瀬って呼んでくれないかな。これから」

それだけは、けじめだと思ってぼくは梓に言ってやった。

「あっ、ごめん。子供の頃から、そう呼び続けているから。これからは白瀬くんと呼ぶわ。気がつかなかった。じゃあ」

「ああ」

梓は、図書室を出ていった。ぼくは渡されたメモ用紙をそのまま握りつぶそうと手にとったものの、そうはしなかった。しばらく眺めた。その住所は、高校とわが家の中間くらいの位置にあることが、ぼんやりとわかった。それ以上は、何の考えも浮かばなかった。梓のことも異性として見ることができないのだ。小学校の頃からの梓を知っているからかもしれない。

ぼくにとっての女性は杏奈以外ではあり得ないのだ。幼くしてぼくは理想の女性に出会ってしまった。それが杏奈なのだ。

梓だけではない。高校は男女共学で女子生徒もたくさんいるのだが、誰に対してもぼくは魅力を感じなかった。誰もが杏奈とくらべて幼すぎるのだ。

ぼくは、その日は、それ以上、危険物取扱者資格の自習をやる意欲を削がれてしまっていた。

梓のメモを捨ててはいない。だが、どこにしまいこんだのかもよく憶えてはいない。

梓が、ぼくに興味があるということは、よくわかる。図書室のことをきっかけにして、梓がよくぼくの前に顔を見せるようになったからだ。帰宅しようとすると、校門を出た途端に、私服の梓と出会ってしまったり、学校へ行くときも、曲がり角で偶然に梓に出くわしてしまうことがよくあるようになった気がする。そのようなとき、梓の話し相手をしてやることになる。図書室で自習の邪魔をされるよりは、いい。嫌な顔もしない。他の友人と同じように接しているだけのことだ。梓がぼくに悪意を持っているわけではないし、ぼくも梓の親には発熱したときも祖父母の家にまで往診にきてもらったり、ずいぶん世話になっているわけだし。

ただし、話し相手にはなってやるものの、話題はなにも思いつかなかった。杏奈と岬で話すときは、前日からどんな話をしようかと考え準備をするのに、こんなときは何も思いつかない。本来のぼくは女性との会話が苦手なのだと思えた。それに梓のことで知りたいことなど何も思いつかないのだ。だが、梓は、そうではないようだ。

今年は夏には苓浦町に行かないのかに始まり、どんな食べものが好きなのか、趣味は何なの、とか、訊きもしないのに自分は親と同じように医者になるのだ、とまた話した。そして図書室で、しっかりとぼくが何の自習をやっているのかを観察して推理していることを知った。

「白瀬くんが、危険物取扱者資格の勉強をしているのは、白瀬銃砲店を継ごうと思っているからなの？」

そう尋ねられた。

「別に、何も考えていないよ。苓浦町のお祖父ちゃんが受けてみたらどうだ、って言うから試しに勉強しているんだ」

「ふうん。すごいね。パスしたら白瀬銃砲店さんは大喜びするよね。お祖父ちゃん孝行だね」とぼくを褒めた。そう褒められたら、ぼくとしては悪い気はしない。そして、梓と別れた後に、梓はぼくに好感を抱かせるためにずいぶんと努力しているのだと気づかされるのだった。

その春、ぼくはとりあえず乙種第四類危険物取扱者資格の試験に挑戦した。講習会には行かず解説書と問題集だけで備えたのだが、無事に合格した。受験費用は自分のお小遣いから捻出（ねんしゅつ）したから、両親は受験したことを知らなかった。合格通知が自宅に送られてきて母親はずいぶん驚いたようだ。父が電話で報告すると、祖父は案の定、大喜びしたということを聞いた。受験の要領が摑め、ぼくはその秋にも乙種第一類危険物取扱者資格の試験に挑戦し、合格した。

一歩前進した。

ぼくは、そう確信していた。

春休み。もう、春にぼくが苓浦町を訪れるのは当然ということになっていた。その年の祖父の喜びようと言ったらなかった。そして祖父はぼくに言った。自分の進路はどのように選んでもかまわない。東京へ行って大会社へ就職するのもよし、公務員の道を選ぶのもいい。そして、田舎ではあるけれど、苓浦町が好きなのであれば、この白瀬銃砲店をぼくにまかせる、と。派手さはないが、地域のために貢献できる、と主張した。採石場の作業にも役立つし、猪（いのしし）被害から農家を守っているのは、我々だ、と。

桜の開花をぼくはひたすら待ち続けたが、それまでは、春の資格試験を受けるために勉強に打ち込んだ。もちろん祖父母にも受験している本当の理由は明かしはしなかったのだが。

高校一年の終わりに会った杏奈は外見は記憶の中に住む、彼女そのものだった。ただ、ぼくの方が変っていたのかもしれない。その二年の間に、ぼくは杏奈の背丈を超えていることに気がついていた。だから、驚いていたのは杏奈の方だったのかもしれない。杏奈は約二年ぶりにぼくの姿を見たことになるのだから。

ぼくには、杏奈の表情に一瞬、不安が走ったように見えた。杏奈にとっての十数日前のぼくからの変貌が、それだけ激しかったということではないのだろうか。年齢的には、ぼくは杏奈に追いつこうとしていることを、その表情からだけで実感していた。

そんなときには、どんな話題を出せばいいというのか。

「身体は……体調はどうですか？　高い熱を出していたと聞きました。大丈夫ですか？」

杏奈は、そこで大きく頷き、やっと納得ができたという表情に変った。

「健志くんね。印象が変った。大人になったわ」

やはり、そうだとぼくは思う。

「熱が下ってからも、丸一日は足がふらついていたわ。でも、もういいみたい。今、健志くんは何歳なの？」

「今は高校二年生になろうというところです。だから、十六歳です」

「じゃあ、もうすぐ私に追いつくのね。背丈はもう追い越されてしまっているけれど」

そこで、杏奈がぼくのことを健志だと、やっと認識できたことを知る。一年に一度会えば、あまり印象の変化はないと思っていた。しかし、そうでもないことがあるのだ。二年に一回では目を疑うほどの変化が起る世代もあるのだと。

他にも、大きな変化をぼくの中に見つけたようだった。ぼくが、今通っている高校の様子について話したときのことだ。

「健志くん。大人になったわ。本当に」と何度か呟くように漏らしたことだった。

〝秋彦兄さん〟は時おり、話しているぼくと杏奈のところに姿を見せた。秋彦兄さんは、昨年とまったく変化がないように思えた。いや、心なしか少しだけ痩せて肩幅が狭くなったような気がしたが、どうなのだろう。人には必ず成長そして老化が訪れるということを実感するのは、もっと時を経てからのことになるのだが。

それから、しばらく話を続けると、杏奈は成長したぼくにも馴れてきたようだった。

ただ、一つの点を除いては。

それは、ぼくはふとしたときに気がついた。初めてぼくが杏奈と話したときのことと比較すると、今日は明らかに接し方がちがう。杏奈がぼくを見る目が、ときどきふと眩（まぶ）しそうに変化するのだ。

「どうかしたのですか？」

そう尋ねると驚いたような表情を浮かべて大きく頭（かぶり）を振ってみせた。

「ううん。何にも」と。

それは杏奈のはにかみだということに、ぼくは気がついた。ぼくが杏奈のことを同じ世代に近付いたと感じたと同様に、杏奈もぼくのことを子供ではなくなったと思ったのかもしれない。つまりぼくを一人の異性だと感じた瞬間だったのではないだろうか。

十四歳だったぼくに、杏奈が「もう子供じゃないのね」と言ったことがあるのを思い出した。しかし、そのときは「子供」じゃなくても「異性」として感じるには至っていなかったということか？　だから、あえて杏奈はこのときはぼくの成長に触れようとしなかったのかもしれない。

全身が、これまで感じたことのない激しい寒気に襲われた、と杏奈は言った。インフルエンザに罹ったときのことだ。身体の震えがひどくベッドが軋むようだった、と。すべての関節が痛み、このまま死んでしまうのではないか、という苦しさだったという。

ぼくは申し訳なさでいっぱいだった。ぼくが中学生の頃にかかったときの症状と同じだったのだから、その苦しみは、わかり過ぎるほどわかる。原因はぼくにある。ぼくが感染させたのだ。

「すみません。あのとき、ここへぼくが来なければ、病気をうつすことはなかったのに。許して下さい。そんな苦しい思いをさせてしまったのは、ぼくの身勝手からです。ぼくの考えが浅かったからだ」

それが、ぼくの心の底からの謝罪の気持だった。だが、杏奈は困ったような表情を浮かべた。

「そんなこと言わないで、健志さん。病気だけは誰の責任でもないのだから。健志さんと同時にかかったのかもしれないし、免疫力がたまたま低下していたのかもしれない。こればかりは雷がどこに落ちるかわからないようなものだから。秋彦兄さんは、あれだけ近くにいながらうつらなかったっていうし」

それは杏奈が、ぼくに対して慰めで言ってくれたことだろうと思う。そのときからだ。杏奈が、ぼくのことを健志くんではなく、健志さんと呼んでくれるようになったのは。

これこそが、杏奈がぼくを一人の男として認めてくれた大きな証拠と思える。

それから、その年のもう一つの大きなおもいで。

明後日(あさって)で杏奈がいなくなるはずの、四月三日のことだ。

その日はライトを持参した。

ふさわしい年齢になったら、杏奈と一緒に夜桜を見る許可を秋彦兄さんにもらっていた。

桜は、風とともに花びらを舞わせていた。

その夕(ゆうべ)に、ぼくは春待岬で、杏奈と一緒に夜桜を眺めることができた。

祖父母も、心配することはなかった。夜桜を見物に行くと告げると、何も疑うことはなかった。

潮風に揺れる杏奈の黒髪をぼんやりと眺めた。秋彦兄さんが、外燈(がいとう)をいくつも照らして桜を闇(やみ)の中で浮かび上がらせてくれた。だが、ぼくには、桜よりも杏奈の白い横顔の方がどれだけ印象的に心に刻まれたかしれない。

風に乗って、苓浦町の方からかすかに音楽が聞こえてくる。町の高台にも桜の名所があるのだ。そのあたりが明るく照らされている。そこでも夜桜の下が花見で賑わっている。

祖父母は、ぼくがそちらに足を延ばしていると思ったのではないか。音楽だけではない。花見客たちの浮かれた声までも切れ切れに聞こえてくる。

ぼくは、降ってくる花びらを見上げる杏奈に見とれていた。

「きれいだわ」

そして、雪のように舞う花びらを右の掌で受けようとする。その仕草を見ながら、ぼくの内部で、わけのわからない衝動が湧き上がるのを感じていた。その衝動を必死で抑えつける。

途方もなく嬉しい時間だが、同時に自分自身に対しての恐怖もあった。自分を抑えきれなくなったときに何をしでかしてしまうかわからないという恐怖だ。

「もう、ぼくは帰る。また来ます」

ぼくは立ち上った。それから杏奈の顔も振り返らずに門に向かって駈け出した。〝秋彦兄さん〟に挨拶もせずに。ただ、自分が感じたわけのわからない衝動から逃げだすために。「健志さん。どうしたの？」という杏奈の声だけを背中に聞いた。

帰りの夜道は門を過ぎてもライトもつけずにひたすら走り続けた。そして岬の入口に戻りつこうとした頃にやっと思い出してライトのスイッチを入れたのだった。

翌日、ぼくは春待岬を訪ねなかった。今年も、あれだけ毎日、屋敷を訪ねていたというのに。

それほどに、自分の裡に湧きあがった衝動を制御できる自信がなかったのだろう。というよりも、自分自身がわけがわからなくなる経験がそれまでなかったのだ。

その夕方、岬を訪ねなかったことを後悔した。そして、次の夜明け。杏奈に会いたいという願いで、ぼくはいても立ってもいられなかった。

夜明け前だというのに、ぼくは岬へ急いだ。

ひょっとしたら間に合うかもしれない。

一瞬だけでも話せるかもしれない。なぜ、昨日、訪ねなかったのだ。

門まで到着すると、必死で紐を引いた。こんな時間に非常識な、と老人に叱られるかもしれない。そんなことは覚悟の上だった。とにかく、もう一目だけでも杏奈に会っておきたい。

足を引き摺るように、老人は門に現われた。あの何の感情も見ることができない表情で。ぼくの顔を見ても老人は眉一つ動かさない。ただ、ぼくにはまたしても老人が小さくなったように思えたのだ。生きていて楽しいことなど、この世には何もないというように。

「杏奈さんは？　もう行きましたか？」

老人は、そこで立ち止まった。それでぼくには、わかった。

老人は残念だったなというように眉をひそめていた。そして、ゆっくりと頷いた。

これで一年間また杏奈に会うことはないのだ。自分の逡巡のおかげで思いを残すことになってしまった。

「そうですか。昨日は来れなかったから。朝一番だったら会えるかと思って」

「残念だったな。何かあったのかね」

「ええ。いえ……ぼく自身の問題です。でも、昨日、杏奈さんは何も言ってませんでしたか？」

老人は、ぼくの問に少し口を尖らせた。

「杏奈は心配していたよ。どうしたんだろうときみのことを言っていた。何か怒らせるようなことを言ったのではないか、と。心配することはない。何か急用ができたのだろう、と答えておいたのだがね。そうでは、なかったんだね」

「ええ……。自分でも自分がよくわからない状態になってしまって」

「杏奈のせいではないということだろう？」

「もちろん、そうです」

そこで、やっと老人は口許に笑みを浮かべた。

「だったら問題ないということだね。私も杏奈にはそう言っておいたがね。私たちには一年先でも、杏奈にとってはきみにまた会えるのは明日だ。来年、これまでと同じように杏奈に接してくれれば、何の問題もないと思うのだがね」

そのときほど、自分の軽率な行動を反省したことはない。

「わかりました。すみません。残念です」

そして、ぼくは引き返そうとした。

「また、遊びに来ればいい。今日は、杏奈のものを片付けてやらねばならないのだが、他はいつも時間を持て余している。健志くんの都合のいいときに来ればいいさ」

老人は、ぼくを呼びとめて、そう付け加えた。それが、ぼくには意外だった。

「ありがとうございます。明日はもう家へ帰らなくてはなりません。夏も、こちらに来ることができるかどうかわかりませんが、ご好意には感謝します。機会があれば、必ず寄りたいと思います」と告げた。

やはり、夏には、苓浦町へ行く機会はなかった。二年生になり環境が変った。その進路によって学校で課外の夏期講習が行われる。講習のカリキュラムをこなすだけでとても苓浦町へ行く時間の余裕はなくなった。

青井梓は医学部を選ぶと言っていた。その夢を実現するためにも時間に追われ始めていたのだろう。ぼくの下校時間に〝偶然に出会う〟というできごとも少なくなった。

ぼくは地元の大学を受験する予定だった。大学までは親を安心させるために進むつもりだ。その先の進路までは決めていない。地元の大学に通えば確実に春休みには苓浦町に通うことができるという計算があった。だから、どの学部を選ぶかということも正直どうでもよかった。

多忙な課外授業や日常の宿題をこなしつつも、ぼくは意地になって危険物取扱者の資格のための受験を続けた。一年のときに二つ。二年にも二つ。一般的に難かしいと言われるものから挑戦した。これまでに、四つの資格を取得したことになる。うまくいけば高校の間に甲種資格に匹敵する状態になれるのではないか、と考えていた。一人で冷静に考える時間に、あの夜桜のとき、ぼくがなぜ、我を忘れて杏奈のところから逃げださなければならなかったのかが分析できたような気がした。

杏奈をあのとき抱き締めたかったのだ。それから……。

そのとき、ぼくは反射的に心の奥底で別のことも考えていたのだ。それが、ある種の恐怖となったことに気がついていた。

　もし、杏奈が、ぼくが彼女を求める気持を受け入れてくれたとしたら。

　それは、それで嬉しいことだが、同時に刹那(せつな)的であることにも気がついていた。

　今はいい。

　来年も杏奈はぼくを恋人として迎えてくれるだろう。そして、再来年も。

　だが、しかし。

　十五年後。二十年後。ぼくは杏奈の年齢を大きく引き離してしまうだろう。そして、多分。ぼくが秋彦兄さんの年齢になったときも杏奈は、今のままの杏奈にちがいないのだ。

　そのとき、ぼくは老人になっている。

　それでも、杏奈はぼくのことを好きでいてくれるだろうか?

　いや、その後は……。

　それでも、杏奈はせいぜい今よりも一歳くらいしか歳(とし)を経ていないのだ。

　ぼくは老いさらばえているにちがいない。そんな自分を杏奈はどう思うだろう。愛して欲しいと願えるわけがない。

　そこまで状況を無意識下に予測してしまったのだ。そう。それが、ぼくに恐怖として感じられた。

いくつかの方法があるとぼくは思った。

きっぱりと杏奈のことを諦めて、別の人生を歩いていくという道。そして、もう一つは、杏奈への想いに正直になるという道。

だが、杏奈のことを完全に忘れさることなどぼくにはできそうになかった。今でも杏奈はぼくにとって完璧すぎる理想の女性なのだ。

しかし杏奈への想いに正直になるにはまだ心の整理がついていなかった。杏奈がぼくに好意を寄せてくれるにしても、彼女も、いずれ訪れる結果を予測するだろう。

ぼくは、ひたすら揺れていた。ただ、これだけは自分に言い聞かせた。

夜桜のときのように、もう逃げたりはしない。ぼくにとっても杏奈にとっても会える時間は貴重な時間のはずなのだ。会える時間にはちゃんと向きあおう、と。

そして、三年になる春休み。苓浦町の祖父の家に着いた日。ぼくは春待岬に足を向けた。

杏奈が邸に姿を現すまでに数日ある。まだ開花前だ。桜の蕾は、やっとほころび始めていた。

「おや。杏奈は、今年はまだだが」

いつものように足を引き摺るように現れた老人が言う。いつもの黒い服に、今日は黒いコートを着ていた。風が強いからか。コートが風にあおられ凧のようにはためいていた。

「いえ、それはわかってます」とぼくは答えた。「でも、前におっしゃったでしょう。杏奈さんがいないときでも、遊びに来ればいい、と」

老人は、ちょっと驚いたように目を開き、それから口許を歪めてみせた。それは、〝秋彦兄さん〟の淋し気な笑いだったにちがいない。

老人は、門を開きながら、半ば自嘲的に言った。

「滅多にあることではないな。私を訪ねてくる人があるなんてことは。そうだな。歓迎するよ。入りたまえ」

後ろを歩きながら、老人がまた体が小さくなっているように思えた。玄関に着くまで老人はぼくに一言も話しかけることは、なかった。

屋敷に入ると、ぼくを案内してくれたのは、庭と海が見晴らせる二階にある部屋だった。

二階があるのは知っていたが、このように広範囲を見渡すことができる部屋があるということには気づかなかった。よく、ぼくと杏奈が話をする白いテーブルと椅子が置かれた場所もはっきりわかる。何度か、あの場所から屋敷を見上げたことがあったが、このように庭全体を一望に見ることができるとは思いもよらなかった。外観は古い材木の洋館で内部からは、壁さえも透視できるような材質とは。特殊な材質なのだろう、とぼくは思った。これこそ、未来の技術なのだろうか。

それから、ぼくは思う。ここは、以前に〝秋彦兄さん〟が案内してくれた部屋とはちがう。

どうしてなのだろう?

ぼくが、訪ねてきて、杏奈と話している間中、ずっと〝秋彦兄さん〟は、ぼくと杏奈の様子を観察していたのだ。ぼくと杏奈が二人っきりのときに〝秋彦兄さん〟があまり姿を見せることはなかった理由がわかったような気がする。

どうして〝秋彦兄さん〟は、今回はこの部屋へ連れてきてくれたのか。

——常に私は、きみと杏奈の行動をお見通しなのだよ。

そんな言外での意思表示を試みたのかもしれない。

はっとぼくは我に返った。

老人が目の前にティーカップを置いたからだ。

「健志くんにとっては、少々珍しい飲みものかもしれない。この世界にはないお茶だけれど」

未来から持ちこまれたものだという意味だろうか。ぼくは礼を述べて、一口飲んでみた。昔だったら、この味の深さについてわからなかったかもしれない。舌に高貴な柔かさを感じる。

「特殊な菌で発酵させたお茶だ。まだ、この時代では利用されていない菌で、作り方は、この屋敷の草を筒の中に入れて菌を混ぜるだけだよ。草を足していくだけでいい。杏奈も喜んで飲むよ」

老人は、目を細めてぼくに得意そうに笑ってみせた。そう言われて、もう一口だけ茶を含む。彼女も好きな味だというのであれば。老人は大きく頷き、今は水平線の彼方（かなた）に視線を移した。視線はそのままで口を開いた。

「健志くんが、杏奈のことを慕う気持は本物だということは、よくわかったよ」

老人からそう言われたことが、ぼくは嬉（うれ）しかった。認められたということなのだ。

秋彦兄さんに。

「ありがとうございます。光栄です」

すると、老人は真剣な目でぼくの顔を凝視した。

「私は、杏奈の実の兄の立場として見守ってきたつもりだ。だから健志くんが妹を守ってやることができる人物かどうかということをずっと観察させてもらってきた」

ぼくは「それで、どうでしたか？　合格ですか？」と問いたかった。その質問を必死で嚙み殺していた。

「まだ、答は出せていない」と老人は続けた。ぼくは自分の背中から空気が抜けていくような気分だった。「しかし、この一、二年。私は自分の体力の衰えを如実に感じるようになった。この衰えは老化というやつだ。私が、健志くんを私の後継者としてふさわしいと認める認めないという選択肢はなくなってしまったようだな。私は杏奈のことは、そして私がいなくなった後のこの屋敷のことは健志くんを信頼してかまわないかね。あと、何年かな。私がこうして、屋敷を守っていけるのは。もう、健志くんも将来目指す道も見据えた頃ではないのかね。数年前は杏奈の秘密をあれほど知りたがった。これから数年後は、どうなっていくのか不安ではあるのだよ。人は成長する。年齢を経れば人の考え方も変化していく。仕方のないことなのだが」

そこで、老人はお茶をゆっくりと啜る。老人はぼくの答を待っているというふうには見えなかった。自分の心の中で迷っている部分を若造相手に口にしてみただけだ、というようだった。しかし、ぼくは、老人に答えた。伝えずにはいられなかった。

「ぼくは、毎年、杏奈さんに会いに来るつもりです。大学に入っても春休みは苓浦町で過ごすつもりです。まだ両親には話していませんが、大学を出たら祖父の白瀬銃砲店を継ぐつもりでいます。そうすれば祖父母も喜ぶでしょうし、いつでも春待岬を訪れることができると思いますし」

そう告げると老人は咄嗟に身を起こしていた。目を大きく開いて。それから「ありがたいことだ」と呟くように言った。「いずれ、苓浦町で暮らしてくれるというのであれば、私には何よりも心強いことだ。それが実現するかどうかということは、今はどうでもいい。それが健志くんの口から聞けただけで、何にも代えがたい」

老人は、立ち上がると、壁際の棚に置かれた錆びかけた金属筒を両手で持ち上げた。その筒をテーブルのぼくの目の前に置くと先端を捻る。そこが開口部なのだろう。すぐに開き、独特の香りが立ち昇った。その中に何があるのか、ぼくは見なくてもわかった。老人がふるまってくれた未知のお茶の葉の強烈な匂いなのだ。

筒先をぼくに向けた。焦茶色の細くねじれたものが筒の中に見えた。「私がいなくなって、このお茶を作ろうと思ったら、庭の草を何でもいいからこの中に放りこむんだ。一晩で、このような茶の葉ができあがる。どんな草の葉を使おうと味は変らないから、心配することはない。茶の淹れ方は、お湯を注ぐだけだ。他の茶と変ることはない。いつも、ここに置いてある。蓋をとらない限りは中が古くなることはない。わかったね」

「はい」

老人は満足そうに何度も頷いた。ぼくを送り出すときに、老人は一言だけ付け加えた。

「健志くんは、いずれ杏奈と結婚したいと思っているのかね」

潜在的にぼんやりとぼくが考えていたことではある。しかし、老人の口から、これほどあっさりと問われてしまうと答に窮してしまった。どう答えるべきなのか？ぼくは、どう答えたのかも、よく記憶していない。鼓動が速くなり、喘ぐように何か言ったというのは覚えているのだが。

老人は杏奈の兄としての立場で尋ねたのだ。だから、「まあ、いい。今は、いい」とそのとき言ったのだ。「もうしばらくしたら、杏奈と結婚するということも選択肢になってくるはずだ。だが、それがおたがいにとって幸福なことなのかどうか。健志くんにとっても不幸だし、杏奈にとってもつら過ぎる状況だと思わないかね。杏奈の側についていてもらえるのは私にとっては安心なことだ。だが、結婚はたがいに不幸だ。そう言っておくよ。だってそうじゃないか。杏奈にしてみれば、毎週、夫の姿がみるみる老けこんでいくのを見ることになるのだから。愛する者に、自分のそんな姿を見せたいものがいるかね」

ぼくは屋敷を出て、苓浦町へ歩く道すがら、ずっと秋彦兄さんの言葉が脳裏で谺し続けていた。老人が言っていたことは、ぼくが考えていたことと同じではないか。それを言葉にされただけではないか。だが、ぼく自身は迷い続けていた。杏奈のことを忘れて別の人生を歩むべきか。いや、忘れることなんてできない。

二日後に桜が開花した。

再会した杏奈は、去年のままだった。杏奈には連続した時間なのだろうが、ぼくの顔を黙ってしばらく凝視していた。連続した時間だからこそ、ぼくの身体に起った変化が、わかるのだろう。

ぼくは杏奈に尋ねた。

「変った？」

杏奈は、目を細めて笑うと大きく首を横に振った。「変らないわ。私がよく知っている健志さんよ」

その頃の杏奈は、ぼくと同い歳か、もう少しでぼくが追いつく年齢のように思えた。

だからぼくの彼女に対しての言葉づかいも、より近い立場へのものになっていたようだ。

彼女の返事で、ぼくはほっとした。杏奈とぼくの関係は変っていないのだから。

この年の春は、ぼくにとっては理想の春だったということができる。桜が散るまで一日も欠かさずに、杏奈の横についていてやることができたのだ。夜桜の下で、杏奈は雪のように舞い始める花びらを見上げながら、ぼくに言った。

「健志さん」と言いづらそうに杏奈は口を開いた。

「何ですか？」

「兄のことです。秋彦兄さんが、この数日、とてもつらそうに見えるんです」

秋彦兄さんが、そういう年齢だということは、ぼくにはわかっている。杏奈も不自然だということを承知しているのだ。どう答えたらいいものか。老化だから仕方ないとは口が裂けても言いたくないし。

「お兄さんが、そう言われたんですね。体調が芳(かんば)しくないって」

「いえ。兄はそんなことは何も言いません。あまり感情を表に出さないから。でも、私が気づくたびに体力が落ちていることがわかります。だから、お願いしたいんです。私がいないときに、秋彦兄さんに何かあったら、健志さんに兄のことをお願いできないかと」

ぼくにも、杏奈の言葉は驚きだった。彼女自身も自分がどのような時間軸で生きているのかを承知していることが確認できたからだ。〝私がいないとき〟というのは、そういう理解ができているということではないか。ぼくが初めて杏奈を見るまでにも、杏奈はみるみる老化していく兄の姿を見ていたのだ。その経過の中で兄にはとっくに事情を聞かされていたと思う。

ぼくは、あと一年は高校生活が残っていることを告げた。その後は莕浦町にできるだけ通える方法を捜すと約束した。彼女は少し混乱したようだったが、ぼくが杏奈にとってはそれほど長い期間ではないと説明すると、やっと、安堵(あんど)した溜(た)め息(いき)をついた。ぼくは秋彦兄さんから杏奈のことについて託されたと同時に、杏奈からも秋彦兄さんについて頼まれたことになるのだ。

杏奈の頼みであれば、ぼくにとっては、何よりも優先する使命ということになる。

ぼくは、杏奈の属する時間軸の特性について、すべてを理解したわけではないことを思い知らされた。

その翌年のことだ。

それまで、ぼくは毎年、桜の花が開花する時期になれば、必ず杏奈は春待岬の屋敷に現れてくれるのだと考えていた。そのような法則が絶対だと信じていた。

　ぼくの大学が決まった。両親がいる地方都市にある国立大学だ。学部は、経済学部。一応、両親を安心させるために入学したにすぎない。ぼくはすでに、祖父の銃砲店を継ぐに必要な危険物取扱者資格は取得していた。そんな状況を杏奈にも報告したかった。もしも、秋彦兄さんの身に異変があっても、ぼくが秋彦兄さんの世話ができることを知っていてもらいたかった。

　秋彦兄さんはまた一つ歳を重ねて、身体がひと回り小さくなってしまったと思った。しかし、まだまだ元気でいるということが確認できたのはありがたかった。

　ただし、老人の表情に明るさがなかった。なにかが違うと感じたのは、秋彦兄さんが口を開く前からだ。黙って門の中にぼくを迎え入れ、ぼくの横を歩きながら、力のない声で彼は言った。

「今年は、裏年だったよ」と。その意味が、ぼくにはわからなかった。

「裏年って、どういうことですか」と尋ねた。

　秋彦兄さんは、ぼくの顔を見ることもなく答えた。

「こういう年が、ときどきあるんだ。なぜなのかは、私にもわからない。杏奈は今年は還ってこないよ」

「どうしてですか？」自分の声が怒気をはらんでいるのがわかった。

「どうしてかはわからない。前にも、こういう年があった。健志くんが現れる何十年も前から。宇宙にも変化する条件があるのか？　天候のせいなのか？　規則性は、まったくわからない。まだ、私がこの時代にたどりついて数年しか経っていないときだった。杏奈は数年間消失したままのことがあったよ。健志くんが訪ねてくるようになる数年前からは、そんなことは一度も起きなかった。だから、私は、そんな現象は、もう起らないのだとばかり考えていた。とにかく、今日、杏奈が還ってこなければ、今年は帰ってこない」

秋彦兄さんが、杏奈の姿がない屋敷にぼくを入れてくれたのは、自分の言っていることが嘘などではないと示したかったのではないか。気がすむまで、屋敷内を観察すればいいと思ったのか。あるいは、ぼくと話したかったからなのか。

秋彦兄さんの言葉に嘘はなさそうだった。その証拠に、庭はきれいに清掃されていた。杏奈が腰を下ろす白い屋外用の椅子が出され、芝もきれいに刈り込まれていたのだ。もちろん帰還した杏奈が居心地よく過ごせるように、彼は数日前から準備していたに違いないのだ。

ぼくは、それから毎日屋敷に通った。奇跡が起って彼女が姿を現すようなことが起るのではないかと考えて。

だが残念なことに、秋彦兄さんの予言は正しかった。ついに桜が散る日まで、杏奈に会うことはできなかった。

最後の日には、秋彦兄さんと話す時間が持てた。独特の芳香を放つ茶を飲みながら、今年から大学に通うことを伝えた。それから、杏奈に頼まれたことも。彼女がどれほど秋彦兄さんのことを心配していたかについて。それは、老人にとって意外なことだったのだろうか？　老人は、黙って空を見上げ、必死に涙をこらえているように見えたのだ。

もしも、ぼくで役に立つことがあるのなら、連絡して欲しい。杏奈さんとの約束だから。すぐに駈けつけますから。そう言って走り書きした連絡先を彼に渡した。やっと、メモを受け取りはしたものの、彼は、具体的な返事をぼくにくれることはなかった。

大学最初の夏休みは、祖父の家で店番をした。春休みが終るとぼくは暇を見つけて自動車の運転免許を取得していた。それが、役に立った。祖父は体調がよくなかった。春の終わりに一度倒れて、左半身が不自由になっていたのだ。梓の父親の病院でリハビリを受けていたが、すぐには効果が現れず、身体の機能を取り戻すには至っていなかった。祖母が白瀬銃砲店の業務を一人でやっていたが、限界があった。だから、夏休みに危険物取扱者資格と運転免許の両方を持って苓浦に戻ってきて、祖父母がどれだけ喜んでくれたことか。祖母は、ぼくという存在がなければ銃砲店を閉めていたろう、と言っていた。といって、社会の経験がまったくないぼくには、手伝うと言っても何をどうやればいいのか、何一つわからなかった。祖母と一緒に町役場に挨拶に行き、地元の猟友会の会長に言われるまま例会に顔を出した。取引先の建設会社では資材購入担当の顔を覚えさせられた。誰もが「白瀬さんとこの孫か」と好意的にぼくを迎えてくれた。だが、田舎町の店番ということで少々あなどっていたのかもしれない。祖母がいないときでも来店者はあった。それに電話がかかってきて商品の問合わせがあった。いくら危険物取扱者の免許を持っていても、商品名を告げられると暗号を聞かされたのと同じなのだ。克明にメモをとって休んでいる祖父のかなわぬ言葉を書きとり、電話をかけなおして答えねばならなかった。

夜は店の表の埠頭で風にあたった。潮風が頬を撫でると、ぼくは無意識に春待岬の先端に視線を向けた。

屋敷の灯火が見えた。岬に行かなくても、それだけで、ぼくは安堵できた。秋彦兄さんが無事でいるのだということがわかる。もちろん、今の岬には杏奈がいないことを知っている。だが、ぼくは杏奈と約束していた。秋彦兄さんのことを見守ると。毎日、通えなくても、こうやって岬の屋敷の様子を観察すれば、秋彦兄さんの状態はわかるのだ。秋彦兄さんが無事であれば、ぼくは杏奈との約束を果していることになる。たとえ、杏奈が姿を見せない年があっても約束は生きているのだから。

屋敷の灯火は、天草灘に夕陽が落ちた十分後に灯るのだということもぼくはわかるようになった。

その年は、秋の試験休みの後と、冬休みにも苓浦の白瀬銃砲店を手伝った。十一月の中旬から三月までが狩猟期間となり、忙しくなると祖母が案じていたからだ。正月明けからは大学の後期試験となっていたからさすがに手伝うことはできなかったが、それでぼくは白瀬銃砲店の一年の流れは摑めたように思えた。

その秋も、苓浦町を大きな台風が通過したと聞いていた。幸いなことに白瀬銃砲店の建物は被害を受けていなかった。しかし、春待岬を訪ねたときに、桜の木の枝が何本も被害に遭っていることを知った。秋彦兄さんには、被害の処理をする力は残されていなかったのだろう。ぼくは、そのとき秋彦兄さんの安全を確認し、荒れ果てた庭を二日間を費して復元させたのだ。老人は……秋彦兄さんはいた。ぼくが黙々と作業に取り組む姿を見ていることしか出来なかったのだが、それで十分だった。

翌年、春休みが始まるのは二月末からだった。ぼくは、まだ狩猟期間で店が忙しいことがわかっていた。大学の友人たちがアルバイトを探し始める頃には、すでに白瀬銃砲店を手伝っていた。三月半ばからは、時間はとれる。それまでは祖父母の役に立ちたい、と考えていた。

その年が、老人が言っていた裏年でないことを祈りながら。

三月二十日を過ぎた頃から、ぼくは春待岬の屋敷に朝から通った。この頃には、祖母はぼくが春待岬の屋敷に通っていることを知っていた。前にも、一度「知り合いがいるから行くんだよ」と答えると、それ以上の質問を重ねることは以降なかった。誰にも、不必要なことを言わなくても許される自由があるのだという事を祖母は知っていたような気がする。

秋彦兄さんには、杏奈を迎えるための準備をしたいと正直に伝えた。今年は杏奈が来てくれるかどうか？　という不安は口にしなかった。

庭を隅々まで清掃すると、塵一つ見あたらなくなる。椅子やテーブルを並べて磨きあげた。秋彦兄さんは、最初は桜の樹に寄りかかり、それからぼくが新品に見えるほどに拭き上げた白い椅子の上に腰を下ろした。そのまま、ぼくが杏奈を迎えるための作業をするのを嬉しそうに眺めていた。

三月二十六日の朝、日が昇る前に、ぼくは春待岬の深沢邸を目指した。その前日は遅くまで杏奈が過ごす部屋を磨きあげた。できるだけ杏奈のことは考えないようにして。

かわたれの闇だった。月光も頭上の樹々に遮られて、足許(あしもと)はよくわからない。それでもこれほど通い慣れてしまえば、何の危うさも感じなかった。裏年は続くことがある。秋彦兄さんの言葉で、その間、何度か呟いた。秋彦兄さんの口調で。

門はかすかに開かれていた。老人の思いやりだと思った。このような時間に老人を起こすことへの後ろめたさもあったから、門を開けておいてくれるのはありがたかった。

ドアの前に立ち、ノックしようとしたとき庭で人の気配があった。

秋彦兄さんだと、その影を見て知った。ノックをやめ、ぼくは老人に近付く。

「門を開けておいて頂きありがとうございました。勝手に入らせて頂きました」

影が頷いた。「今日、他に来客の予定はないし、門を開けておいて入ってくるのは健志くんの他に誰がいるんだね」

秋彦兄さんも、そこで杏奈の帰還を待っているのだ。老人が、立ち上った。

桜の樹の蔭。白み始めようとする水平線。そこに白いものが見えた。

「今年は還ってくれたな」と老人が声を上擦らせた。

杏奈が帰還したのだった。二年ぶりに。

老人は、ゆっくりと進む。その手には杖が握られていた。ぼくは、秋彦兄さんの前に出ないように、しかし気をはやらせながら杏奈に近付いていく。

杏奈は、秋彦兄さんとぼくを見較べて言った。

「また……一年経ったの？」

老人はぼくに振り向き、肩をすくめると、すぐに杏奈に言った。

「一年じゃない。昨年の春は、顔を見ることができなかったよ。だから私も健志くんも、二歳年をとっている」そして秋彦兄さんは足をよろけさせた。

三人揃っての朝食をとった。秋彦兄さんは例のお茶を淹れてくれ、杏奈がパンケーキを焼きサラダを準備した。昨日、必死で磨きあげた庭の白い椅子とテーブルで。苓浦の港に戻ってくる漁船を見下しながら。見上げると一輪、そしてあちらに一輪と杏奈を祝福するように桜が開花しているのだった。そして、ぼく達二人の様子を観察して、やっと杏奈は自分が昨年の春に出現していないと実感できたようだった。

杏奈はまったく一昨年と変っていない。だからこそぼくの目には、杏奈は、きれいなお姉さんから、美少女へと若返ったように見えた。いや正確に言えば、ぼくの認識が変ったのだ。

この二年間、どのように世の中が変化しているのかを秋彦兄さんが説明する。そして、杏奈の質問がぼくに向けられたとき、去年、高校を卒業して大学生になったことを報告した。

「もう、完全に私よりお兄さんになってしまったのね。健志さん」

杏奈の意識の中で経過した時間は連続している。ぼくのことも高校生から突然大学二年にジャンプしているということなのだ。二年前に杏奈は、ぼくの目の高さほどの背丈だったと思う。しかし、今は、ぼくの肩の高さしかない。それだけ、ぼくの身体つきが変化したということなのだ。

翌日からも、ぼくは深沢家の屋敷に通った。杏奈と話していると、一昨年の杏奈との会話を思いだす。あのときの話題もでる。「二人で見た夜桜は、きれいだった。本当に、この間は楽しかった」と杏奈は言う。そうなのだ。二年前の一緒に見た夜桜は杏奈にとっては「この間」なのだ。

秋彦兄さんは、気がすんだのか、ぼくと杏奈を二人きりにしてくれた。おそらく屋敷の二階から黙ってぼくたちを観察しているのだろうが。

それから、ぼくは高校から大学へ入り、どのように生活が変化したのかをゆっくり語ってやった。

杏奈は嬉しそうに何度も頷いてぼくの話を聞いていた。

「私も健志さんと一緒に大学へ行ってみたい」

そう告げた。ぼくも、それが可能であればそうしたい。大学だけではない。この岬から出ることができるのなら、四六時中、同じ時間軸を過ごすことができるのなら、ぼくは杏奈が望む場所へ連れていってやりたかった。

杏奈が、どれほど真剣にそう口にしたのかもわかる。気がつけば、ぼくの手の上に杏奈の手が載っていた。もっと幼い頃からのぼくを杏奈は知っているのだ。ぼくの手に触れたのも、それほど深い意味は伴っていなかったのかもしれない。ぼくは平静を装(よそお)ったつもりだったが、うまくはいかなかった。彼女が失望しないように、何か励ましの言葉を探していたのに、その言葉を見つけることができなかったから。

「できるだけ、くわしく大学の話をしてあげるよ」

そう杏奈に伝えると、ぼくの様子の変化に気がついたのか、彼女は手を離した。

それから、彼女が消えるまでの日々は、最良の日々だった。

いくつか気がついたことがある。杏奈は、ぼくを一人の男として見ているということだ。ぼくが勝手にそう思いこんだのかもしれないのだが。

実は、杏奈と会って話しているときよりも、夕方別れて祖父母の家で過ごしている時間帯の方が狂おしかった。明日にはまた会えると思うのに、杏奈の笑顔や瞳や白い手の柔かな感触が蘇ってきて自分を抑えることができなくなる衝動を感じていた。もうぼくにとってはきれいなお姉さんなどではない。彼女のすべてが、ぼくの思考のすべてだった。常に杏奈を独占していたい。かなうものならば。抱き締めたかった。常に杏奈のイメージがぼくにつきまとい離れなかった。

二年間、会えなかった空白の時間を体験したことが欲求が昂まる要因だったのかもしれない。それに、もう一つ。秋彦兄さんという老人から釘を刺されたこと。

杏奈を不幸にしてはならない、と。その抑止力が、思えば一番力を持っていたのかもしれない。

ぼくは、桜が散り始める夜に、彼女に誓った。言葉に出して誓った。

「ぼくは、一生を杏奈のために過ごすよ。いずれ、苓浦の町で過ごす。ずっと杏奈の面倒を見るよ。約束する」

そして最後の夜、時間が近付き、ぼくは自分を制御できなくなり杏奈を抱き締めた。

彼女もぼくの背にあてた手に力を入れた。

そして次の瞬間、ぼくの腕の中から、杏奈は消え去っていた。

夏から秋。杏奈のいない時間。ぼくは杏奈のことを一刻も忘れたことはなかった。自分を抑えきれずにぼくは思わず杏奈を抱き締めた。そして彼女は腕の中から消えてしまった。しかし、ぼくは確信できた。杏奈も、ぼくに好意を寄せてくれていることを。ぼくにしか実感できないことだ。彼女が、どんな思いをぼくに寄せていたか。

夏、ぼくは岬の深沢邸を訪ねた。秋彦兄さんは、いちだんと体力を失ったであろうことがわかった。だが、彼は、できるだけぼくには元気にふるまおうと努力していた。

ぼくは、秋彦兄さんに尋ねたかった。

「杏奈さんをこの時間軸に固定化する方法はないのですか？ 一年の一定時間をジャンプしていくしか、杏奈さんには道はないのですか？」

秋彦兄さんは、辛そうに答えた。方法は見つからなかった、と。さまざまな思いつきを試したのだと、老人は言った。さまざまな条件を変えてみた。気象条件も関係あるのではないか、とも考えた。自分と杏奈が未来から送られることになったクロノスを再使用することによって杏奈を正常な時間軸に戻せるのではないかと稼働させてみたという。

そのいずれも効を奏さなかったという。当然だろうとぼくは思う。秋彦兄さんがこの年齢に至るまで、何も対策をとらなかったということはあり得ない。それも一つや二つではなく思いつく限りの対策をとったということは容易に想像できた。

「ただ、私もクロノスの構造を完全に理解しているとは言えない。いくら未来から送られてきたといっても、まだ私も杏奈も幼かった。専門的知識はないに等しい。クロノスの機内に備えられていた操作マニュアルだけでは、やれることは限られている」

クロノスの操作マニュアルが存在することはこのとき初めて知ったが、それでも秋彦兄さんには無理だったということか。未来についての予備知識がなにもないぼくに理解できるはずがなかった。

「できないということですか？」

「少なくとも私にはできなかった」

秋彦兄さんが、そう口にしたとき、思いきってぼくは言った。

「もし、ぼくが杏奈さんをあの現象から救い出すことができたら、ぼくと杏奈さんのことを認めて頂けますか？」

老人は答えなかった。ただ黙ってぼくを睨んでいた。ぼくは続けた。「この春に、杏奈さんがいなくなるとき、ぼくは感じました。杏奈さんも、ぼくのことを思っていてくれると。お兄さんは、二人ともが不幸になるからとぼくと杏奈さんがこれ以上親しくなることを禁じました。でも杏奈さんを閉じた空間から救い出すことができるのであれば、ぼくは杏奈さんを幸せにしてあげる自信があります。そうすればぼくはすべてのことを杏奈さんと分かちあうことができるつもりです」

老人は、やっと口を開いた。

「杏奈を、正常な時間軸に戻してくれるというのは……呪(のろ)いから解き放つことのように、今思えたところだよ。私も幼い頃に聞いたよ。毒リンゴの呪いで死んだ白雪姫を蘇らせたのも、眠り姫を目覚めさせたのも、王子様だったということをね。もし、王子の愛が呪いを打ち砕くことができるのなら、私には何も口出しすることはないよ」

それは、ぼくにとって何よりの言葉だった。しかし、老人は、その後に付け加えた。

「もちろん、それは健志くんが杏奈の自由を取り戻すというのが前提だ。杏奈が正常な時間軸に復帰できない限り、二人の間を認めるわけにはいかないよ」

そう釘を刺してきた。その言葉の背後に、ぼくが杏奈を幸福にできるはずはないということを確信しているのがよくわかる。

その翌年、ぼくは成人した。その年も、杏奈は、変わらずに、桜とともに待っているぼくの前に現れてくれた。

ただ、ぼくは、秋彦兄さんとの約束を守った。杏奈と話しはするのだが、彼女との距離は保った。杏奈も、ぼくがいないときに秋彦兄さんに言い含められたことがあったのだろうか？　ぼくの隣に座ることはなかった。ぼくが、成人になったことを告げても、笑顔を見せてはくれてもその笑顔の中に一抹の淋しげなものをぼくは見つけたりするのだった。自分だけがぼくの成長から置き去りにされている哀しさだったのだろうか。

ぼくと杏奈の冷静な交際ぶりは秋彦兄さんにとっては満足いくもののようだった。

杏奈が去った夜、老人は足を引き摺るようにしてぼくを門まで送ってくれた。

それから別れ際に言ったのだ。

「どうだね。杏奈をこの世界に繋ぎとめる方法は思い浮かんだかね」

「いえ、まだ思い浮かびません」

そう正直に答えた。

「そうか。早くやらないと君と杏奈の実年齢の差は着実に開いていくぞ」

その声音が、実に嬉しそうに聞こえたのは、ぼくの気のせいだろうか。それから、発作的に頼んだ。何も手がないでは、あまりに悔しすぎる。

「ぼくにクロノスという装置を、じっくり調べさせてもらえませんか？　なにか手がかりになるような気がしてならないんです」

秋彦兄さんは、快く即答してくれた。「私も、何度となく潜りこんで動かそうと試みたよ。だが、メカニックには私はあまり向いていないことが、自分でもわかる。健志くんの方法で挑んでみることもかまわない。自由に調べてみればいい。私の目が、うるさく感じるのであれば、私は席をはずしてもかまわない。私でなにか役に立つことがあれば、呼んでもらったらいい。そのときだけ私は、わかる範囲のことを教えよう。高塚のマニュアルも自由に読んでいいよ」

そう約束してくれた。

その夏から、ぼくは毎日、岬の屋敷に通った。シャツ一枚の汗だらけになって、クロノスの秘密をなんとか解きあかそうと思って。もし、杏奈を異空間から助けだせるとしたら、このクロノスを使うしかない、そうぼくは信じたのだ。

初めて秋彦兄さんにタイム・マシン〝クロノス〟を見せてもらったのは十五歳のときだった。そのときと、まったく印象は変らない。ただ、埃が部屋にも機械群にもまったくないのは、常に秋彦兄さんが、クロノスを同じ状態に保っているのだと思えるのだ。

あのときは、中を見てはいない。クロノスの外観だけに圧倒されてしまった。

このときの秋彦兄さんは最初から「当然、内部も見るんだろう」と階段を登り始めた。ぼくは秋彦兄さんの後を追う。彼はドアを開き、壁面に触れた。すると、内部が明るくなる。このクロノスは生きている！　クロノスは、故障してまったく機能していないと思いこんでいた。だから内部も照明がつくはずがないと思いこんでいたのだ。エネルギー源は室内の電気からではない。クロノスそのものの内部に独立して存在するのだ。それが何なのかもわからない。

秋彦兄さんは、そこから内部に入ってくることはなかった。

「あとは一人で自由に気がすむまで操作すればいい」

それからは、秋彦兄さんは去り、ぼくだけがクロノスの中に残された。そこで自由に過ごせ。杏奈を救う方法があれば、自由に試せ。そう言われているのだ。

座席は二つ並んでいた。最大二人しか乗り込めないとは聞いていた。この一つに杏奈が座り、もう一つに秋彦兄さんがいたのだ。

透明なカバーの中に一枚パネルが入っているのが見えた。パネルの表面には見たこともない幾何学模様が走っていた。そしてその一部が融けたように見える。

二つの座席の中央から前方を目で追うと、真っ黒い蓋で覆われた部分がある。その蓋を引いてみた。

蓋が開く。何枚ものパネルがならんでいる。そのうちの一部は真っ黒で何もない。

透明カバー内にあるパネルと同じ形をしている。その横に透明カバー内のパネルと同じものが嵌（は）めこまれているように見えた。

それが、何を意味するものか、皆目見当がつかない。

スイッチらしきもの。手をかざせば反応音がする場所。その一つずつを確認していった。まず、わかったのは、ぼくには何もわからない、ということ。透明なカバーの中の奇妙な幾何学模様のパネルを欠落した部分に嵌めこめばいいという安易なイメージ。だが連想したのはそこまでだった。

夏休み中に、そのクロノスの中で見つけたのは装置の隙間（すきま）に入れてあった、マニュアル。高塚が使っていたものらしい手書きのものだった。だが、数式と、図形は、ぼくにはまったく理解不能だった。

いくつかのスイッチを一つずつ操作したが、まったく次の段階に進めなかった。

その夏休みは、クロノスの中での堂々巡りだった。自分自身に腹を立てるばかりだった。だがその冬、クロノスの内部に潜りこんでいたとき、真上に手をあてた直後、作動音がした。寒さに凍えながら機能を探っていたときの奇跡とも思えるできごとだ。

しかし、それが、何のスイッチだったかというと。

遠未来の機械に搭乗する者のためのエアーコンディショナーだった。夏から春にかけてぼくがわかったクロノスの操作法は、そのエアコンだけだ。

大学四年を迎えようとしていたが、まったく就職のことは考えていなかった。両親から尋ねられても言葉を濁していただけだ。母はともかく、父は、地方公務員として安定した生活をすることを奨めていた。しかし、ぼくは、そんな進路には何の興味もなかった。その頃、ぼくはクロノスの何かヒントを得ることができないかと、工学関係の本に目を走らせることが多かったから、両親は今度は何に興味を抱いたのかと不審に思ったことだろう。

春は、杏奈との時間を過ごすことができた。穏やかな時間だった。一回だけ庭の椅子でうたた寝している秋彦兄さんに内緒で、杏奈と手をつないで庭の奥をそぞろ歩いた。

それが唯一の胸ときめく春の思い出だ。それ以上は何もなかった。ただ、ぼくは杏奈に伝えた。

「もし、杏奈が、こちらに戻れて、岬の外へ出られるようになったら、ずっとぼくと暮らせるんだよ。秋彦兄さんの許しももらったから」

杏奈は嬉しそうに頷いて言った。

「早い方がいいわ。私とあまり年齢が変らないうちが」

それは杏奈の本音だったのだと思う。そして何の邪気も含まれていなかったはずだ。だがぼくにとっては杏奈の言葉は大きなプレッシャーになった。

桜が終り、今年も岬から杏奈が去った。ぼくは暇を見つけては、春待岬に通った。夏はあっという間に過ぎた。クロノスに潜り込み試行錯誤を繰り返した。ときおり秋彦兄さんはクロノス室にも顔を出し、ぼくの執念に感心したようだった。

そして、秋彦兄さんはぼくに、こう告げたのだ。

「これで健志くんのことは信頼することができた。この深沢の屋敷も杏奈のことも、私になにかがあったら、よろしく頼むよ。正式に手配しておくから」

その言葉は、具体的に意味がわからないままだったが、秋彦兄さんという老人から十分な信頼を得たということは実感できた。だが、クロノスの真実が何かは、遥かまだ遠いところにあるというのに。杏奈には、まだまだ近付くことができない。

就職活動をまったくやっていないことに感づいた両親が口うるさく進路についてぼくに言い始めたとき、ぼくの未来が決定づけられた。

祖父が亡くなった。

最期は祖母の腕の中で、蠟燭の火が消えてしまうように静かに逝ってしまったのだという。

父に、その報せ(しら)はもたらされ、両親とともに苓浦町へと急いだ。そして、祖父の最後の数日間に、祖母が感じたこと、直接、耳にした祖父の言葉を伝えた。

祖父は、ぼくに白瀬銃砲店を引き受けてもらいたがっていた、と。

ぼくの両親は戸惑っていたが、ぼくは両親の前で即答した。

ぼくが、白瀬銃砲店を継承する、と。今にでも大学を中退して、苓浦町に移り住んでもかまわない。

祖母は喜び、両親は呆(あき)れた。しかし、ぼくの決意の強さに、それ以上両親が反対することはなかった。火薬類を扱う店を継承するには資格取得者が必要であるし、ぼくはその資格を持っていた。そして、ぼくが主張したのは、この地域の人々に貢献できるということだ。

両親は祖父の仕事を継ぐことを認めた。

四年の後期だった。すぐにでも、退学届を出して、ぼくは苓浦町に移ってくることができた。だが、それはやらなかった。

母が、一つだけ願いをかなえてくれと、涙を流しながら頼んだ。あと半年のことだから、大学だけは卒業して欲しいのだ、と。その願いはかなえざるを得なかった。ぼくは、すでに卒業に必要なほとんどの単位を取りおえていた。必要な講義のときだけ顔を出せばよかった。自動車免許も取っていたから、いつもは苓浦町で暮らし、老いた祖母の面倒を見た。老いたと言っても祖母は店頭での商いは、これまで通りこなすことはできた。両親や大学の緊急な用事が発生したときは、白瀬銃砲店の自動車で駈(か)けつけることで、すべての条件をクリアした。

ただし、母との約束を無事果たしたのだが、卒業式は出席していない。代わりに母が卒業式へ出向き卒業証書を手にした。母としては本望だったのではないだろうか。

卒業式は三月二十六日だった。

すでに春待岬に、杏奈が現われている時期だったのだ。何が優先するかと言って、ぼくにとっては、一年のうちに数日しか出現しない杏奈との時間を過ごすことに決まっている。その時期を逃せば一年後、いや、条件が合わない裏年であれば、もっと会えない期間が延びるかもしれない。会える時間があれば、すべてを放り出してでも杏奈と過ごすべきだと思っていた。

もちろん秋彦兄さんとの約束は絶対だった。ぼくは修行僧のように杏奈に対してストイックに接していた。杏奈を時間の檻(おり)から助け出すことで、秋彦兄さんにもぼくと杏奈を祝福してもらえる光景を願いながら。

その年も、また、それ以上クロノスの秘密を解くことはできないままだった。その春もぼくと杏奈は手を握ることもないプラトニックなままの時間を過ごした。

「健志さんは、秋彦兄さんに言われたんですか？　私のこと。秋彦兄さんの許しをもらったと言っていましたよね。一年前に」

「ああ。だから色々やっている。でも、うまくいかないままなんだ」

「絶対に無理だという条件を押しつけられているんではありませんか？　秋彦兄さんに」

　ぼくが手も握らなくなった理由を杏奈なりに思い巡らせたのではないだろうか。

「いや、ぼくの方から秋彦兄さんに提案したことだ。杏奈を閉じた時間から救い出したらぼくと杏奈のことを認めて欲しい、と」

「そうですか」

　それ以降は杏奈が、この話題について触れることはなくなった。ぼくは、その潔さに、杏奈はなんと芯の強い女性だろうと感心するのだ。

　そして桜が終り、杏奈が去ると、荅浦町で生活する日々がスタートした。祖母とぼくの二人だけの暮らし。祖母は、それまで付ききりだった祖父の介護から解放されて、逆にいつも放心しているかのように見えた。

　夕方、銃砲店の仕事を終えると、バイクで春待岬を目指した。それから、クロノスの内部へともぐりこむ。昼間思いついたことはメモにとっていた。そのアイデアを実行してみる。専門家の発想ではない。素人の思いつきに過ぎない。うまくいかなくてあたりまえだ。だがすべて試してみる価値はあると思っていた。思いだしたように、秋彦兄さんとは顔を合わせた。ぼくは自由に屋敷に出入りできるようになっていたし、必要があるときだけ声をかければいいという暗黙の諒解がおたがいに成立していた。だから、少しずつ秋彦兄さんとぼくはおたがい空気のような関係になっていた。祖母が作ってくれたいきなり団子を持っていくと秋彦兄さんは顔をほころばせて子供のように喜んでくれた。そして、二人であの金属筒のお茶を飲むのだった。

人の運命とは、一瞬先のこともよくわからないと思いしらされたのは、その年の初冬のことだった。

秋彦兄さんの実年齢が、本当はいくつだったのか、知らないままだった。前日の夜も、ぼくはクロノスと取り組み、そしていつものように不毛な結果に落胆して屋敷を後にした。

そのとき、秋彦兄さんには帰ることを伝えなかった。あのとき秋彦兄さんに声をかけていれば、運命は変わっていたのだろうか?

翌朝、妙な胸騒ぎがした。その不安感に衝き動かされるように、岬の屋敷を目指した。そこで、ぼくは床に倒れている秋彦兄さんを発見したのだった。まだ、そのときは生きている徴があった。いや、ぼくには、そう思えた。冷静に考えれば、ぼくはそのとき救急車を呼ぶべきだったのだ。だが、あわてていて適切な判断ができなかった。ぼくは馬鹿なことに、そのままバイクに飛び乗り苓浦町病院に行った。それから春待岬の屋敷で動けない病人がいると伝えたのだ。

救急車はそのとき手配がつかなかった。緊急事態として院長である梓の父親が警察に頼んでパトカーで岬の屋敷へ急いだ。

結果的に秋彦兄さんへの手当ては効を奏さなかった。意識を回復しないまま秋彦兄さんは逝ってしまった。

ぼくは定期的に、老人の面倒をボランティアでみていた。そういうふうに警察も梓の父親も考えていた。梓が、かつて父親にぼくが幼い頃から岬の屋敷に遊びに行っていると伝えていたらしい。ぼくは善意の通報者として扱われて、それ以上の事情聴取を受けることはなかった。

秋彦兄さんを送る儀式らしい儀式は何もなかった。ぼくが火葬場から遺骨を引き取り、岬の屋敷に持ち帰った。それから、秋彦兄さんと一緒によくお茶を飲んだ庭と天草灘を見渡せる二階の居間の棚に、遺骨を置いた。屋敷の鍵は、ぼくがいつでも自由に屋敷を訪ねて来られるように秋彦兄さんはスペアをぼくに渡してくれていたのだ。

生活のサイクルは、それまでと変らなかった。屋敷で秋彦兄さんの姿を見なくなったことだけが大きな違いだ。暇があればぼくは、春待岬に通い続けていた。ただ、それまでと異なるのはクロノス起動のための試行と同時に、屋敷内の手入れをも始めたことだ。屋敷も庭も住む人の姿が消えると急速に荒れ始める。それは、秋彦兄さんがいなくなったこの屋敷で実感した。少しずつ家具や床に埃が目立ち始めた。あたりに小動物の気配さえ感じられた。庭には正体のわからない動物の糞が落ちていたり、枯葉が地面の上を覆いだしていた。秋彦兄さんは、屋敷をきれいに保つために、たった一人で掃除をし室内を繕い、雑草が伸びるのを刈り取り剪定をやっていたにちがいない。

そうしてぼくに新たな日課が加わることになったのだ。

営繕作業をやっているぼくは、心を無にするように努力していた。と同時に、作業の手を休めたときに、来年の春、杏奈が還ってきたときに、ぼくは彼女にどう伝えるのが一番いいのかと思い巡らせていた。彼女にとって唯一の血のつながった人なのだから。どんな言葉を用いても、彼女が受けるだろう悲しみを癒す効果があるとは思えなかった。

ある日、一通の手紙が白瀬銃砲店気付でぼくのもとに届いた。知らない法律事務所からのものだった。

内容は、ぼくがまったく予想しないものだった。

春待岬の深沢邸がぼくに贈与されたのだという。

目を疑った。新しい詐欺の手口かと考えたほどだ。しかし、深沢邸とぼくの接点を見ず知らずの法律事務所が知っていたとは思えない。後日、ぼくは春待岬の屋敷で法律事務所の担当者と会うことになった。

ぼくは、いくつかのサインと印鑑を押しただけだ。すでに、秋彦兄さんは自分の身になにかあったときのために、この法律事務所に手続を依頼していたそうだ。それも、杏奈を第三者の手から守るためだということがわかる。それで、ぼく以外は誰も屋敷に関わることはないのだ。また、秋彦兄さんはこの事務所に財産も託してあるということを知った。ぼくが申し出れば、必要なだけの資金が提供されることも知った。

不必要なことはほとんど話さなかった秋彦兄さんだが、心の底でそれほどに杏奈の行く末を案じていたのかと当然ながらあらためて強く感じさせられた。そして、ぼくをそれほど信頼していてくれたことも。もっとも、ぼく以外には誰も頼るものがいなかったということかもしれない。それだけに、責任を刻みつけられる。

そして、ぼくは春待岬の深沢邸の持ち主となった。

桜の蕾(つぼみ)が膨らみ開花が秒読みに入る数日前から、ぼくは屋敷で睡眠を削って、杏奈を迎える準備に明け暮れていた。秋彦兄さんがいたときと同じように室内は磨きあげ、庭は清掃を終えた。

その日の夜明けを迎えた。前日は、桜の花が一輪だけは開いたことを確認した。その日は、数輪が新たに咲くであろうと予測していた。そのとおりになった。

そして、彼女が還ってきた。

その前の年に、彼女を送ったときの姿で。忘れてはいない。ゆったりした白っぽいワンピースだった。その姿は、ぼくの目にまだ焼きついていた。杏奈は、そのままの姿で現れた。何も彼女は変ってはいない。

だが、杏奈にとっては……。

すぐに秋彦兄さんの不在に彼女は気がついた。

いくつもの悪い想像を巡らせたのか、ぼくが口を開く前に、彼女は大きく首を横に振っていた。顔を俯(うつむ)かせて。

それから、彼女は、ぼくに駆け寄り、両手で、ぼくの手を握った。

そのとき、ぼくは真実を伝えるのが、ぼくに与えられた使命だと考えていた。ぼくは、杏奈を椅子(いす)に座らせ、杏奈にぼくの手を握らせたまま、秋彦兄さんの最期のことを話した。

ぼくは、どう話せばいいのかわからないまま、事実だけを伝えた。朝、屋敷に来て倒れている秋彦兄さんを発見したこと。手を尽くしたが、力が及ばなかったということを。

杏奈は、黙したままだった。号泣することはなかった。ぼくの話を聞きながら顔を上げることはなかった。ただ、ぼくの手を握る杏奈の手の感触ははっきり覚えている。激しく彼女の手が震えていた。

だが、杏奈にとっては受けいれるしかない事実なのだ。すべてをぼくは伝えて、彼女に尋ねた。「秋彦兄さんは壺(つぼ)に納めて二階に保管されているよ。秋彦兄さんに会いますか？」

ぼくは、相当に無神経な言い方をしていたと思う。そう口にしながら同時に考えていた。杏奈にしてみれば前日まで言葉を交わしていた兄の死を告げられ、遺骨と対面するかと尋ねられているのだから。

しかし、杏奈は、そのまま屋敷に入り、二階に登ると棚の上の骨壺と対面した。そのときは彼女は顔を上げていた。そして泣き腫(は)らした目を隠そうともせずに、棚の上の兄が入っている壺を凝視した。

ぼくは、杏奈一人を残して部屋を出た。杏奈は、自分の心にいる秋彦兄さんに話しかけていたのではないかと思う。

その日、ぼくは杏奈のために食事の準備をした。準備していた食材を使って食卓を飾った。しかし、杏奈は食事に口をつけることはなかった。テーブルにさえ着くことはなかったのだ。

「なにか食べないと、身体(からだ)によくないよ」と彼女に言う。「ありがとう。でも、今は喉(のど)を通りません」と杏奈は答えた。それが本音だろう。

ぼくは、その日は杏奈に付き添った。祖母にも屋敷の管理を委(まか)されたことを伝えていたから、問題はなかったのだが。

しかし、あたりが暗くなって、ぼくはうたた寝をしてしまったのだ。気がついたとき、杏奈は、いつの間に着替えたのかはわからないが、これまでとまったく印象が異なる服を身に纏(まと)っていた。

黒いドレスに黒い帽子。

杏奈は喪服姿だった。兄の死を悼んで、自分の気持にふさわしい姿でいることを選んだに違いない。口数が少なくなった。杏奈のような多感な年齢であれば、当然すぎる反応だろう。杏奈は、そして、彼女の体質さえも、兄さんの死に関係しているのではないかと自分を責めようとしていた。

ぼくは、杏奈の心を癒す道は時の経過しかないと考えていた。下手な慰めの言葉は、まったく効果をもたらさないどころか、かえって杏奈の心を落ち込ませる結果にしかならないと思えたのだ。杏奈自身の力で自分の心に納得させるしか道はない、と。

ぼくにできることは、杏奈の身のまわりの世話をしてあげる程のことでしかなかった。杏奈のための食事の準備。屋敷の清掃。そして今の杏奈が何をやろうとしているのか、気を配ること。

杏奈が屋敷にいる短い期間、この年はついに彼女の気持が前向きに回り出す場面を見ることはできなかった。なんとか、杏奈の気持を前に向かせてやりたかった。つらさをほぐしてやりたかった。だが、ぼくにできたのは杏奈の食事の世話や屋敷の内部の片づけといった雑務ばかりだった。

その春は、一度だけ杏奈に大きく頭を下げられた。ぼくが、特殊な茶筒の中のお茶を淹れ、杏奈のために準備したときのことだ。

ぼくが近づくと、その匂いにまず杏奈は反応したのだと思う。彼女の横の卓の上にお茶を置いた。発酵した茶の特有の匂いがぼくの鼻腔をも突いた。

そのお茶がなぜ、そのときそこにあるのか。杏奈は一瞬で事情を悟ったのだと思う。

「すみません」と顔を上げてぼくの顔を見た。そして深く頭を下げて、言った。「ありがとうございます」

確かに、そのときぼくは杏奈の感謝は感じたのだが、同時に彼女の真の心の支えになれていない自分をも感じていたのだ。

自分の無力感にぼくは失望していた。

ほとんど、その春は杏奈と会話らしい会話が持てないままに過ぎてしまった。ぼくは、杏奈の身のまわりのことにだけ神経を集中させた。かつての秋彦兄さんのようだ、とぼくは思う。

桜吹雪が続いた。ヤマザクラからソメイヨシノ。そしてチハラザクラの真白な花びらが散ってしまい、葉桜になったときに、杏奈の姿はなくなっていた。

そのとき、ぼくは気がついた。その春は、最後まで杏奈は黒い服のままで過ごしていたことに。しかし、いつもの桜の終わりと同様に、ある瞬間に杏奈はかき消えてしまったのだった。

いつもの年の別れとは違っていた。厭な予感が杏奈が消失したと同時にぼくにつきまとっていた。

いつもの年であれば、杏奈が消えた瞬間から、来年の杏奈との再会を切望している自分がいた。ところが、そのときはどうだろう。黒い不安が暗雲のようにまわりに立ちこめていた。いや、杏奈と会いたい気持は変らない。なぜそんな不安が、心の中で湧き出してくるのかわからない。ひょっとして、もう杏奈とは会えないのではないか、という恐れ。杏奈自身が、この世界に還ってくることを拒否するのではないかという想像までが膨れ始める。

そして、また空白の一年が流れ始めるのだった。

次の桜の時期が近付くに従い、不安は広がっていった。もう、杏奈は姿を見せないのではないのか？　自分の意志で秋彦兄さんがいない世界を拒否するのではないか？

そう考えると、クロノスの構造のことも頭から抜け落ちてしまう。杏奈が笑顔を浮かべる日は二度とないのではないか。いや……。春待岬に桜が咲かないこともあるのではないか？

異常気象が続いた。二度も大きな台風が苓浦町をコースに選んだ。風速五十メートルクラスの台風だった。いく本もの桜の木が折れ屋敷の屋根や壁面が被害に遭った。最初の台風の後、まだ完全に修理を終えない時に次の台風が襲ったのだ。だから、屋敷を原状に復するまでは、そのこと以外は考える余裕もなく、杏奈のことだけで思い迷うことからは少しは逃れることができたのではないだろうか？ 屋敷のすべての修理が終った後も異常気象は続いていた。

例年、南国の天草では一月末には菜の花を見ることができる。雪を見ることは珍しい。そんな苓浦町に雪が降った。朝には膝までの深さの雪が広がっていた。人々はどう対処していいものか、まったくわからずにいた。いつもの年であれば春を感じさせる時期になっても寒波は去らなかった。

三月中旬で凍える寒さを体感しながら、ぼくは、悪い予感が巨大化していくのがわかった。

その予感は当った。

春分の日を過ぎても、桜の蕾は固いままだった。こんなことがあるのかと信じられぬ思いで、空を見上げた。

だが、その二日後、嘘のような気温の上昇を見た。ウグイスが鳴くのを聞いた。ぼくは岬へと走った。

桜が咲いていた。数輪ではあったが、桜の花はぼくを裏切らなかった。どんな異常気象に遭ったとしても。

ぼくは、杏奈を迎えるための最後の準備に没頭した。

そして……。

その年、杏奈は現れなかった。

理由が何かは、わからないままだ。遅ればせではあったが、桜は例年どおりに開花した。いや満開に咲きほこったときは、例年よりも見事だったとも言える。

杏奈が、この時間と空間に出現することを拒んだのか？　数年前にも、このようなことがあった。そんな環境条件が同じだったというのか？

理由はわからなかった。

そして、次の一年が過ぎた。

変化らしい変化もない穏やかな一年だった。祖母も変りなく、白瀬銃砲店も売上こそ落ちてきてはいるが平凡な推移を見せていた。

春。

桜を待つ時期が近付き、ぼくは、毎日、春待岬の深沢の屋敷に泊りこんで杏奈の帰りを待った。

何の条件が異るのかわからない。しかし、何かの変化で杏奈の帰還が決定するのだと思った。その条件について考えても、どれも想像でしかない。

ただ一つ、ぼくは心の自衛策を身につけていた。

期待しないことだ。

杏奈との再会を楽しみにするから、落胆が大きくなる。杏奈が還ってくることの方が、奇跡と思うべきだ。杏奈の姿がなくて当り前。

そうぼくは自分に言い聞かせていた。

だから、この年もぼくは期待を抱いてはいなかった。そして……。

杏奈は現れなかった。

二年目。そう。杏奈が姿を見せなくなって二回目の春を迎えたのだ。

自分に、願ってはいけないと言いきかせてはいたものの、その落ち込みは大きかった。その年も杏奈が現れなかったことを信じられなかった。秋彦兄さんは、数年続けて杏奈が現れなかったこともあると言っていたではないか。いや、わかってはいるものの、心は予想以上のダメージを受けていた。この二年間の自分なりのクロノスの整備で致命的な負の効果をもたらす整備をやってしまったのではないか、と。その影響が杏奈の消失となって現れたのではないだろうか？

一度、悪い方向で想像を始めると、もっと最悪の可能性にまで思いを巡らせてしまう。

結果的に寂寞（せきばく）とした思いだけが残った。

海を眺めながら外の椅子に座り、秋彦兄さんが残した金属筒の茶を淹れて啜（すす）る。支えがない空虚な日々だ。何をやる気も湧かなかった。杏奈のこともできるだけ考えないようにした。自分の脳が、何も考えないことを望んだ。

これからの人生のことも、どうでもいいとさえ考えた。生きていても仕方がないとさえ思える日々だった。

数日間、苓浦町で白瀬銃砲店の仕事をやり、祖母に店を頼んで春待岬の屋敷へ戻った。

いつまでも流れない長い長い時間の連続だった。最低限の会話を祖母や銃砲店の来客と交わすだけだ。それも心が浮きあがってしまったような言葉のやりとりでしかなかった。

もう、ぼくはそのとき、何がどうなってしまおうと、かまわないという状態だったのだと思う。

金曜日の夕方には、春待岬の深沢邸へ行き、そのままぼんやりと月曜の朝まで過ごし、白瀬銃砲店へ帰った。

祖母は、ぼくの様子に何を感じたろう。感じていたはずだが、何も言わなかった。心配していたに違いないのだが、それをぼくにどう問いただしていいかもわからなかったのではないか？　そう考えると、ぼくはもうしわけないことをしたと反省するのだが、ぼくには周囲を思いやる余裕もなかった。

そのとき、ぼくは海を見渡す庭で椅子に腰を下ろし、ぼんやりと時を過ごしていた。

突然に、屋敷から鐘を鳴らす音が二度響いた。初めて聞く音だった。だが、その音が何を意味するのかすぐにわかった。

この屋敷で、まずありえないことだが、来訪者があったのだ。そして、その人物は自分が訪ねてきたことを知らせているのだ。

法律事務所の人だろうか？　いや、そうであれば前もって何かの連絡をよこすだろうし、思いあたる用件もない。ぼくは仕方なく立ち上った。

ぼくが初めて門から訪ねてこいと杏奈に言われたときは、この鐘の音が、秋彦兄さんの耳に届いていたのか。そんなことを思いながら。

門の前に立っている女性が誰なのか、とっさにぼくにはわからなかった。どこかで見た覚えがある……。まだ若い女性だ。ジーンズをはいていて薄手のセーターを着ていた。

「健志くんね。お久しぶり」

その声を聞いて思い出せたような気がしたが、まだ確信があるわけではなかった。

ぼくが知っている彼女は、もっと少年のような固さを備えていた。もう何年会っていなかったのだろう。咄嗟にわからないはずだ。なぜ、彼女がここを訪ねてきたというのだろう。

「ひょっとして、梓かい？　青井梓か……。わからなかった」

「そうよ。健志くんは、今、この屋敷に一人でいるの？」

どう答えていいものか。そのときのぼくには思いあたらなかった。

「梓は、なぜ、ここにいるんだ。誰を訪ねてきたんだ」

「健志くんが、ここにいるって聞いたからよ。白瀬のおばあさんにも聞いた。私の父からも聞いたわ」

だから、ぼくを訪ねてきたというのか？

「まだ、学校じゃないのか？」

どのくらい梓と会っていないのだろう。高校時代に彼女は医学部へ進むと言っていた。大学一年の頃、祖母が町で聞いた話として、「青井先生の娘さん。医学部に合格したってさ。すごいもんだね」と言っていたことを思いだす。

「もう、国家試験に合格したわ。勤務地も決まったの。それまで苓浦の家族のところに帰っているの。白瀬銃砲店に訪ねていったら、ここだと教えてくれた。だから会いに来たのよ」

どう答えていいものか、ぼくは迷っていた。

「もう、このお屋敷は誰もいないの？　健志くんがお世話しているの？」

「そうだ」最低限のことしか答えなかった。

「私を中に入れてくれないの？　ずいぶん歩いてきたんだけれど」

梓を屋敷の中に入れることは、秋彦兄さんとの約束を破ることになるのではないのか？　ぼくには、そう思えた。どれほど頑(かたく)なに秋彦兄さんは外部との接触を絶っていたかということをぼくは知っている。

それ以上に、この春待岬の屋敷は、杏奈とぼくの聖域なのだから。

「ここは、深沢家の人たちからぼくが管理を委されているんだ。家族には、しばらくここを留守にしている人もいる。だから、勝手に人を入れるわけにはいかない」

そう口にしながら、ぼくは冷酷な人間かもしれないと思っている。しかし、仕方がない。

　これは、けじめというものだろう。

「わかったわ。でも、私は健志くんと話したかったの。どうやれば健志くんと過ごせるの？」

　がっかりしたその表情を見て、急にぼくは梓のことが可哀想に思えてきた。それから、ぼくは彼女に言った。

「今日は、もうこちらでの用事は済ませてしまったよ。これから苓浦町の銃砲店に帰るんだ。送っていくよ」

　ぼくには、それが一番いい方法だと思えた。それ以上岬にいても何もやることもないのだし。梓は、それで十分に満足のようだった。歩いてきたという梓にあわせぼくはバイクを置き、彼女の足元に気遣いつつ苓浦町へと歩いた。ぼくは梓に何の話題を振ればいいのかもよくわからなかったのだが。

　それでも梓はぼくと一緒の時間に満足していることが手にとるようにわかった。ぼくに、この町に一生いるつもりかと繰り返し尋ねたし、ぼくのやりたいこと、ぼくの夢についても聞いてきた。ぼくには答えるには面倒臭い質問ばかりだったのだが。

　そんなとき、梓は岬からの舗装されていない道で足をよろめかせた。ぼくは反射的に梓の腕を握って支えてやった。

何かが、ぼくの鼻腔をくすぐった。

その一瞬後に知った。それが梓の香りであったことに。

梓は、あわてて体勢を立てなおし、ぼくに言った。

「ごめんなさい。来るときは滑らなかったのに」

そのとき他にも気がついたことがある。高校に入学した頃、ほとんど身長が梓と変らないと思っていた。だが彼女の背はぼくの肩ほどまでしかないのだ。それまでぼくは梓から無意識のうちに威圧感を覚えていた。その瞬間に威圧感は消失していた。

そして、梓を支えたときの彼女の腕の感触。

その柔かさは、それまでのぼくには縁のないものだった。

ぼくはスイッチが入ったかのように胸の鼓動が高まっていくのがわかった。

上擦ったような声で、ぼくは梓に言った。

「大丈夫だったか？　気をつけた方がいい」

すると梓は両手でぼくの腕を握った。

「ありがとう。何ともなかったわ。注意するわ」

梓はぼくを見上げた。そこには、ぼくの知らなかった梓がいた。

梓が女性であることをぼくはあらためて認識していた。瞳（ひとみ）が潤（うる）んでいた。視線のやり場に困ったようにも見えた。あわてて梓は握ったぼくの腕から手を離した。高校時代の彼女とは違っていた。

しばらく二人の間からは会話が途絶えた。それから、梓がなぜ、苓浦町に戻ってきたかを告げた。

ぼくに会いたかったから。

そう、梓は言った。ぼくには何とも答えようがなかった。だが、梓は自分の人生については自分で方向を決めているのだ、と言った。すでに医者として生きることを決めたのだと。いずれは、この苓浦町へ帰ってきたい。でもそれまでは他所（よそ）の土地で医師としての経験を積んでおきたい、と。

仕事先も決まったという。数日後には着任しなくてはならない、と。

その前に、ぼくに会おうと考えたのだという。

そんなことを梓は続けざまに語った。仕事に専念したいからしばらく会うことはないと。

それは梓の勝手な思いではないかと思ったが、ぼくは口にはしなかった。

明日は、苓浦町を発（た）つ。そう梓はぼくの目を見て言った。だから、今夜は、一緒に食事をしてもらえませんか。

しかし、ぼくは、そのときはっきりと梓に告げた。

ぼくには好きな女性が他にいるんだ、と。

それが誰だとは言わなかった。だが、常識的に考えれば、それが春待岬の屋敷に縁がある女性であることはわかるはずだ。

梓もそれ以上はぼくに尋ねなかった。それでもいい、ということを聞いた気がする。ぼくの負担になることはしない。そうも言っていたと思う。はっきりとは覚えていない。

だが、他に好きな女性がいることを告げた時点で、ぼくは肩の荷が降りたような気がする。

梓は、帰省中の自宅にぼくを招待した。そこには普段は梓の父親が一人で暮らしているはずだ。秋彦兄さんが倒れたときのことをぼくは思いだしていた。あのときは、梓の父にはずいぶん世話になった。

自分で、夕食は準備する。ぼくのために、と梓は宣言した。それで、もうぼくには梓の招待を断わる理由はなにもなくなったというのが正直なところだ。

その時のぼくには、日々を送る基盤が崩れ去ってしまったような感覚しか残っていなかった。

だから、その夜の梓の招きを結果的に承諾した。夕刻、ぼくは、青井梓の自宅を訪ねたのだ。

梓の自宅は苓浦町病院から百メートルも離れているだろうか、高台の上にあった。いつもは、そこに梓の父親が一人で住んでいた。母親は高校時代に亡くしたのだと知った。

その夜は梓と梓の父親と三人の食事会になるのだと思っていた。しかし、違う状況が待っていた。エプロンを着けて玄関で迎えてくれた梓が教えてくれた。その夜は、梓だけしかいなかった。父親は学会に出席するために遠方へ出張しているのだということを。

食卓には、豪華な食材を使った料理がならんだ。梓がぼくと二人っきりの晩餐のために腕をふるったにちがいない。

父親とどのような話をすることになるのか気が重かったのだが、その心配はなくなった。

すべての準備が終わると二人で食卓を囲んだ。

「健志くんは、お酒を飲める？」と梓は尋ねてきた。

進んで酒を飲もうと思ったことはぼくにはない。

「好きか嫌いかは、わからない。でも、父も母も飲めるから、大丈夫だと思うよ」

そう答えると、梓は嬉しそうに、ボトルを一本取り出した。ワインということはわかる。

「じゃ、私につきあって飲んで下さい」

梓は、ぼくにグラスを渡しなみなみと注いだ。それからぼくにボトルを渡した。注げということだろう。

梓はぼくにワインを注いでもらうときに、心底嬉しそうな笑みを浮かべていた。二人でグラスを持った。気の利いた科白を添えて乾杯すべきだという思いがあったが、何も思い浮かばなかった。だが梓は、「久しぶりの再会に、乾杯」とグラスを合わせてきた。

高いワインなのか、美味しいのか、ぼくには、まったくわからなかった。一息で飲み干して咽せてしまったことで梓を驚かせてしまったほどに。

会話は、梓がリードした。正直のところ、ぼくは彼女に何を話せばいいのかわからずにいた。

梓は、ぼくが言った〝好きな女性〟のことについては何も尋ねなかった。それは梓が大人であることの証しのような気がした。そしてぼくのために用意したという料理をきれいに盛りつけて出してくれた。母や祖母が作ってくれる料理とも違う、ぼくが初めて口にするものばかりだった。サラダに始まり、前菜は少量だが変った味のものばかりだった。それを口にしてワインを飲む。このときになって初めて美味(うま)いと思えるような気がした。

梓が頭のいい子だと思ってはいたが、これほど料理が上手(うま)いとは知らなかった。勉強の合間に習得したのだろうか。才能としか思えなかった。ワインを空けると、梓は次の一本を用意してくれていた。すすめられるままに口にした。梓が他愛(たわい)のない冗談を口にすると、それが可笑(おか)しくてたまらなかった。

そして次の料理を運んできた。しばらく、こんなに楽しい時間をすごしていなかったな、とふと、ぼくは思っていた。

ぼくは梓に尋ねていた。

「本当に梓は、明日、出発してしまうんだなあ」

「ええ、そのつもり。でも最後の夜をこのように過ごせて幸福(しあわせ)よ。今日は私の人生の中でも忘れられない夜になるわ」

そう言って梓は、ぼくの目を見た。これまでの彼女よりも一番魅力的に見えた。

ぼくの記憶にある、その夜のできごとは、そこまでだ。

次に気がついたのは、朝だった。異常な程に喉の渇きを感じて目を覚ました。起き上がると頭が割れるように痛かった。

周りを見回すと、見馴(みな)れた光景だった。いつものように、白瀬銃砲店のぼくが寝起きする部屋だった。

どうして、そこにいるのかがわからなかった。

青井梓と食事をしていた。そこから何も覚えていない。スイッチが切れたように記憶が欠落しているのだ。

ぼくが台所へ水を飲みに行く気配に気付いて、祖母が起きてきて心配そうに尋ねた。

「大丈夫だったかい」

その質問は何も覚えていないぼくを不安のどん底につき落すには十分すぎた。

頭が割れそうだった。必死で吐き気と闘っていた。そのことは祖母には言わなかった。

恥を忍んで尋ねた。

「ぼくは、どうやって帰ってきたの？」

祖母は呆れたよ、とか、酒もほどほどにしなくては、と珍しく小言を言った後に、何も覚えていないのか、と溜(た)め息(いき)をついて答えてくれた。

「梓さんが抱きかかえるようにして連れてきてくれた。私にすみませんと何度も頭を下げていた。私は恐縮するだけで何も言えなかったよ」

ぼくは、それ以上のことは恥かしさで何も訊くことができなかった。祖母が布団を敷き部屋まで連れてきたのだということは尋ねなくてもわかった。

それから、黙って部屋に戻り、横になった。その日は一日、起き上ることができなかった。

人生最悪の日のベスト3には入っていると思う。頭の中で周期的に割れ鐘を鳴らされているようだった。その原因はわかっていた。美味いのか不味いのかもわからないワインを水の代わりにがぶ飲みしたからだ。そして胃のむかつきは、夕方まで続いた。

その日は、それ以上の思考を巡らせることはできなかった。

夜、起き上ってから祖母が話してくれた。ぼくが布団の中で宿酔いに苦しんでいたときのことだった。

「青井先生のとこの梓さんが挨拶に来たよ。午前中に。寝ていると答えたら、もう、そっとしてあげてくれ、と。これから新しい職場に行きますから、健志さんによろしく伝えて下さい、と言っていた。しっかりしたお医者さんになられたみたいだね」

そこで、ぼくは昨夜の梓の笑顔を思い出していた。今日、出発すると言っていた。

昨夜は、あれからどんな話をしたのだろう。わからない。ブラックアウトとは、こんな状態のことを言うのかと思った。記憶が欠落するというのは、これほど不安感をもたらすものかと初めて知った。

ぼくの身体を案じて、今朝も様子を見にきたのだろうか？　それとも、苓浦町を発つ寸前に寄ったのだろうか。

「梓さんは、よほどに健志のことが好きなんだろうなあ。子供の頃から、そうだったものね。こういうのは理屈とかじゃないからね」

ぼくは何も返答が出来るはずもなかった。

ぼくが覚えている彼女の言葉はこうだ。「苓浦町には、もうしばらく帰ってこないから」

これまで梓のことを思い出すこともなかった。しかし、そのときは大人の梓の表情が脳裏に浮かんでいた。

日常が戻った。次の一年への長い時間が始まった。ぼくは、その一年を、何も考えない一年にしようと決めていた。桜の時期に彼女と再会できると期待しすぎると現れてくれなかったときの落胆が大きい。

一番いいのは、流れのままに現象を受け入れることだ、と。そして、何も考えないことだ。

人は何のために生きるのか、と新聞のコラムに目を止める。これは人が論じる問題と考えた。ぼくの目的は杏奈をこの世に戻してやることだ。そして、彼女と一緒の時の流れの中で生きることだ。

元気は出なかったが、できるだけ祖母に心配をかけないように日々を過ごした。そのために祖母が望むように苓浦町の青年団にも加わり、地域の町起こしイベントにも手伝いに行き、ボランティアの奉仕作業にも参加した。夏には夏祭り、秋には神社の放生会(ほうじょうえ)を手伝った。ただし、できるだけ地域の人々から目立たないように。あまり親しくならないように一定の距離を保ちながら。ぼくは結果的には風変りな奴(やつ)だという評価で落ち着いたようだ。それこそが、ぼくが望むことだった。

一年が経過した頃は、春待岬の屋敷に入り家屋や庭の営繕に励んだ。暇をみては屋敷内の清掃は続けている。しかし、年の経過とともに劣化していくものもある。そのような設備は容赦なく新しいものと交換した。支払のことは何も問題なかった。法律事務所から振り込まれる金は十分にあった。会計処理も税務処理も、その事務所がすべてを手配してくれていた。ぼくは、杏奈が過ごす数日をどんなに快適なものにできるかに気を遣っていればよかったのだ。どういう種類の金が振り込まれてきているのかは、わからなかった。特許の使用料とも確実な資金運用先からのものとも聞いた気がするが。

そんな春が、また数回巡った。平凡な、なにごともおきない日々の繰り返し。季節だけが移る。あとは静か過ぎる日々が続くだけだ。祖母も、だんだんと身体を動かすのが億劫になってきたとぼやくようになっていた。身体も時の経過とともに小さくなっていることがわかる。何度も見当違いの話をするようになったし、話題も昔のこと、そして同じことを何度も繰り返す。祖母の話し相手になるときは辛抱強くそれに付き合った。

世の中は季節が変るだけで何も変らないと思っていた。実は変っていたのだ。祖母も確実に老いが進んでいたし、鏡を見なくても自分の頬骨が出て、髭が濃くなっていくのを自覚していた。

自分は青春と呼べる時間を置き去りにしてしまっていると思い始めていた。

ひょっとして、杏奈は自分の意志で姿を現さないということもできるのだろうか、と思い始めていた。秋彦兄さんを喪くした悲しみから、この世に実体化するのを拒んでいるのではないかという可能性も考えたことがある。

だが、その翌年に、桜の蕾がほころびを見せたと同時に、杏奈は春待岬に還ってきた。

前日まで、すべての蕾は膨らんでいるとは思えなかった。期待しないようにと自分に言い聞かせてはいたが、もし杏奈が帰還するとすれば数日後かと思っていた。だが読みを誤ったのだ。

黒い服の杏奈がいた。

秋彦兄さんを失った悲しみのまま、消失し、今、また姿を現したのだ。

何年振りだったろう。杏奈に会ったのは。杏奈は、何も変っていない。

だが、ぼくを見た杏奈の表情を見逃さなかった。数年間の空白の後のぼくは杏奈の目にどう映ったのだろうか？　ぼくには、彼女の表情は明らかに驚きに見えた。それに、ほんの少し、脅えにも似たものを見逃さなかった。

杏奈の前日の記憶は、ぼくにとっては数年前に秋彦兄さんの訃報を伝えた年のものなのだ。だから、杏奈は唯一の肉親を失った悲しさから、まだ立ち直っていない。

数年前の記憶をぼくは、いや……もう自分のことをぼくと呼ぶ年齢は過ぎたのかもしれない……たどりながら、杏奈のための朝食を用意した。私は、杏奈がいない間にパンケーキを焼く腕を養っていた。そして杏奈が好むサラダ。杏奈は、自分でパンケーキを焼こうとするかもしれない。しかし、もう彼女にはこれまでパンケーキを用意してやっていた秋彦兄さんはいないのだから。発酵茶も私はうまく淹れることができるようになっていた。

「ありがとうございます」

杏奈は私に、そう告げた。心なしか数年前より、私に対しての言葉遣いによそよそしさを感じたのは気のせいだったのだろうか？　いや、それだけ私の外観が変わっていたので杏奈は無意識に敬語を選んでしまったのではないだろうか。

それは、私にしても同じだったかもしれない。

杏奈の外観は数年前に私の前から姿を消したときとまったく変わっていない。それが、私にとっては、杏奈の幼さを感じてしまったのだろう。

それだけの理由だろうか？

いや、いつかいっしょに食事をした青井梓の女性である部分と杏奈とを無意識のうちに比較していたのではないか？

あわてて私は、梓の面影を振り払っていた。そして、目の前のこわれもののように美しい杏奈を見つめた。

杏奈は、まだ元気を取り戻していなかった。少しでも私は杏奈の気を紛らわせてやりたかった。

「味は、どうだろう？　口に合うかな？」

そんなことを、ぎこちなく尋ねてみた。杏奈は、そんな私の気持が通じたのか、無理に笑顔を作って頷いてくれた。

私は、その日から、祖母に旅に出ると伝えて、春待岬の屋敷に泊まりこむことにした。杏奈が消える日まで。

だって、少女を一人だけ岬の屋敷に置き去りにするなんてできないではないか。

食料は籠城準備と変わらない量だ。一歩も屋敷を出ることなく生活できるように。

彼女の出現を、この日まで何年待ったことか。

私は、秋彦兄さんが使っていた部屋で寝泊りした。そして、杏奈が何一つ不満がないよう世話を尽くしてやるつもりだった。

私は杏奈が眠りにつくまで側についてやり、彼女が目を覚ます頃合には、朝の準備を整え、杏奈が姿を現すのを待った。

数日が経過し、彼女は以前のような白い服を着るようになった。淋しさから逃れたとは思えないが、杏奈は自分なりに兄の死を乗り越えなければならないという結論を得たのだと私は思いたかった。だが、そう自分に言い聞かせても元のようにすぐには口数が戻るはずはなかった。それでも杏奈なりに努力しようとしていることは伝わってくる。

数日後、春の嵐があった。

この頃からだろうか。天草の気候も熱帯化してきたように感じるようになったのは。季節はずれの雨期が続いたり、予報にもない豪雨が襲ったりするのだ。これは天草に限らず地球のすべての地域の天候が異常化していたためだったのだが。

稲妻が光り、雷鳴が轟いた。風も激しかった。私は雨の中を窓に補強のための板を打ちつけた。

この嵐で桜の花は散ってしまうのではないか？　散ってしまえば杏奈は姿を消してしまうのではないか？　そんなことを考えながら、ひたすら作業を続けたものだ。

作業を終え、屋敷の中へ入ると、杏奈が、それまで恐怖に耐えていたのだろう。私の胸にすがりついてきた。私は、杏奈が落ち着くまで彼女の背中をやさしくさすってやった。

そのとき、自分なりに驚いたことがあった。

私は、杏奈を異性として意識するには年を取りすぎていたことだ。

これは自分でも意外だった。私がそれまで感じていた杏奈よりも、彼女は途方もなく幼く思えた。そんな杏奈を穢してしまうことなどできはしない。

その瞬間に杏奈は私にとって聖なる存在へと変化した。

私の腕の中で杏奈の震えがやっと治まっていた。私はずぶ濡れの自分の身体を拭うのも二の次に杏奈のことを労ってやった。

そのときに、予感があった。

ひょっとしてクロノスを私は直すことができないのではないか?

とすれば、私は杏奈と結ばれることもないのではないか?

私は、クロノスを修理できた暁には杏奈と一緒になる許可を秋彦兄さんにもらった。

そう杏奈に告げたときに、彼女は何と言ったか。

「早い方がいいわ。私とあまり年齢が変らないうちが」と言ったはずだ。

あれから何年が経ったというのだ。数年間は、確かに杏奈が姿を現してはくれなかった。しかし、クロノスにかかれる時間は十分にあったのだ。

だが、私の能力をクロノスは超えていた。まったく歯が立たない装置だった。そして、これからも状況はまったく変ることはない気がする。

あれほど杏奈にこの世界に戻してあげると大きなことを言っておきながら、何の可能性も見出せないままでいるのだ。

私と杏奈の年齢差は開きつつあった。あれほど親しい会話を続けていても、杏奈が私との間に年齢の溝を見つけてしまうほどの状況の変化は起っていた。

杏奈が、私から身体を離した。

「ごめんなさい。大丈夫です。あまり怖かったから思わず……」と申し訳なさそうに、そう漏らした。いや。私にとって、何も申し訳なく思ってもらうことはないのだが。

その夜は、私は椅子を杏奈の部屋に持ち込んで、彼女が眠りに入るまで見守ってやった。

杏奈が静かな寝息をたてるのは確認した。それから、すぐに私も眠りの深みへと沈んでいった。外の雨音や風がまったく聞こえないほどの深みに。

その春は、そのようにして過ぎた。数年ぶりに杏奈が姿を現してくれたのだから、ひょっとして例年よりも屋敷に残ってくれる時間も長いのではないか?

そんな淡い期待もあったが、ルールは冷酷だった。予定の日、予定の朝には、時を司る神は杏奈を隠してしまったのだ。そして、その年は最後まで杏奈は元気を取り戻すことはなかった。

記憶にあるのは、姿を消す二日前のことだ。その日は、朝から黒い服に身を包んでいた。それが喪服であることは、私にはすぐにわかった。もう秋彦兄さんがこの世を去ってから数年が経過している。一周忌も三回忌も、杏奈はいなかったが、私は一人で秋彦兄さんの法事は営んだつもりだった。だが、いつもはこの世界に存在しない杏奈にとって、その日は秋彦兄さんを送る節目の日のようだった。

杏奈は、庭の椅子に座り、海を向いて黙禱を捧げた。長い時間だった。桜の花びらが宙を舞い、いくつも彼女の長い髪へと落ちた。私も杏奈につきあって、秋彦兄さんの発酵茶を三杯分淹れた。一杯は杏奈、一杯は私、そしてもう一杯は秋彦兄さんのために。

初めて、そのお茶を秋彦兄さんに勧められたのは、遠い昔だ。あれほど癖のある渋味と思えたものが、私にとっては発酵茶独特の旨味を感じられるようになっていた。

「健志さん。とても、おいしい。秋彦兄さんよりもお茶の淹れ方が上手になったかもしれません。秋彦兄さんも、きっと喜ぶわ」

杏奈は、最初の一杯を口にしてから、そう私に嬉しそうに言った。彼女が久々に帰還した日にも淹れてやったのだが、記憶していないようだ。それだけ心の余裕が今は生まれたのかもしれない。

「気にいってもらえたことは嬉しいよ。杏奈が留守にしていたときに、何度もこのお茶を淹れる練習はしていたからね。これは、秋彦兄さんが私に頼んでいったことでもあるし」

杏奈は少し小首を傾げて「ありがとうございます。お世辞ではなくて本当に、秋彦兄さんが淹れるよりおいしいのよ」と笑顔を見せた。

それから二人で海を眺めて静かな時間を過ごした。その日は杏奈にとって秋彦兄さんのどんな節目の日だったのだろうか？

私は、あえて尋ねなかった。それは杏奈の心の持ちかたの問題ではないのか。私が杏奈に尋ねて返ってきた答などどうでもいいことではないか。

発酵茶を喜んで飲んでもらえただけで、そのときの私は満足だったのだ。

その一日に私と杏奈の間にあるのは沈黙だった。

夕陽が水平線にかかった瞬間、杏奈は、突然に口を開いた。

「お願いがあります」

そう、私の目を見て言った。私は、できるだけ平静さを装い「なにが……」と尋ねた。

「健志さんは、私の前から絶対にいなくなったりしないで。約束して頂きたいんです。皆が私の前から突然いなくなってしまう。父と母は、この世界に来ることができなかった。そして、高塚さんもいなくなってしまった。今度は、秋彦兄さんも。私だけを置き去りにした。もしも……もしも健志さんがいなかったらと思うと、私は怖ろしくてたまらないんです。もしも健志さんがいてくれなかったら、私はこの屋敷で一人ぼっちで今も過ごしていたに違いない。どんなに淋しくても、どんなに怖いめに遭っても、一人ぼっちだなんて、とても考えられません。だから……」

杏奈が、私を愛している、といった問題とは、全然別の次元のことだとわかった。杏奈一人が、知る人が誰もいない屋敷に取り残される恐怖に耐えられないということなのだ。しかし、そんな願いを口にする相手とは、杏奈にとっては全幅の信頼をしている者ではないだろうか？　一緒にいたくもない相手であれば、そんな〝お願い〟もするはずがないではないか。

そして、そんなお願いこそが、杏奈の幼さの証明ではないのか？

どきりとした。私がテーブルの上に置いたティーカップを手にとろうとしたとき、その手を杏奈が押さえたのだ。

杏奈は、潤んだ瞳で私を見ていた。訴えかけている。よくわかる。

「約束します」私は杏奈の手を握り返した。

「いつも、私は、杏奈さんの側にいます。杏奈さんが、この屋敷にいる間はずっと。絶対に杏奈さんに淋しい思いはさせません。たとえ、杏奈さんの目から見て、私がどんどん年齢を重ねていっても、それは仕方のないことだから。もちろん、私が杏奈さんを私と同じ時の流れに戻せるように、努力は続ける。しかし、今のところ、その方法は見出せないままでいる。もしこれから先見出せなかったとしても、杏奈さんのことは、絶対に一人にしません」

杏奈は大粒の涙をいくつも落とした。私は杏奈に安心を与えることができたのだろうか。

私は汗ばんだ少女の手を、そっと離した。

いつも通りに時の流れは、杏奈をその翌々日には連れ去ってしまうことになった。

私にとっては、また大いなる空白の時間が始まったことになる。

だが昨年とはまったく気持のうえで違っていた。昨年は数年の空白の後だった。その数年は杏奈が消えていた年だ。もう、杏奈には永遠に会えないかもしれない。心の中では、ぼんやりと、そんなことまで考えていた。

だが、今年は違う。

杏奈は、また現れてくれる。

そんな約束のチケットを私はもらっている気がするのだ。ひょっとして、……いや必ず来年も杏奈は現れてくれる。そう思える。それに、彼女は私にせがんだではないか。絶対にいなくなったりしないで、と。そのことを思いだすだけで気分は、まったく違う。昨年の今頃とは。杏奈をこちらの世界に呼び戻す方法がわからなくても、少なくとも希望を持って前を向いて生きていける。

だからといって、私の人生に新たな収穫があったわけではない。素晴らしい人生というわけでもない。ただ、真綿で首が締っていくような状況が継続し始めただけだ。ゴールも見えない。もし、ゴールが見えるとしたら、私の命が尽きるときだ。

それからの一年毎(ごと)のできごとの詳細は記してもあまり意味がない。

私は何もなすことができず、惰性で日々を送っていた。夏草が庭に繁(しげ)れば、それを刈り取り、落葉を処分する。塗装が落ちかけていれば、時をかけて全面塗りなおした。お約束のクロノスの管理も怠らなかった。思いついたことがあれば試したが、何の効果もあげることはできなかった。やはり、脱落した部品は必要なのだ。精錬装置がどのようなものかもわからないが、特許申請のリストに目を通してもクロノスにこの装置が必要だという霊感は私には届かなかった。

祖母が病に伏せって、他界したのは、数年後だった。その翌年に父が急逝した。祖母は少しずつ衰弱していき、最後の灯が消えてしまったかのようだった。祖父が果てたときから、祖母は生きる張りを失(な)くしていたのだろう。口数も少なくなり、どこか遠いところを見ている様子が多くなっていた。きっと、一刻も早く祖父のところへ行きたいと願い、それがかなえられたのではないだろうか。

父は、その前日まで元気だった。祖母が亡くなった後、父は私にこれからのことを確認しにきた。このまま銃砲店をやっていくのか。祖父母もいなくなったことで、新たな人生の進路を選ぶことはないのか？

そのときは、明確な答を出すことは避けたはずだ。まだ、祖母の喪も明けていなかったから、もう少し時間が欲しいと答えたのではなかったろうか。ただ、岬の屋敷の管理をいい条件で頼まれているということは話しておいた。

そして、母から知らせがあった。

自宅で倒れ、そのまま救急車で運ばれたが間にあわなかったのだと。心臓の病だったそうだ。それまで父には何の徴候もなかったから、自宅で遺体に対面するまで実感は湧かなかった。

母の面倒を、苓浦町の祖父母の家で見ることもできる、と伝えると、母はそれを拒否した。蓄えもあるし、自分一人で生きていくことはできる、と。

もちろん、私の苓浦町の暮らしのことは心配しているようだった。だが、そのことと、私と暮らしたいかというのは別だったらしい。

　私は、苓浦町でたった一人の生活に戻った。

　何も生活の心配はなかった。深沢家の財産を管理する法律事務所から、一定の額が私の口座に振り込まれてきた。屋敷の営繕費用には多過ぎる金額だ。一部を私の生活費にあてても、まだ余裕がある金額だった。どのようにこの振り込まれた金を使おうが、何も問い質されることもない。信用されているのが、不思議なことだ。人によっては、手に入れた金で放蕩の限りを尽くすのではないだろうか。それで咎められることもないだろうし、都会で遊びまわっても、まだお釣りがくるような額なのだし。

　だが、私には、そんな欲望も縁がなかった。庭の雑草を刈る。クロノスの修理に定期的に挑戦する。そんな日々しか送ることはできない。

　私の性格まで読まれていたのだろうか？

　一年が巡り、また桜の蕾が開く。春待岬の春とともに杏奈は現れた。

　杏奈がいる間、一日も退屈させないようにと、私は万全をつくした。食事は完璧に作った。何度も練習したものだ。杏奈が飽きないように毎回の料理を工夫した。そして、杏奈が眠りに入ると、私はメモをとった。その日、杏奈は何を話したか？　何に興味を持ったか。杏奈の好きな食べものは何なのか。彼女が言ったことを一字一句誤りがないように書き記したものだ。

時々、私の方から杏奈に話しかけた。彼女がどんな話題を好むのかも当然知りたかったし、その情報を後々に彼女のために役に立てたいとも思っていた。

そして、桜の花びらが舞い散り始め、彼女はその姿を消す。

また次の一年を待つことになると自分に言い聞かせた。

脱力感に襲われるのは、杏奈が去った後の一週間だ。何もする気が起きない。昨日までそこに杏奈がいたのだという残り香のためでもある。この脱力感は、毎年の習慣のようになっていく。その間は、私は杏奈のベッドで眠った。目を覚ましても何もしない。ただ、無意識のうちに杏奈の気配を探してしまうのだった。食事もほとんどとらなかった。喉(のど)の渇きだけは時が来ると我慢できずに水をがぶ飲みした。ついでに、調理せずに腹にたまるようなものをむさぼるように食べて、その後にまた水を飲むといった数日が続く。

それからの日々は、杏奈の部屋の掃除からスタートさせ、屋敷内を気がすむまで磨きあげた。それまでの杏奈の面影に浸るように過ごす日々の反動で、心の中から杏奈を追い出すかのように動きまわった。

そんな時間を私は過ごしていた。

母に会いに戻るのは夏のお盆の時期だけだった。

自分の年齢も気にならなくなっていた。

母は私の顔を見るなり溜め息を大きくついた。

「健志は、自分の顔を鏡でじっくり見たことはあるの？」と言った。

正直、自分の顔をじっくり眺めることなどない。他人と話をすることも、何日に一度、あるかないかだ。

「どうかした？」と母に尋ねた。最近、髭を剃ることも髪を手入れすることもやめている。それでむさ苦しく見えるようになったのであれば、母の苦情を素直に受け入れようと考えたほどだ。

「いま、いくつになった？」

そう尋ねられ自分の年齢にほとんど興味はなくなっていたことに気づいた。三十歳は数年前に超えてしまったはずだが。

正確な年齢は忘れたけれども言いたくなかった。

私は、母に肩をすくめてお道化てみせた。

その夜、実家の風呂に入ったときに、しみじみと自分の顔を見た。

まず、自分の顔とは思えなかった。死んだ父の顔に近い。三十歳を超えたばかりの顔では少なくともない。

母が言った意味がわかった。私の年齢以上の老けこみ方を母は案じたのだ。目尻に小皺がいくつも寄っていた。頬骨が張っていた。鼻の両脇から唇の端に伸びる線がくっきりとわかった。ほうれい線だ。

この世で時の流れにはムラがあると思っていた。杏奈が屋敷にいる時間はあっという間に過ぎていく。そして一人で過ごす時間はいつまでも過ぎていかない。

しかし、時は人の一生に関しては着実に老化を課すものなのだ。残酷なほどに。

そのことについては私がいる間は母は、それ以上は触れなかった。ただ、これにはいくつかの疑問も残すことになった。杏奈が私に対しての言葉遣いがよそよそしくなったのもそのためだったのだろうか。

この頃から、実年齢以上の老けこみと、私の思考の鈍化が加速したのかもしれない。

祖母が亡くなってどれだけの期間で白瀬銃砲店を閉じてしまったのかもよくわからない。私が岬の屋敷に籠っている間は、店を閉めるようにしていた。そして、深沢邸にいる時間の方が圧倒的に長くなっていく。ときどき、銃砲店に帰ると、家の中は荒れていた。郵便物を整理して、最低限のことを済ませると再び店を閉じて、岬へと戻った。銃砲店も、その頃は地域にとって、それほど必要性はなくなっていた。私も苓浦町とは没交渉の状態が続いていた。たまたま法律事務所への書類を送るために立ち寄った郵便局で、局員が私に尋ねた。

「白瀬銃砲店のお孫さんですよね」

私は、祖母に連れられて、何度かこの郵便局に立ち寄ったことがあった。尋ねた局員は、その頃からいる初老の女だった。

私は返事をするのをためらっていた。その局員が私の顔を見て、信じられないとでもいうような表情を浮かべていたからだ。私の幼い頃の面影は残っていたにちがいない。しかし、私の変貌ぶりが局員の驚愕に現れていたのだと思った。どう答えるべきなのか？

事務的に用事をすませると逃げるように郵便局を走り出た。

私が飛び出した後の郵便局内で、どのような会話が交わされていたのかということは、容易に想像できる気がする。

それから気がつけば、私は岬の果てに棲む隠者呼ばわりされる存在となっていた。

秋が来て、冬が去り、春が訪れ、杏奈が現れる。私は、その数日間を迎えるためだけに生きて、送りまたひたすら彼女を待った。夢か現かわからぬように時が過ぎていく。

杏奈が現れたときだけが意識にしっかりと刻まれる。

何年が、過ぎているのだろう。私にもよくわからなくなっている。掃除をやっていて、気がつくことがある。異様に白く細長いものが床に落ちていることに。私の白髪だった。まだ、私はそのような年齢にはなっていないはずだと思っていたのに。鏡は覗(のぞ)きこんだりはしていない。しかし、鏡を見ると、そこには老人の顔が見えたりするのだろうか？　そんな考えがよぎる。

杏奈が同じ年齢の空間に閉じこめられていることと、私の老化は関係があるのだろうか？　秋彦兄さんも私と同じように速い老化を経験したのだろうか？　わかるはずもない。少なくとも、私は四十歳には手が届いていないと思うのだが。頬に手をあてた時の、かさつき。手の甲に見える皺。首のたるみ。いずれも年齢相応の現象なのだろうか？

身体(からだ)だけでなく、なにごともない惰性にも似た日々があっという間に過ぎていくのは老化して思考そのものも鈍くなったということではないのか？

かつては、杏奈のいない一日はあれほどいつまでも時間が経たなかったというのに。

今はどうだ。

椅子に腰を下ろして遠くの海を眺めている。すると、一日があっという間に過ぎていく。

一昨日から、昨日。昨日から今日。雨が降る日、風が吹く日、よく晴れた日。過ごした一日を思い出そうとするが、あっという間に過ぎたことしかわからない。

そして、杏奈が桜の開花とともに現れる。

杏奈は相変らず、美しい。

さくら姫。

そう呼びたくなるような淡い美しさだ。

私は人の本能的欲望を喪失してしまったのだろうか。

杏奈の美しさはわかる。私が守ってあげなければならないという使命感は抱き続けている。しかし、彼女に対しての異性に求める欲望は超越してしまっているのに気がついたのだ。

杏奈は、現れると安心したように私の側で時を過ごす。音楽を聴いたり、海を眺めたり。

もう、無理に私と会話をしなければならないということもない。

気がつくと半日以上も私と杏奈は言葉を交わさずに過ごしていることもある。それでも私は幸福なのだ。杏奈が存在できるのが一年のうち数日であるにもかかわらず。

杏奈が私に機嫌を損ねているというわけではない。

逆だ。

杏奈にとって私は彼女の側にいるべき存在なのだ。彼女にとって呼吸する空気のように。

私もこの頃、私と杏奈のあり方というのはこのような形がいいのではないかと、思ってしまっている程だ。

彼女が消える前日に、私と杏奈は、こんな会話を交わすようになった。

「明後日、杏奈が気がついたら、私は、また一歳老けてしまっているんだろうね」

それには杏奈は答えてくれなかった。まるで私が言ったことが聞こえなかったかのように。聞こえたのかもしれないが、彼女には答えようがなかったのだろう。彼女も、その現象の意味はよくわかっているのだろう。数日間一緒に過ごして、その翌日は一年分、あるいは数年分年をとったことがわかるのだから。

この岬の空間が、ひょっとしたら特殊な場なのかもしれないと思ってしまう。杏奈には一年のうちに数日しか存在を許さない。そして私や秋彦兄さんに対しては肉体の加齢を加速化させる効果がある、といったものではないのか。

いや、昔からこの岬がそうだというわけではなく、クロノスを使って杏奈たちが遥かな未来から訪れてからではないのか？　部品の脱落と、それに伴う事故の結果が、特殊な場を生み出したのではないだろうか。

しばらくの私の問の後の間が過ぎると、杏奈は、まったく異なる話題で明るく私に話しかけてくる。私はそれでいいと思っている。

今、杏奈と一緒に過ごしている時間が、私にとっても、また彼女にとっても心地よいものであれば、それでいいではないか。

少なくとも、クロノスの故障原因を私の能力でつきとめて修理を終えるという可能性はほとんどない。そして肉体的年齢のせいだろうか。すべてが億劫に思えてくるようになっていたのだ。

杏奈がいない日々を毎日、うとうとたゆたうように過ごす。気がつけば朝であり、次に気がつけば、あたりは暗くなっていた。日は昇り、また日は沈む。そんな繰り返し。

そして、水平線の彼方(かなた)を眺める私の視界の端に何かが動いてみえるのがわかる。気のせいかもしれない。いや、目の錯覚かもしれない。

自分の身体の老化は予想外のときに感じることがある。椅子から立ち上るときに、かつては跳ぶように立てたのが、ゆっくりといたわらないと立ち上れない。

まだ、四十歳という年齢にも届いていないはずではないか。いったい、今の自分の肉体年齢は何歳なのだろう。

ある朝、埃が積もった秋彦兄さんの部屋に入ったときに気がついた。洗面台前の壁の四つの小さな穴に。

かつて、そこには、鏡が取り付けられており、なんらかの理由で取り外された。そう、私には思えた。

その理由は、考えたくはないが私には思いあたった。秋彦兄さんは、自分の顔を見たくなかったのではないか。

夜、ふと、杏奈の部屋へと入ることがある。

明かりを手にして、杏奈の部屋に入ると、思わず立ちすくんでしまったこともあった。

部屋の中に、秋彦兄さんの亡霊が浮かんでいたのだ。

私は全身を硬張らせて秋彦兄さんを凝視した。

もちろん、秋彦兄さんであるわけがない。明かりで鏡の中に浮かび上がった私自身の姿であることは、すぐにわかった。それほど、私の印象は、初めてこの岬で会った秋彦兄さんにそっくりに変貌していたのだ。

私は、何の呪いかわからないが、秋彦兄さんの姿に変身しつつある。いや、そんな馬鹿なことが起るのだろうか？

しかし、気のせいで、私自身の姿を秋彦兄さんと見まちがえたりするものだろうか？ いや、私が秋彦兄さんに変身しているのではない。誰でも老化とともに姿や顔付きが秋彦兄さんのようになるのだろう。

そう、自分に言い聞かせたとき、ふと思ったことがある。私が初めて秋彦兄さんを見たとき、秋彦兄さんは相当の老人だと思いこんでいた。しかし、実際の秋彦兄さんの年齢は今の私くらいの年齢ではなかったのだろうか？

それを確かめる気も起らない。私は定期的に出現する杏奈と一緒に過ごすことができれば、もう、それでいいのだ。

それだけは私は変らない。

あれから、杏奈が出現しない年は幸いなことにない。杏奈は変らぬ宝石のような清い美しさを放っていた。

ただ、いくら鈍感な私にもわかることがある。初めて杏奈と言葉を交わしたときの彼女が私に向けた驚き、そしてその後、私を見る興味深げな視線。親しく言葉を交わすようになってからは、私に対して愛情さえも感じていた。誓ってもいい。錯覚ではなかった。

しかし、私の老化とともに、杏奈の愛情は私への敬意へと変っていったような気がする。私は嫌われたわけではないということはわかる。しかし、熱情的な部分は杏奈の私への気持ちの中で褪せつつあったように思えてならないのだ。

私の前で、杏奈は静かだった。

二人で潮風にあたり、ときどき、おたがいの様子を尋ねた。ときに、お湯を沸かして私に発酵茶を淹れてくれた。私も、杏奈の前だというのに、うつらうつらとうたた寝をしてしまう程だった。そんなときは杏奈は私のことをそっとしておいてくれる。まるで、老人を労るかのように。

ふっと、さまざまな考えがよぎる。このようにして、私はあと何度、杏奈と同じ時を過ごすことができるのだろうか？　あと十五回……いや、二十回？　もし、秋彦兄さんの例にならうとすれば、もっと少ないかもしれない。

すると、杏奈の言葉が蘇るのだった。絶対に私の前から、いなくならないで、と。私が元気なうちであればいい。しかし、私にも寿命は訪れる。生あるものには避けられない運命だ。

そのときは……。

　そのときは、この屋敷で杏奈は一人きりの時間を過ごすことになるのだろう。杏奈が戻ってきたとき、私がいないこの屋敷は埃だらけだろう。いや荒れ果てているにちがいない。そんな光景を目のあたりにして、杏奈は、どのような気持になるのだろう。想像しただけで胸が痛くなる。

　どうすればいい。クロノスを修理することもできない私に出来ることは、一年でも長く生きて杏奈に淋しい思いをさせないことだ。

　そう自分に言いきかせる。

　杏奈の背後で、何かが動いたように思えた。

　杏奈の背後は崖だ。なにもいるはずがない。鳥が飛んでいたのだろうか？　目を凝らしたが、もう気配は何も感じることはなかった。

　気のせいだったのか？

　いや、気のせいではないことに気がついたのは、杏奈がその日でいなくなってしまう日のことだ。妙に杏奈が明るくふるまうのだ。私は、その理由を彼女に尋ねることなく、必死で考えた。

　そして、私は思いあたったのだ。気のせいだろうか？　いや、他に理由はないはずだった。

予想通り、翌日、杏奈は消えていた。また、来年、この季節を迎えるまで、杏奈と会うことはできない。それはつらいことだが、どうしようもないことでもある。

空虚な気分のまま、その朝、私は杏奈のいない庭にいた。遠くに海を眺めることが出来る椅子に腰を下ろして。

そして、ある瞬間に私は感じていた。

そのまま立ち上ると、崖面に歩いていった。そこから見下したとき、私が何を感じていたのか？　その正体を知ることになるのだ。

崖っ縁は、私にとって懐しい場所でもあるのだ。

そこで私と彼の目が合った。

彼は、崖の段上の平らな場所に立っていた。背伸びをすれば屋敷内の庭の様子を見ることができる。まさに、彼はその場所にいた。

そのときに、まず考えたこと。

これは私だ。

瞳の大きな、痩せた少年だった。青いセーターを着ていた。年の頃は、十歳前後だろうか？

あの頃の私もカズヨシ兄ちゃんに連れられて崖沿いの窪地から杏奈の姿を探してい

たのだ。

「ここで何をしているのだね」

脅えたような目で私を見上げていた少年はどう答えていいものか迷っている。それに、私の姿に脅えているのか、小刻みに震えている。少年の目に私はどう映っているのだろう。美少女と暮らす怪しげな老人？

そこまで、少年がどのようにしてやって来たのかを確認した。少年がいる場所から斜めに小径が走っているのがわかる。かつて、私が杏奈の姿を盗み見るために通っていた小径がまだ残っていた。私をここまでカズヨシ兄ちゃんが連れてきてくれた。だが、カズヨシ兄ちゃんは今はいない。

私は、質問を変えてみた。

「そこまで、どうやって来たのだね」

少年は、そこで少し緊張がほぐれたようだった。

「門の手前から、崖伝いに行ける道を探しました」

「一人で？」

「そうです」

「危い。風が強ければ飛ばされてしまうぞ」

「平気です。初めて来たときは少し怖かった。でも、岩に摑まりながら来れば大丈夫だとわかりました」

少し、ほっとしたのだろうか。少年はやっと口数が多くなった。地元の少年ではないのかもしれない。言葉に訛りがない。そして上品さを感じさせる話し方だった。

「そこでは、足許が危い。こちらに上がりなさい。とって食ったりはしないから、心配しないでいい」

少年は、信じられないというように目を見開いたが、私の言葉に従って覚悟を決めて庭の中へよじ登った。

まず、少年がやったのはあたりを見回す仕草だった。見回すというより探していた。誰を探しているのか、私にはわかる。

この少年も、あのときの私と同じように誘蛾灯に引き寄せられる虫のように杏奈の姿を探しているのだ。

「ここで、いつも座っていた女の子を探しているのかね？」

私がそう尋ねると、少年は目を丸くして頷いた。自分の心が見透かされたような驚きだったろう。

「杏奈はもういないよ。しばらくは帰ってこない」

私は、そう告げた。彼女は一年間存在しない。来年の春になるまで。そう教えたところで少年に、その意味がわかるとは思えなかった。

少年は杏奈の名を何度も繰り返していたようだ。名を必死で覚えようとして。

「杏奈……さんというんですね。旅行に行ったんですか？」

「まあ、そう考えてもらってかまわない」

「いつ帰ってくるんですか？」

「来年だよ。また桜が咲く頃だ」

私が言うことが信じられないのか、少年は屋敷の方を窺うように振り返った。杏奈の姿を求めて。

「今日が初めてじゃないと言っていたね。いつから、うちの庭を覗いていたんだね」

「十日前からです」

「どうして、ここに来ようと思ったんだね」

杏奈のことは、少年は知らなかったはずだ。崖を伝って危険を冒して来るのが、好奇心だけが理由とは思えなかった。

「いつか、この屋敷に行ってみたいと思っていました」

「荅浦町に住んでいるのかね」

「はい。小さい頃から、何度か、苓浦町には来ていたそうです。住むようになったのは、最近です。町の海岸から、この屋敷がいつも見えていました」

それで興味を持って探険に来たということなのか。そして、それがたまたま杏奈が帰ってきているときと重なったということなのか。

「来年の春まで、杏奈さんに連絡をとる方法はないのですか？」

そして、それほどまでに少年は杏奈に惹(ひ)かれるようになっている。

「一年間は、連絡はとれないよ。君は杏奈と話をしたことはあるのかい？」

少年は首を大きく横に振った。少し安堵(あんど)している自分に気がついていた。

「でも……」

「なんですか？」

「ぼくは一昨日(おととい)、杏奈さんがこの椅子に腰を下ろしているときに、杏奈さんと目が合いました」

「そのとき、私もいたのかね？」

「ええ」

何か、動く気配を感じたときのことだろうか？　私は気のせいだと思っていたのだが。杏奈は、そんなことは一言も言わなかった。

「杏奈は君のことに気がつかなかったのではないかね？」

「いいえ。昨日来たときも杏奈さんはぼくのことに気がついていました。ぼくが顔を見せたときに、杏奈さんは笑顔を浮かべてくれましたから」

それが嘘などではないことが私にはわかった。杏奈が去る日の朝、異様に杏奈が明るくて機嫌がよかったことを思いだしたのだ。

なぜ、私に少年のことを杏奈は話してくれなかったのだろう。

いや、杏奈は私に対して気を遣ったのではないか。私もこの少年の頃から杏奈に対して想いを寄せ続けてきたことは承知しているはずだから。

だが……。だからといって私には杏奈を責める資格もない気がした。

私はクロノスを修理して杏奈を時の檻から解放すると宣言したのだ。

しかし、その約束を果せずにいる。果せずにいるどころか、その努力さえも放棄しているに等しい。

そして、この少年にしても、そうだ。少年は数十年前の私に違いないと思えた。

「そうか。杏奈は君のことは何も話していなかったよ」

そう言うと少年の表情が曇った。がっかりしたのだろう。この少年には何も悪いことはないのだ。いかにも邪気のない育ちのよさそうな少年に見えた。

もう私にできることには限界がある。私はうすうすそう考えていた。もしも、この少年の存在で杏奈の心が癒されるというのであれば、それを見守ってやってもいいではないか。そんな考えが湧き上ってくる。

「また、杏奈が帰って来る頃に、ここへ訪ねてくればいい。今度は、そんな危険な場所を通ってくるのではなく、ちゃんと正式に屋敷の門から訪ねてくればいいじゃないか」

　少年の表情に、その瞬間、輝きが蘇った。

「本当ですか！　本当にいいんですか！」

「ああ。もちろんだ。こんなことは冗談で言うはずがないだろう。杏奈がいないときは、私はこの屋敷でひとりっきりになる。杏奈は春の桜のときにしか帰ってこないが、君が遊びに来たければ、いつでも来ればいい」

「ありがとうございます」

　少年は心底、嬉しそうだった。

「じゃ、ぼくは帰ります」

　少年は今は完全に緊張から解放されたらしい。崖の方へ向かおうとした。

「門から帰ればいい。その方が安全だ」

少年は外見どおりに素直だった。ハイと私の言葉に従う。門へ送りながら、まだ、私は少年のことをほとんど何も知らないことに気がついていた。

「まだ、君の名前を訊いていなかったね」

少年は、立ち止まり、申し訳なさそうに頭を下げた。それだけで、少年の素直さが証明されたように私には思えた。

「すみません。てっきり自分では名前を言ったつもりでいました。ぼくはヒロシといいます。青井浩志です」

再び、少年は頭を下げた。その名に私は聞き覚えがある気がしてならなかった。そうだ。梓はたしか、青井梓というのではなかったか。苓浦町病院の先生が青井先生といった。

「青井梓さんの親戚かな。苓浦町病院の」

浩志という少年は、目を見開いていた。

「母の知り合いの方なんですか？」

一瞬、言葉を失っていた。あの梓に子供がいたというのは、想像もしないことだったから。

「あ。ああ。知っているよ。苓浦町は広いようでも、そのくらいの面識はあるよ。とすると、梓さんは結婚されていたのか」そう考えた。一人娘だったから、養子をもらったのだろうか？

「お父さんも、医者なのかい？」

答に窮していたのは、今度は浩志の方だった。

「ぼくには、お父さんはいません。幼い頃から母と二人で暮らしてきたんです。母は病気で、去年亡くなりました。だから、苓浦町病院のお祖父ちゃんのところで暮らすことになったんです。それまでは福岡にいたんです」

そのとき、私の胸の中で、衝撃が走ったのがわかった。言葉を失っていた。なぜ？という疑問だけが無数の泡のように生じていた。

何をどう尋ねればいいのか？

「杏奈さんがいなくても、また来ます。この苓浦町に来て、友だちがいないんです。ここに遊びに来て、いいですか？」

「ああ、かまわない。気が向いたときに来ればいい」と吐き出すように、それだけが言えた。私は立ち去る少年の姿を、いつまでも見送り続けていた。あれはやはり私だ。

秋彦兄さんが見送る私の姿も、少年時代はこのように見えたのだろうか？

浩志は途中で立ち止まり振り返ると深々と礼をした。そして再び歩きだすと、樹々の陰に隠れて、その姿は、すぐに見えなくなった。だが、少年と話して生じた山のような疑問は積み残されたままになってしまった。

そのときの私は、身体の中に錘（おもり）を詰めこまれたように、足がふらついてしまっていた。やっとのことで庭まで戻ると水平線を見渡せる位置の椅子に身体が崩れ落ちるように座りこんでいた。座りこんではいたが、水平線など目には入っていなかった。

心の中で、梓の笑顔が蘇っていた。少年に梓の死について聞かされたことのショックだ。

梓に対して異性としての特別な感情を抱いたことはないつもりだった。だが、彼女のことは小学校の頃から知っている。最後に食事したときの笑顔も。

ふと気がついた。酔っている私を支えるために梓は私の腕を握ったのだ。あのとき、梓の身体の温（ぬく）もり。

そんな記憶。すべて消えてしまったのは、自分の思考以上に、私はショックを受けているのだ。そして梓の笑顔の面影が消えない。

本当に梓は亡くなったのか？　その事情は、おいおいとわかってくるのではないか。そのときの私は自分にそう言い聞かせていた。

それから、しばらくは私は浩志という少年の再訪を待ち続けた。だが、姿を見せることはなかった。また訪ねてくると言ったのに。

それから気がついた。小学校の新学期が始まったのだろうということに。私自身が時間を持てあましていると、世の中の人々のすべてが今の自分と同じように暇なのだと考えてしまうようだった。子供たちにも子供として務めるべき時間があるのだ。それに、杏奈が存在しない春待岬に少年は何の魅力も感じるはずがない。私も杏奈がいないこの屋敷にはなかなか足を向けなかったではないか。

うつらうつらと過ごしていたときだった。遠くで鐘の音が響いた。それが、鉄門に来客があることを知らせているのだと悟るのに、それから、またしばらくの時間を要した。

青井浩志を見送ったとき、私は少年に教えていたことを思い出した。訪問したら、この紐を引いて知らせなさい、と。だが、教えたものの鐘の音を聞いたのはいつのことだったか。そう。梓が鳴らした鐘だったか。こんな音で。

また、老化が進行している。私は腰をおもいきり伸ばして顎を引いて門に向かった。こうすれば、少しでも若さが保たれているように見えるのではないか。

鉄の門の向こうで、不安そうに浩志が立っていた。木漏れ日で顔が照らされ、そのとき、私は思わず目をこすっていた。

間違いない。

浩志は、梓の息子だ、と確信できた。鼻、そして顔の輪郭が小学校時代の梓そのままなのだ。髪形は異なるが、おカッパだったら、まるで梓だ。

門を開いてやりながら、私は歓迎の言葉を口にした。それで、浩志はやっとかすかに笑みを浮かべた。

浩志と一緒に屋敷へ歩く途中で、私はその日が日曜だと知った。

「休みの日でないと、なかなか足を伸ばしづらいし」と浩志は言った。苓浦町から歩いて五分や十分で着く距離ではない。

浩志は祖父にはこの屋敷を訪ねていることは内緒にしているらしい。私が口止めしたことではない。浩志自身が、その道を選んだのだ。浩志自身も、杏奈に会うために岬を目指していたとは、言いづらいのだろう。

それから、不定期に浩志は訪れることになった。浩志は、苓浦町での自分には居場所がないように感じたのではないか。小学校でも親しい友人を作れてはいないようだった。そのことは、浩志ははっきりとは言わなかったが、話をしていれば、そんな空気が伝わってくるのだ。梓の父親も、それほど口数が多い人ではないことは、私も知っていた。少なくとも子供に関わるのが得意な人ではない。最初こそぎこちなかったが、少年は私が尋ねることに少しずつ答えてくれるようになっていた。

母親である梓の知り合いだったことは、私も隠さなかったし、浩志も知っていた。浩志の幼い頃に苓浦町を訪れたときに、梓は岬を見て、屋敷に幼い頃から知っている友だちがいると教えていたらしい。でも、こんなお爺(じい)さんの知り合いとは思いもよらなかった、と言った。母親と同じ学年にはとても見えなかったのだろう。私は、そのことについては何も触れなかった。

梓が亡くなって、まだ一年も経(た)っていないことは、浩志自身が言っていた。だから、私はそれ以上の質問を重ねはしなかった。

少年は、今、母親を喪(な)くした淋(さび)しさに必死で耐えている時期なのだ。そんな彼に哀(かな)しみを思い出させるような無神経な質問を放つ気分には、とてもなれなかった。

浩志の初訪問の日は、彼がおずおずと繰り出してくる質問にあたりさわりない答を返してやることに終始した。私の方からは、一切訊(たず)ねない。

少年の質問は、予想内のものばかりだった。

「杏奈さんは、夏に帰ってきたりはしないのですか?」

「杏奈さんって何歳なんですか？」

「杏奈さんの趣味って、なんですか？」

最初の日、私は秋彦兄さんがどのように私の疑問に答えてくれたかを思いだしていた。

秋彦兄さんは嘘はついていなかった。しかし、答はどのようにも解釈することができるあやふやなものだった。

杏奈は、きまったときにしか帰ってこないよ。この春待岬に春が来たときだ。春がどうしてわかるかって？ 桜が咲くんだよ。杏奈の帰りを歓迎するように。自然って不思議なものでね、どんなに天候が不順でも、時季が訪れたら、ちゃんと桜は咲くんだよ。

杏奈の年齢かい？ 気にしても仕方ないだろう。女の子に年齢を訊ねるのは、失礼にならないかね？ 趣味は、あまり尋ねたことはないよ。庭で海を眺めるのが好きじゃないのかな。

浩志は、根が真面目（まじめ）なのか、私のぼやけた答も、禅問答を解釈しようとする僧のように真摯（しんし）に受け止めていた。

浩志が訪ねてくるのは、不定期だった。少年にも少年なりに予定は詰まっているものらしい。そして少年の二回目の訪問のときに、私は少年に言ったのだ。

それは、少年のためかと思ってふと思いついたことだ。

「あまり、頻繁には、足を向けない方がいいかもしれない」

私の言葉に浩志はちょっと驚いたような表情になった。

「それは、ここへは、あまり来るなということですか？　いつでも来ていいとおっしゃったではありませんか？」

私は、少年の身体への影響を案じていた。人体に対して岬の〝場〟が特殊な影響を与えるということを。クロノスで未来からやってきた杏奈のことはもちろんだが、私の身体で起っている著しい老化のことも。少年の身体のことを心配したからだ。

「いや、ここの潮風だが、あまり私の身体には、よくなかったのだよ。浩志くんは、これから身体が本格的に成長する年齢のはずだ。しょっちゅうあたっているのでなければ問題ないと思うが。必要なとき、本当に来たいときは来てもかまわない」

浩志は、変な表情を浮かべた。その程度のぼんやりした説明で、このときは誤魔化していた。それが私が浩志のためにできる精一杯のことなのだが。

「ぼくのお祖父ちゃんに診てもらったらどうですか？」

浩志が言う〝お祖父ちゃん〟とは、苓浦町病院の梓の父親のことだ。

「気持は嬉しいけれど、あいにく私は、医者にかかるのは大嫌いなんだ」

そう答えたが、別に他意はなかった。

「母も体調がよくないと最初は言ってました。でも、母自身も医者だったくせに、自分のことは後回しにしていたんです。医者の不養生という諺があるのは知っています。あるいは母は自分の症状が手遅れなのだと知っていたのかもしれない。母も言っていました。医者にかかるのは大嫌いだって。そのことを思いだしました。医者嫌いってよくないと思う……」

そうだった。私はまだ梓のことを、いつ尋ねるべきか迷いながら、ついつい話題に出すのを先送りにしていたのだ。

「梓さん……お母さんは、浩志くんにとって、どんなお母さんだったのだい?」

それが、私には当り障りのない質問に思えたのだ。

「どうなんだろう。とても明るい人だったと思います。あまり叱られたことはなかった。友だちみたいな感じかな。勉強のことも、あまり言わなかったし。わからないときは尋ねると、先生よりわかりやすく教えてくれた」

そんな浩志の話を聞いていると、朗かな梓の笑顔がふっと目の前に浮かんできた。

どうしたのだろう。梓のことは異性として意識したことはないのだが。

「母は、どんな人でした？　おじさんから見て」

突然、浩志は私に質問を向けてきた。そうだ、私のことも〝母親の知り合い〟だった人と認識しているのだ。私は、どう答えるべきなのか、へどもどしてしまった。

「うん。活発な人だったね。友だちも多かったし、頭もいい人だった。なのに、なぜ、こんなに早く、神さまは青井梓さんを連れ去ってしまったのかと思う」

それが一番いい答え方かと思った。浩志が母親のことを他人から聞かされる機会は、それほど多くはなさそうだし。浩志は、母親のことが大好きだったろうし。

それを聞いて、浩志はほっとしたように何度も頷いていた。

「浩志くんのお父さんとは行き来はないのかい？」

そう尋ねずにはいられなかった。離婚して梓が親権を持っていたにしても、父親に会わせないということはないだろう。

「父親はぼくにはいません。ずっとぼくは母と二人暮らしで、他に家族といったら、ときどき会いに来ていたお祖父ちゃんくらいしかいませんから。母は、そんな話はまったくしませんでしたし、他の小学校の同級生と話していたときに、皆には父親がいたりするんだ、と思ったほどです。そんなことを一度だけ母に尋ねたことがありますが、母は、笑っただけで、後で浩志にはお父さんはいないのよ、って教えてくれたくらいです。別に困ったことはなかったし」

浩志は、自分に父親がいないからといって強がっている様子は微塵もないようだった。それ以上、その話題は二人にとって何の意味もなさそうに思えて、そのまま打ちきられたが、何かが私の中で引っ掛かったままだった。

それから、浩志は、季節が変わる毎に、私のところへ姿を見せた。そのときには、祖父が効果があると言っていたという栄養剤やら蒋浦町では珍しい菓子などを手土産に持ってきてくれた。その点では浩志は私の子供時代と比較すれば、相手を思いやる心や気配りがある子ではなかったろうか。私としても、そんな浩志に情が移るものだ。

一年が巡り、春が来た。この年齢の子供というのは日を追う毎に成長しているように思える。しかも、毎日顔を合わせているわけではないから、まるでフィルムのコマ落としで成長を見るように見違えるのだ。

門の合図に出ていくと、浩志がいた。前回、杏奈が出現する目安を話していたから、私の言葉をしっかりと覚えていたようだ。

浩志は同一人物と思えないほど背が伸びていた。だが、人懐こい笑顔はまったく変っていない。

「まだ、杏奈は帰ってきていない」

「ええ。わかっています。でも待ちきれなかったんです。庭の掃除でもなんでもやります。言いつけてください」

その気持は私にも覚えがある。今日か明日かと、岬の桜の開花を眺めて、いても立ってもいられなかったことを。それがわかるだけに、無下(むげ)には帰せなかった。

二人で帰還する杏奈のために室内のすべてをあらためて掃除した。一度は数日前に済ませていたが、その間には埃も積もる。だが、浩志とともにやれば作業は驚くほど捗(はかど)った。それは、逆に言えば日頃の私の動きがいかに鈍くなっていたかということだ。

その日のうちに杏奈を迎える準備は整ってしまった。

浩志を送って門へ行くとき、ふと見上げた。

桜の蕾(つぼみ)が膨らんでいた。今にもほころびかけていた。その蕾だけではなかった。見回すと、ほとんどの蕾が同じように膨らんでいた。

「明日だな。明日、杏奈は帰ってくる」

「本当ですか?」

「ああ」

「どうしてわかるんですか?」

「桜が咲きかけているだろう? そんなときなんだ。杏奈が帰るのは」

浩志は、私の言葉を何も疑うことなく素直に受け入れていた。

「楽しみです」とだけ少年は言った。何度も屋敷を訪れ、私と話した効果なのだろうか。私が、そうだ、と言えば素直に信じる少年が私には微笑ましくあった。もちろん、この時は、まだ浩志に杏奈の秘密は教えてはいなかった。

翌朝、日が昇る時刻に浩志は門に着いていた。私はすでに出現……いや帰還した杏奈に付き添っていたときだった。

もちろん、杏奈の意識は、昨夜から今朝を迎えたということに過ぎない。ただし、世の中の方が一年経過していることに気づくというだけのことだ。

杏奈の表情でそれがわかる。私は、また一年分老化したのだろう。

外見は彼女の方はまったく変らない。だから私にとっても愛しさに変化はないのだが、杏奈を抱き締めたいという激情を抑える必要がなくなっていることに気がつくのだ。

そして、私は、そのときは杏奈が不在だった一年がどのようなものであったかを、要約して語ってやっていたのだ。

外の世界の話は、杏奈にとってあまり興味のないことのようだ。ただ、秋彦兄さんを失った悲しみからは少しだけ立ち直れていたのを私は感じることができた。

それは救いだった。

そんなときに、青井浩志の訪問があったのだ。

杏奈は、それが誰のことか、すぐにわかったようだ。彼女の目が輝いた。

「知っているんだね」

私は少し、そのことに嫉妬を感じた。しかし、杏奈には微塵も悪びれた様子はないようだった。

「海側の斜面に隠れていた子でしょう？　ずっと、数日、覗いていたから、わかります。昨日も、一昨日も」

「私には黙っていたの？」

「ええ。健志さんとあまりにも似ていたからおかしくって、言えなかった。だって、まだ子供だったから」

私は複雑な気持で、そのとき立ち上がり、門へと向ったのだ。

庭への道のりでも、少年は、はしゃいでいる気持を隠しきれずにいた。軽くスキップを踏んでいた程だ。

私も杏奈に逢える朝を迎えたときは、このように胸を弾ませていたものだ。よくわかる。そして、あのときの秋彦兄さんの気持が、今の私の気持に近いのではないのか。杏奈の兄、そして私は杏奈に憧れた者という立場に違いはあるけれど、杏奈を大切に思う気持に変わりはないはずだ。

「杏奈さんは変わりありませんか？」と尋ねてくる。

「ああ、昨年とまったく同じだよ。元気だし」

「そうですか」と浩志は安心する。そして次の質問。

「杏奈さんは、もっと早く帰ってきたのですか？　待ちきれなくて陽が登り始めたと同時に町を出たのですね。何時頃だったのですが」

「ああ、何時だったかな。気がついたら、もう帰っていたよ」

「えっ。じゃあ、もっと早く訪ねてきてもよかったのですね」

「いや、今回はそうだったが、気まぐれでね。時間は決まっていないのだよ。それに、毎年必ず還ってくるわけではない。還らない年もあったりする。悲しい話だがね。今年はちゃんと顔を見せに還ってきてくれたがね」

私は正直に現状を話した。どのような因果かということは子供に話しても理解してもらえないと考えていた秋彦兄さんの気持はよくわかる。しかし、浩志は利発そうだから、ひょっとして正確に状況を受け止めてくれそうにも思えるのだが。しかし、いつ浩志が杏奈のことに興味を失ってしまうかもわからない。その見極めをつけてからだろう。

その日は、風こそ冷たかったが春の陽光は閃くように降り注いでいた。

庭に置かれた白い椅子から杏奈は立ち上がり、少年に手を振った。そして彼女が満面の笑みを浮かべているのがわかった。

「こんにちは、一年ぶりです。一年間ずっと待っていました。青井浩志といいます。今、苓浦町に住んでいます」

言葉を交わすのは初めてだということが、よくわかった。浩志は照れていて顔が夕陽を浴びたように朱に染まっていた。そして、杏奈は心から驚いているようだった。

「やはり、一年が過ぎたのね。あっという間に、こんなに大きくなるなんて」

そのときの浩志の不思議そうな表情といったら。浩志の中でもいくつもの疑問が噛み合わないままなのだろう。

「素直な少年だ。私も少しずつ浩志くんのことが、わかってきているよ。杏奈のことをずっと待っていた」

二人のちぐはぐな気分に私なりに助け舟を出してやったつもりだった。

「浩志さんというのね」と少年を見た。少年は恥かしそうにはにかんだ笑みを浮かべた。何を話したらいいのかわからずにいる。それとも、横に私がいることで遠慮しているのだろうか。私は二人にお茶を出したり、見かねて話題を提供したりを試みた。浩志が、苓浦町に来る前の他の街の様子はどうだったか、とか、この一年に杏奈が不在だった間の大雪の様子とか。

それでも、浩志はぎこちなさを解消できずにいた。杏奈は辛抱強く、浩志が自分のことを語り始めるのを待っていたが、浩志は私と二人っきりのときと違って、なかなかうまく言葉を紡ぎ出せずにいるようだった。私もその様子に、退屈を感じていた。こんなとき秋彦兄さんがやっていた手法に私は頼ることにした。

「しばらく、あちらで本でも読んでいるよ。杏奈と浩志くんは、ここで世間話でもしていたらいい。読書に退屈したら、また顔を出すから」

私は二人に背を向けて屋敷の二階へ移った。耳を澄ませても、ここまで杏奈と浩志の会話が聞こえてくることはない。

窓を開き、椅子に腰を下ろした。読みたい本などあるはずもない。ゆらゆらと椅子を揺らすと波と風の音が遠くから聞こえるだけだ。それから時折、海鳥の啼く声だけが届いてきた。

浩志に対して不思議なことに何の嫉妬心も湧いていなかった。杏奈が今、現実に階下の庭に存在するということだけはしっかり感じることができた。それだけで満足感が込み上げてくるのだ。

もちろん、杏奈に対しての愛情は変わることはない。しかし、こうして庭にいる杏奈のことを想うと、より深く愛せるようになったのではないか、と思えるのだ。一人で二階の部屋で過ごす。庭に杏奈が還ってきているのに。しかも、それで自分の心が穏やかでいられることが不思議だった。

うとうととした時間があった。気がつくと、大きな太陽が水平線の上にあった。一日が終りを迎えようとしている。

私は、階段を下る。庭に出ると、浩志は予期していたのか、気まずそうな、残念そうなそんな表情で立ち上った。私が口を開きかけるより先に、浩志は言った。

「もう、暗くなるんですね。ぼくも、今、そう思っていたんです。今日はもう帰ります。明日、また来ます」

私は、頷いただけだった。そのときの杏奈の表情は、残念ながら見ていない。

門へ浩志を送って戻ると庭は宵闇(よいやみ)が落ち始めていた。杏奈の姿はすでになかった。先に邸(やしき)の中へと移っていた。

杏奈と二人だけの食卓で、自然と話題は浩志のことになった。私は浩志と杏奈を置いて席を外したが、杏奈はどう感じたのか? あれでよかったのか?

「あの子……浩志は、どうだったかい。楽しい話ができたかい」

私は、そう切り出した。

「素直な子だったわ。最初は緊張していたけれど、少しずつ自分のことを話すようになったわ」

そうだ。顔こそ杏奈は浩志を覚えていたが、言葉を交わすのは初めてだったのだ。私は門へ送っていくときの浩志の喜びようがまだ目に焼きついていた。

杏奈は、浩志のことを気に入ったようだ。

「また、明日も来ると言っていた。彼は毎日、来るつもりなんだろう。杏奈がいる間は。かまわないかね」

「私は、かまいません」と杏奈は答えた。そして続けた。「健志さんだって、浩志さんの年齢の頃はああだった」

その言葉は胸に突き刺さったような気がした。杏奈には他意があって、そう言ったわけではないだろう。だが、私は考えてしまう。私だって最初は浩志のようだった。しかし、今は腰は曲がりかけ、目や頬は老化で窪み始めている、と。そう言われているのではないか、と。いつか時の呪縛(じゅばく)から解き放ってあげると杏奈に宣言した私の罪悪感の裏返しだとわかっているのだが。

「そうだったろうね。私が初めて杏奈に会ったときもああだったろうから」

私は言葉では、あたり障りなくそんな返事をしている。

秋彦兄さんと杏奈も、子供の私が帰った後は、このような会話を交わしていたのだろうか？

「浩志くんと話していると楽しいかい？」

「ええ。浩志さんは、また私の知らない世界のことも話してくれるから。私がいる間、毎日訪ねていいですかと言っていた」

杏奈がそう思うのであれば、二人を見守ることが私にできる精一杯のことだと思えた。浩志の頭の中は杏奈のことで溢（あふ）れかえっていたのだと思う。私がそうだったように。その夜も、夢の中で杏奈に会っていたのだろうか？

その年の桜が散る日。つまり、杏奈が去る日まで、毎日、宣言した通り浩志は杏奈に会いにやってきた。

杏奈が去った翌日も、やはり浩志は邸を訪ねてきた。

「ひょっとして」と浩志は言った。何かの間違いで杏奈が残っていてくれるのではないかと。だが、現実をつきつけられた浩志は、打ちひしがれた表情を隠すことはできなかった。

浩志が帰った後、夜に私と杏奈が二人だけの時間を過ごしていたときに尋ねた。

「浩志くんが自分のことを色々語ってくれるのはわかった。そして浩志くんは杏奈のことを知りたがるのではないかね。杏奈は自分でどのようなことを話しているのかね」

杏奈は私の質問が、かつて秋彦兄さんから尋ねられたことと同じだと言った。そして、自分の素姓は、よくわからない相手に話すべきではない、と言われていた、と。だから、浩志に対しても同じように答えていると。

「私が、庭を眺めていて何に感動しているかってことを話すわ。空を見ていて、流れていく雲の形。雨が降った後に桜の樹の間から生えてくるキノコを発見したときのこと。何も嘘を話したりはしないわ。いつも同じような感動を変らずに与えてくれるようなもの」

そんなことを話すのだと言っていた。そうだ。思いだした。杏奈は未来の世界のことも、どのようにここへ来たのかも語ったことはなかった。浩志に対してもそうなのだ。

そして……同じ感動を変らずに与えてくれるもの、とは。秋彦兄さんも私も……杏奈にとって変っていく存在なのだ。

私が感じた寂しさと、そのときうなだれた浩志の寂しさは、どちらが勝っていると言うべきなのか？

私は、そんなときに慰めになる言葉を知らない。どんな言葉をかけられたところで寂しさが癒されることはないということは、私自身が一番知っているから。寂しさは自分で克服するしかないのだ。

一年が経過し、三年が経過した。私も、老化が進行しているのを実感した。

中学生の浩志は、みるみる私の背丈を超え、成長を続けた。

こうして、いつか私はこの世を去り、私に代わって浩志が杏奈の相手になり付き添ってやることになるのだろうか？　そんな想像をする。

だが、その後には浩志は自分の代わりに杏奈の相手をしてやれる者を探すことができるのだろうか？　できなければ杏奈は一人、この世界に取り残されることになる。わからない。

それから毎年、欠かさずに杏奈は出現してくれた。浩志は、その間に一層、彼女に親しく接しているようだった。それは杏奈の方から浩志に接する態度からもわかる。

もうすぐ、浩志は杏奈の肉体年齢を超えようとしていた。そろそろ、浩志に話してやってもいいのではないか、という迷いもあった。どこで見極めればいいものなのか？

浩志が杏奈に対して、変らぬ愛情を持ち続けることができる人間かどうか。ある日、ある瞬間に、憑きものが落ちるように杏奈に対して興味を失ったりしないだろうか？浩志のある部分は、私自身に似ている気がしていた。それは浩志と話していて感じる部分がある。

事実「学校を卒業したら、この屋敷で働かせてもらえないか」と浩志が申し出たことがある。深く考えた挙句、私に申し入れたのかどうかはわからない。しかし、浩志の心中は私にはよくわかった。浩志の祖父からは、医者になることを勧められていたらしい。そんな状況からも逃げだしたかったのではないか、とも思えた。

どのように答えるべきか、私なりに迷った。だが、「本当に学びたいことはやがてわかる。高校までは自分がやるべきことを真剣に考えた方がいい。それから道を選んでも遅くない」と告げた。「浩志くんが、その間に、杏奈を一生守りたいという覚悟ができて、その覚悟が本物かどうか見極めがついたら、また、そのとき道は見えてくるはずだ」と答えた。

浩志は納得したようだ。

「杏奈は、この岬にいるときは、絶対に外には行けない。なぜかということは聞いてはいけない、そういうことなのだ。そんな彼女の身体に何かが起ったとき、対応できるとすれば……どのような能力が必要だと思うかね」そう伝えたときは、どう受け取っただろうか？ あるいは「杏奈さんのことをいつか教えて頂けると思いますが、どんなことを学んでいると杏奈さんの役に立つと思いますか？」そんな質問を受けたこともある。浩志の目にも、杏奈の成長が完全に静止しているように見えるのかもしれない。そこに秘密を本能的に嗅いだのだろう。

そのときの答は「物理学的な基礎知識も化学的な基礎知識も、ひょっとしたら、すべて必要になるかもしれないな。いや、それだけでは足りない」というものになった。それは、何とか杏奈を〝時の檻〟から救い出したいともがき悩んだ私自身の思いからだった。そのアドバイスから、浩志はただならぬ因果を感じたのではなかろうか。そのときは、黙したまま、頷いていて質問はしないままだった。

私が真実を秋彦兄さんから教えてもらうよりも、杏奈の秘密を浩志に伝えるのは少しだけ早かったことになる。

自分自身の老いが、予想以上に早く進行していたからだ。

あと何年、私が杏奈の面倒を見てやることができるのか。正直、予測がつかなくなっていた。そのときまでには、春待岬の屋敷と杏奈のことを誰かに引き継いでおかなくてはならない。

それができなければ、杏奈を守ったと言えないではないか。託すのは、浩志でいいのか？　彼を信頼していいのだろうか？

しかし、浩志以外に杏奈を委せることのできる人物を、私は知らない。選択する余裕はないこともわかっている。

本当は、真実を浩志に打ち明けるのは、彼の覚悟が見えたときに、と考えていた。そして話もわかりやすいように周到に準備して。遠いことではないと思っていた。だがそんなに早くやってくるとは考えもしなかった。

一瞬先のことは、誰にもわからない。ある朝、体調の異変に気がついた。寒気がする。全身が震える。それが止まらない。前日まではそんな気配は微塵もなかったというのに。

屋敷の中にはもちろん私だけだ。夏の終わりのことだった。風邪をひいたのだろうか？　あるいは他に病因があったのだろうか？　食事をとる元気も出なかった。身体を起こすこともままならない。どんな薬を飲めばいいのかもわからない。

電話はある。しかし、使ったことはない。電話までたどり着く自信はなかった。

浩志は梅雨の後に一度だけ訪ねてきてくれた。しかし、その後は姿を見ていない。だから浩志がその場に来てくれる可能性は微塵も考えなかった。ただ、ひたすら身体を震えさせているだけだ。思考も停止状態だった。心に浮かんだのは、このまま逝ってしまうのかもしれないという予感だった。そんな考えもすぐに消え去り、辛い、きつい、という思いと、意識そのものの喪失の繰り返しだった。

誰かに何かを飲まされたことは、朦朧とした意識の中でもわかった。それが誰なのか、何を飲まされたのかは、そのときの私には、わかるはずもない。

ゆっくりと意識が戻った。まだ起き上ることはできなかったが、視界に入るものから、自分がどのような状況にあったのかは理解できた。

介抱してくれたのが浩志であったこともわかった。焦点が合ったとき、私を見下していたのは心配そうな浩志だったのだから。

「ムシが知らせた」と浩志は言った。不安で居ても立ってもおられずに馳けつけたのだという。そして意識のない私を発見した。病院から、解熱剤と消炎剤を持ち出して私に飲ませたのだ。母親や祖父が医者だといっても浩志は医学に関しては素人なのだ。しかし、幸いなことに私に関しては劇的に薬効があった。

それから、夏休みが終るまで浩志は私につききりで看病してくれた。その翌々日から、薬が変わった。症状から自分なりに浩志は調べて、病院内の薬局から薬を持ち出したのだ。それだけではない。自分の家から持ち込んだ食料品で、私のために食事の世話までやってくれた。感謝しきれないほど彼は親身になって面倒を見てくれたのだと実感する。

残暑は厳しかった。だが夕刻になって陽が落ちかけると、潮風の涼しさが勝った。そんな時間帯に、覚悟を決めて、私は杏奈の秘密を浩志に語ったのだ。

彼にならば、杏奈をまかせることができる。そして、残された時間はどれだけあるのかもわからない。そんな想いが交錯した結果だった。

意外だったのは、私が語る杏奈の秘密を、浩志が冷静に受けとめたことだ。なぜ、杏奈が限られた時期にのみ姿を見せるのか、ということから私は語り始めた。浩志は、驚くことはなく、何度も頷いていた。私の話が、額面通りに信じられるのだろうか、と語りながら私の方が心配してしまったほどだ。

そして、言葉を止め、浩志に尋ねてみた。

「どうだろう。あまりに私の話が突飛すぎて戸惑ってしまいはしないかい？」

だが、浩志は一度だけ上を見上げ、大きく息を吸いこんで答えた。

「杏奈さんがいつまでも変らないことや、一年のほとんどが不在であることは、ぼくの想像力をいつも刺激していました。いろんな可能性をぼくなりに考えていたのですが、その中のいくつかは、もっと奇妙な可能性を考えたこともあるんです。だから、素直に嬉しいです。本当のことを知ることができて」

「奇妙な可能性かね」それは意外だった。浩志は想像力豊かな少年でもあったのだ。

「杏奈さんが地球人ではないのではないか、と思ったこともあります。いつもは母星で生活していて。春の地球観測の頃だけ地球人の姿をして、ここへ戻ってくるのではないか……そんなことも考えました。あるいは、難病やアレルギーの問題で、桜の時期以外は、屋敷の地下で冷凍睡眠になっているのではないか。そんなことを考えたことがあります。それからすれば、今の話は、理解できます」

浩志は、そう答えた。私も秋彦兄さんに秘密を教わるまでは想像の翼を広げていたが、そこまで浩志が妄想していたとは。

それから、私は、自分がどのようにしてこの屋敷で生活するようになったのかという経緯を説明した。

当然、秋彦兄さんの存在についても触れなくてはならない。そして、私がどうやって岬を訪ねるようになったのかということを。

私が、祖父母の白瀬銃砲店を抜け出して、杏奈に会うために、崖伝いに屋敷に訪れていたという事実は、浩志も自分自身のかつての行動と重なるものがある。浩志もそのことは感じたのだろう。杏奈の秘密を知ったとき以上に神妙な表情で私の話に耳を傾けていたようだった。

そして、私が杏奈にどのような想いを寄せていたか、つつみ隠さずに語った。もっと私が若い頃なら、照れて他人に話すことはできなかったろう。しかし、今は、そんな羞恥心を感じることはなかった。事実を淡々と浩志に語ることができたと思う。杏奈への思慕。そして、私の力で杏奈をこの世界に取り戻したら杏奈と添いとげる許可を秋彦兄さんからもらったこと。遂にその約束が果たせなかったこと。私にその力が欠落していたこと。そして、そのまま年老い、このような状態を迎えていること。

そこで浩志は私に質問した。その質問は私もある程度、予測できたことだ。自分の母親である青井梓は、どうして、私を知っていたのか、という点だ。もう、何も隠す必要はなかった。私と梓は同学年だったということ。それが縁で言葉を交わしていたのだ、と。

浩志にとっては相当ショックなことだったようだ。私の老化と、母が亡くなったときの外見とがうまく結びつかなかったのではないだろうか。しかし、この岬の特殊性にぼんやりと浩志は気づいたようだ。杏奈への影響、そして秋彦兄さんや私の肉体への影響。

その翌日に、私はクロノスを浩志に見せた。もう、私と杏奈は世代を超えた者同士ということになる。私と杏奈が結ばれるというのは妄想に近いことだと私自身もすでにわかっているつもりだった。

浩志が杏奈に寄せる愛情はすでに私よりも強いものになっている気がした。とすれば、私の抱えるものは、すべて浩志と共有すべきだと考えた。

浩志は、そのとき言った。

「ぼくが、進路をどう選んだらいいのか迷って尋ねたときに教えてくれた言葉を思いだしました。あのときは、まだ心の中でもやもやしていたんです。でも、今、話をすべて聞かせてもらって、すべてがすとんと腑に落ちたような気がします」

なるほど、私が進路について話したことは、これまで浩志の胸につかえていたということだったのか。

次の年、浩志は天草を離れ、熊本市の普通高校に入学することになった。私や梓が通った高校だ。その高校を受験すると決めたときは、もちろん私に報告に来てくれた。

春にはいつも通り、杏奈は還ってくる。そして浩志は私とともに彼女を見送ってから熊本に旅立っていったのだ。

苓浦町を出る前日に、浩志は私に伝えた。自分には、やはり杏奈しかないということを。自分は一生を杏奈に捧(ささ)げたいと。

その決意を批判する資格は私にはない。私も秋彦兄さんに、必ず杏奈を時の檻(おり)から解き放つと宣言したのだ。

私は結局、情けないことに約束を果せなかった。

浩志が、どのように一生を杏奈に捧げるのかは、わからない。しかし、あれから私は浩志にクロノスを見せもした。内部へも入れている。浩志なりの覚悟が生まれたことは、伝わってきた。

高校二年を迎える春まで、浩志は五回、私を訪ねて屋敷へやってきてくれた。夏休み、秋の連休、そして暮れと正月に。暮れには、浩志が、大掃除をやろうと言ってくれたのには驚いた。私には、そんなことはなかった。自分のことと杏奈のことを考えるだけで精一杯だった。少なくとも浩志の方が、視野も広く思考の柔軟性もあるように思えた。

浩志とは、それほど頻繁に会ったわけではない。しかし、それでも彼に教えられたことはいくつもある。

私は、世間とは没交渉の日々を続けていた。テレビやラジオさえも縁がない生活を続けていた。だから、世の中の流れがどのようになっているのかということは、浩志と話す会話の中でしか知ることはなかった。浩志と話していて私の質問で会話が途切れることは、珍しいことではなかった。

今の政権がどのようなものであるか。世界の情勢が、どのような枠組で動いているか。日本はアジアの中で、世界の中で、どのような立場にあるのか。アメリカの大統領が黒人であることを教えられて衝撃を受けた。そして、日本で大きな天災が発生したということさえ知らずにいた。それらのできごとは聞かされてもにわかに信じられないものばかりだった。それは、すべて浩志を通じてわかったことなのだ。

浩志がなにげなくポケットから出して見せてくれたものは、ショックだった。電話なのだという。片手に収まりポケットに入ってしまう電話……。

それを見せられただけでも驚きだった。だが、時を航行する機械があって、そのような道具があるのは何も不自然なことではないと思えた。

その小さな浩志の電話に驚かされたことがもう一つあった。

浩志は、それを私に見せながら、恥かしそうに語ったのだ。

「杏奈さんのことを、いつも想っています。そして、杏奈さんに会いたくてたまらないときがあるんです。そのときは、これを見ることにしています」

そして、その小さな電話の表面に触れて、私に示した。電話の表面は小さな画面になっていた。私は驚愕した。

その画面には杏奈がいた。

「杏奈は、どうやって映ったのだ？　これは、電話じゃなかったのか？」

「ええ。携帯電話ですが、他にも色々な機能があるんです。たとえば、カメラ機能とか」

電話であり、カメラでもあると教えられたが、私にはなぜ、そんな機能をつける必要があるのかは、わからなかった。浩志は、その携帯電話で杏奈の写真を撮り、寂しいときに眺めるという事実はわかった。

かつて、私も杏奈の姿を写真に撮りたいと願ったことを思いだした。しかし、私はやらなかった。カメラをこの屋敷に持ちこむのは秋彦兄さんに嫌がられるのではないかと思いこんでいた。そして、何より私自身、杏奈の写真を撮ることは杏奈を穢すことになるのではないかと思いこんでいたからだ。

それが、私と浩志の大きな違いではないのか？　そんな抵抗感は若い世代の浩志には存在しないということだろう。

私は、このときだけは浩志に軽い嫉妬を覚えていた。

その携帯電話で、私は杏奈とならんだ写真を浩志に撮ってもらった。杏奈とともに写った唯一の写真だ。

「うまく撮れました」

すぐに浩志は私に写真を見せてくれた。

そこには、老人と少女の姿が写っていた。私には杏奈に想いを寄せる資格さえないと思わせるには、十分な一枚だった。

浩志と杏奈の親しげで幸福な様子は側で見ていて私にも痛いほど伝わってきた。浩志も杏奈もおたがいに甘い言葉を交わしあうことはない。しかし、浩志は杏奈に細かい心くばりをもって接し、杏奈は、浩志のことを頼りきっていることがわかるのだ。そのことを感じると二人の間に私が入りこむことは罪のようにも思えてきたのだ。

その春、杏奈が去った後、浩志は大学で、理系の学部に進むつもりだと、私に宣言した。時間を超える機械を修理するには？　そして杏奈をこの空間に固定させるには？

その方法を自分の力で見つけだして実現させたい、と。

私に出来なかったことを浩志が成しとげてくれればいい。浩志の決意が現実化すればいいと願っていた。だが……それ程、簡単なことではない。

杏奈がその年も去り、浩志も姿を見せないある日の朝のことだ。まったく予想もしないことが起った。そのときは、それが現実か夢かもわからなかった。

庭に、突然にそれは現れた。ぐにゃぐにゃに蠢く影のようなもの。それはだんだん凝縮したようだった。人の形に見える。私には、その影に見覚えがあった。思わず叫んでいた。

「カズヨシ兄ちゃん」

遠い昔に出会った人だ。私が、まだ小学生の頃、この屋敷の下まで導いてくれた。私はカズヨシ兄ちゃんと呼んでいた。

あの頃、カズヨシ兄ちゃんは何歳だったのだろう。ずいぶん歳上だと思ったのだが。ある時を境に行方がわからなくなった。台風に連れ去られたと祖父母は言っていた。

庭の桜の樹の下で、それはだんだんはっきりと表情までわかるようになった。荒戸和義。そのとき、祖父から教えてもらっていた彼のフルネームを思い出していた。

私の目から見るカズヨシ兄ちゃんはずいぶん幼く見えた。昔はかなりの年長に見えたのに、実年齢は成人したかしないかの若者だったのだ。のべつクネクネと揺れるカズヨシ兄ちゃんは黒っぽい服を着ていることしかわからない。彼は私を凝視していた。それから、私のことがわかったのか、ニッコリ笑ってみせた。口が動いて、私に何かを言おうとしていることはわかる。しかし、声は私の耳には届かなかった。

「和義さん。荒戸和義さんですよね」

私はできるだけ大きな声で呼びかけた。私の声もカズヨシ兄ちゃんには聞こえていないようだ。カズヨシ兄ちゃんは笑みを浮かべているだけだ。頷き返すこともない。

変化が起った。カズヨシ兄ちゃんの身体が大きく揺らいだ。

ゆっくりとカズヨシ兄ちゃんの姿が薄くぼんやりとなっていく。透けて海の光景さえ見えた。思わず叫んでいた。

「カズヨシ兄ちゃん。行かないで！」

そのままカズヨシ兄ちゃんの姿は、ぼんやりとしていき、数秒後には、まったく見えなくなっていた。私は椅子から立ち上り、そのまま凍りついたように茫然(ぼうぜん)としていた。

今のは現実だったのだろうか？　幻覚を見てしまったのだろうか？　いや、荒戸和義は、まだ生きていたのだ。もしかしたら杏奈と同じような空間にいたのではないか？　だとすれば、彼と意思の疎通(そつう)をとることができれば、新事実を知ることができるのではないか。

この岬は特殊な空間なのだとあらためて確認した。ここでは何が起ってもおかしくないのだ。杏奈が年に数日しか存在を許されなくても、私の老化が異常に早く進んだにしても。他所(よそ)では異常現象でも、ここではここの物理法則に則(のっと)った正常な現象なのだ、と。

それから、日常に戻った。あまりにも変化のない日常だったために、ふとカズヨシ兄ちゃんが出現したことは夢だったのではないかと考えるのだ。だが、きっとこの屋敷周辺の理解不能の空間をカズヨシ兄ちゃんは彷徨(さまよ)っているにちがいない。なぜ、あのときだけカズヨシ兄ちゃんは出現したのだろうか？　特殊な条件が偶然に揃(そろ)ったということなのか？

大学に入った浩志が、書物を持って現れたのは夏のことだ。彼は、クロノスのある部屋で夏休みの大部分を費した。

私が意欲をもってクロノスに初めて挑んだ時期のことを思いだす。あの頃は私の力で必ず杏奈を救いだせると信じていた。あのときの私は、今の浩志のような目の輝きを放っていたのだろうか。

浩志は、放置されていたはずのクロノスが、埃(ほこり)一つなくきれいに磨かれ錆(さび)の気配さえないことに驚いていた。

当然のことだ。

秋彦兄さんから私はクロノスを、この状態で引き継いだのだ。私は、クロノスを正常に起動させることはできなかったが、新品同然に保つことが私にできる唯一のことだったのだ。暇があるときは防錆剤（ぼうせいざい）を用いて保守を欠かさなかったつもりだ。

浩志に屋敷の中を自由に行動する許可を与えていた。秋彦兄さんが私に屋敷内の自由を与えていたように。そして専門知識を吸収し始めた浩志は、あらゆる情報と最新技術をクロノスに応用しようとしていた。それが効果をあげていたかどうかはわからない。ただ、私が見た事もなかった機器類を屋敷に持ち込むようになっていた。それを見るだけでも外部と接触のない私には、世の中が進歩しているのだと感心させられた。

「どうだったね」と私は、その度に浩志に新兵器の効果を尋ねる。しかし、いつも浩志は無言のまま申し訳なさそうに首を横に振るのだった。

そして数年後、例の〝裏年〟があった。

〝裏年〟とは、原因はわからないが桜の時期が来ても杏奈が姿を見せることのない年のことだ。

もちろん、原因はわからない。そのような現象が起るということしか。

私は早い時期に、すでにこのような現象が起る可能性については話しておいた。浩志も覚悟はしていると答えていた。しかし、現実に現象が起ったというのは、覚悟はしていてもかなりのショックだったようだ。

若い頃のように私は取り乱しそうになることはなかった。人にはどうしようもないこともある。そう考えていた。また杏奈は姿を見せてくれる。それを楽しみに過ごすしかないと自分に言い聞かせる。

だが、浩志には心の免疫ができていなかった。だから傍目からも彼の落ちこみは痛ましく見えた。わかっていたことと現実に体験することは、これほど違うのだ。

それからの浩志の反応は、予測できるものだった。暇を惜しんでクロノスの内部に潜りこんで装置の真実を追い求めていた。

浩志には焦りがある。それは私が体験したことだから、よくわかる。今、すでに杏奈の肉体年齢を彼は追い越している。このままであれば浩志との実年齢は開きを大きくしていくだけだ。そしていずれは私のように親子ほども差が広がってしまう。

それが焦りだ。その焦りを忘れる方法は唯一つ。皮肉なことにクロノスの修理に没頭することだけだ。成果の見えない研究ということは、最新の科学知識を取り入れていても私にはわかる。

いずれ、私も秋彦兄さんのように朽ち果て、残る浩志が私のように老いさらばえていくのかと思うと不憫でならなかった。

クロノスには決定的な要因が欠けている。それは欠落した部品だ。だが、その部品がどのような役割を果たし、どのような空間で失われたのかはわからないままだった。私は口にしないが浩志にも解き明かせない問題だという気がしてならない。何か、決定的な発想の転換がなければクロノスは作動しない。それだけはわかる。だから、私は一切、浩志には下手な慰めの言葉をかけることはしなかった。発想の転換はなかったが、それからしばらくの後、予想しなかったできごとが起った。

その翌年と次の年は杏奈は還ってきてくれた。浩志の喜びは素直なものだった。少くなっていた口数も元に戻った。だが話す内容は悲観的なものだった。なんとかクロノスを直したい、しかし、自分の力が及ばない。そんな焦りを頻繁に口にするようになっていた。

予想しなかったことは、真夜中に起った。屋敷の中で地響きを感じて私はベッドから飛び起きた。夢を見たのだろうか？　すでに静寂が戻っていた。ただ、机の上に置かれた発酵茶筒の上のばね仕掛けの重しが揺れるはずがないのにゆらゆら揺れていて、夢ではない何かの変化が屋敷で起ったことを確信した。

階下でドアが開く音がした。

昨夜、ドアをロックしていたか、していなかったか思いだせない。いや、最近はドアを閉じていたことはなかったのでは。

足音を感じる。室内に注意をはらいながら歩きまわっている印象だった。浩志だろうか、と思った。いや違う。浩志は、今、大学院に戻っている。それに浩志であれば、これほど遠慮がちに歩くことはない。

私はゆっくりと気配を消したまま階下に下りていった。それから正体不明の存在に逃げられないように、武器になるかどうかわからないが傘を握りしめて身がまえると、明かりのスイッチを入れた。

黒っぽい服の男がいた。右腕にはバッグを持っていた。眩しそうに左腕で顔を覆う。

その腕が下ろされて、私は叫んだ。

「カズヨシ兄ちゃん」と。

今度は幽霊などではなかった。間違いなかった。台風のときに行方不明になったカズヨシ兄ちゃんが、今、そこに立っていたのだ。私のおもいでの中にいるカズヨシ兄ちゃんの姿のまま。

カズヨシ兄ちゃんは随分と若返っているように思えた。私が小学生だった頃の目からは大人に映っていたということだ。その頃から、カズヨシ兄ちゃんは実は年齢をとっていない。だから、若返ったように感じてしまう。

「おや」とカズヨシ兄ちゃんは私の顔をまじまじと見て口角を上げてみせた。「ひょっとして、おじいさんは……白瀬のぼっちゃんかね。顔の輪郭がそうだし、目は幼い頃と同じ目をしているし」

カズヨシ兄ちゃんの笑顔は昔とまったく変っていなかった。ただ、明らかに昔と違うところがあった。まず服装だ。記憶にあるカズヨシ兄ちゃんは薄汚いだぶだぶの服を、幾重にもだらしなく身につけていた。しかし本人は気にもかけていなかった。ところが今のカズヨシ兄ちゃんは黒いすっきりした服を身につけていた。ぼさぼさで肩まで垂れていた髪もこぎれいに揃えられている。

表情も違う。昔のカズヨシ兄ちゃんは、口を半ば開きかけていた。それに何を見ているのか、何を考えているのかわからないどんよりとした印象だった。それが、唇を一文字に結び、私を見る目は精悍ささえ感じることができたのだ。ひょっとして、カズヨシ兄ちゃんとそっくりだが、実はまったくの別人ではないかとさえ思ってしまった。

「そうです。白瀬健志です。あれから、何十年も経っているんです。カズヨシ兄ちゃんですよね。行方不明になったと聞きました。苓浦町では、昔、台風の犠牲になったと噂になっていたんですよ。あれから、カズヨシ兄ちゃんは、どうしていたんですか？」

カズヨシ兄ちゃんは、予期していたというように、何度も頷いてみせた。それから、私に近付くと私の腕をとり、近くの椅子に腰を下ろさせてくれた。カズヨシ兄ちゃんに気を遣われる程に私は年老いたのかと考えてしまう。そしてカズヨシ兄ちゃんも私の横に腰を下ろす。

「台風のことは聞かされました。しかし、あのときの何が引き金になったのかはわかりません。いや、何が起ってもおかしくない。この春待岬が、特殊な空間なのだろうなということは思い知らされました」

カズヨシ兄ちゃんは、自分のことを荒戸と呼んで欲しいと言った。私のような老人から兄ちゃん呼ばわりもないだろう。同時に彼も私のことは、白瀬さんと呼ぶことになる。白瀬のぼっちゃんも不自然すぎる。

「あのお嬢さんのこともよくわかりますよ。あの方も、岬の空間の現象の一つだということを知りましたから。杏奈さんというんですよね。私が気がついたのは、遥かな未来の世界です。嵐のときに、この岬の上では時間嵐も発生していたようなのですよ。その時間嵐に巻きこまれてしまった。そのときのことは、まるで膜が貼りついたような記憶なのです。私を手当てしてくれた未来の人々が私の記憶から台風のことも読みとったらしい。そして、私の脳をまともにしてくれた」と言った。つまり、カズヨシ兄ちゃん、いや荒戸は、この岬特有の現象で未来へ跳び、そこで処置を受け教育までも受けさせてもらったのだという。そして、過去へ旅立った杏奈とその兄のことも知ることができたという。

「未来ではクロノスは性能があがっているんですね？」

「どうしてですか？」

「未来から、この今へ、荒戸さんを送りこんだんでしょう？」

「ちがいます。クロノスは未来にはもう存在しません」

「じゃ、どうやって還ってきたんです」

荒戸は、肩をすくめて少し考えているようだった。荒戸自身、時を超える方法がわからないというのではなく、時をどのように超えるのかということを私にわかりやすく説明する方法を考えあぐねていたということか。

「時間嵐が起るようになったのは、クロノスを使用してから、この岬全体が特殊な場に包まれた状態になっているからです。その、〝場〟の中では、どのような現象が起ってもおかしくはない。そう考えて下さい。たとえば、杏奈さんは、地球公転の一時期しか時間軸が存在を許さなくなった。そして、兄さんの秋彦さんや白瀬さんにとっては時間流が速くなっている。それぞれに時間が及ぼす影響は異なるのです」

やはり私の肉体の老化速度が速いのは、クロノスに起因する時間嵐の影響の一つだったのか。

「そして、時間嵐によって未来に跳ばされた私には、時間の〝場〟は特殊な体質を与えたようなのです。時を超える体質です。自分の意志で自在に時を超える力はないようです。もし、時の神がいるとしたら、その気まぐれで跳ばされていると言えばいいか。その法則さえ、よくわからない」

「時間嵐で、どれほどの未来に跳ばされたのですか?」

「杏奈さんと秋彦さんのご両親が、もう一機のクロノスと運命を共にしてすぐの未来ですよ」

私には、杏奈が抱えた悲劇が垣間見えたような気がしていた。

「やはりクロノスは未来では禁じられた研究だったんですね?」

私がそう尋ねると、荒戸は口を閉ざして頷いた。それから、これだけは付け加えた。

「そのようなことも答えることは、本来は禁じられています。今、私が言ったことも聞かなかったことにして下さい」

そのようなこともあるのだろう。クロノスの技術が何らかの規制を受けなければ、現在の時間軸も未来からの旅行者であふれていても不思議ではない。

「わかりました」と答えた。

「人は、未来を知る必要はない。自分の未来も。人類の未来も。知ったところで、それが絶対的な変更不可能な未来なのか、可変性があるものなのかもわからない。いずれにしても収拾がつかなくなる可能性がある」

「荒戸さんは、過去へ跳んでも問題ないということですか？」

「私は過去や未来へ自分で望んで跳んでいるわけではありません。跳ばされている……。そう言った方が正しい。私が、このような体質になったこと。そして、この春待岬が、特殊な場になった原因は、一つにはクロノスのおかげでもあるようなのです。それだけでもクロノスが禁忌となっている理由を察することができると思います」

そうだな、と私は納得した。

「じゃあ、荒戸さんは、これからは、この時間軸で過ごすことになるのですか？」

「いつまでかは、わかりませんが。それまではここに居させて下さい。どのような法則で、私が今、現れたのかがわかりませんから」

いつまで居てもらってもいい。荒戸が、再び現れてくれたことは、私にとっては素直に嬉しかった。私にとって荒戸は少ない友人の一人と言えるのだから。

その荒戸が、私に衝撃的な事実を告げることになるのだが、それは、まったくこの時点では予想もしないことだった。

普段は屋敷には私一人しかいない。荒戸には、屋敷の奥の部屋を寝泊りに使ってもらっていた。かつて、杏奈や秋彦兄さんの世話をしていた高塚という男の部屋だ。

そして、私と荒戸はのんびりとした日常を送っていた。もともと荒戸はこの岬が好きでたまらないのだ。何がなくても、この岬で海を眺めて過ごすだけで満足している様子だった。

ある日、突然、荒戸は姿を消したりした。時に跳ばされたのかと思えば、夕方には釣り竿を肩に魚籠を持って崖下から現れた。獲物を私に自慢する彼は、まさに私の少年時代のカズヨシ兄ちゃんのままだったのだが。

その頃には、荒戸と私は友人としての関係を取り戻していた。言葉を交わすときも丁寧さよりも親しみを優先させるようになっていた。ただ、荒戸にしても、いつ、この時間軸から跳ばされても不思議ではないという覚悟はしているようだった。

そんなある日、クロノスの置かれた部屋で人の気配があった。

浩志だった。

五月の連休を利用して苓浦町へ帰ってきたのだという。一ヵ月だけ顔を合わせていなかったに過ぎない。だが、より大人の風貌に近付いている。そして、眼差しが驚くほど梓に似てきていた。浩志は時間理論の新しい情報を目にしたのだという。革新的な発想に興奮しクロノスに応用できないかと居ても立ってもいられなかったのだという。

「どうだったのかね。成果はあったろうか？」

私がそう問いかけると、浩志は悔しそうに唇を嚙んで首を横に振った。

「かなり近付けたと思ったのですが、肝心な要素が抜けています。そこを埋めることが、できない」

そして、浩志は私の背後の見知らぬ人物に驚いたようだった。私は荒戸を紹介した。私の古い友人として。浩志は、それを奇異に思ったらしい。私よりも荒戸の外見はずいぶん若いのだから。しかし、浩志は、その紹介で納得はしてくれたらしい。私の前で荒戸が手を差し出し、浩志と握手を交わしていた。

浩志は、それから二日間屋敷に滞在し、大学院へと戻っていった。私は、浩志には荒戸についてそれ以上は説明はしなかったのだが、荒戸とは二人でさまざまな話をしたようだ。本質的に荒戸は人好きする個性を持っているのだろう。浩志と荒戸は親しくなることができたようだ。

浩志が屋敷を去った後、荒戸が自分のことをほとんど話していないことを聞かされて、私は驚いた。話したのは浩志の方かららしい。荒戸はそれほど聴き上手ということだったのか。

荒戸は、にこにこと笑いながら、私に言った。「驚いたよ。いつの間に」

浩志がやってきたことが、荒戸にとっては驚くことなのだろうか。荒戸は私の反応に首を振って、信じられないというように私に右手を差し出した。まるで握手を求めているかのように。私が戸惑っていると、荒戸は、催促するように右手を振ってみせた。「握手なのか?」と問うと、荒戸はそうだ!というように頷いてみせた。

私は右手を差し出す。荒戸は私の手を強く握り「これでいい」と言うと解放した。

荒戸は何のつもりだったのか。

荒戸が、右手の袖(そで)を上げると腕時計のようなものが現れた。私がまだ見たことのない装置のようだった。

「白瀬さんには無断でチェックさせてもらったけれど、お許しを」と荒戸は少しおどけたような口調だった。私に対しての後ろめたさを隠しているような。

「本当に浩志くんについては何も感じていないの？」と荒戸は続けて装置に触れた。

いったい荒戸は何を言いたいのだろう。

　装置の表示部分に緑色の曲線が走った。そして、その曲線に沿うように青の曲線が走っていく。

「やはり、そうか。一目見たときから、そうではないかと思っていたからな」と腕の装置を眺めながら荒戸はしきりに頷いていた。

「どうしたんだ」と私が問うと彼は肩を一度すくめ、そして答えた。

「さっき浩志くんと握手したとき、これで彼の情報を読みとらせてもらった。そして、今、白瀬さんの情報も読みとらせてもらった。緑色の曲線が浩志くん。そして青色の曲線が白瀬さん。二人は遺伝子レベルで親子であると証明された」

　私は、その瞬間、荒戸がいったい何を言っているのか、理解できずにいた。荒戸の言葉をたどり、やっとその意味にたどり着くことができた。しかし、実感は湧かないし、信じられない。

「浩志の母親は、青井梓なんだ。どうして、私が浩志の父親ということになるんだ」

荒戸は呆れたように肩をすくめた。

「それは私の立場では何とも言いようがない。ただ、生物学的事実としては浩志くんの母親が受精した相手は白瀬さんだったということになる。浩志くんを私が初めて見かけたとき、私は驚いたものだ。白瀬さんの小さい頃と面差しが似ていると。自分では感じていなかったのかね。白瀬さんは、浩志くんがあまりにも自分と似すぎているということに」

私は、大人びた表情を見せるようになった浩志の表情に梓のおもかげばかりを感じるようになっていたが、自分自身との相似性は、まったく感じてはいなかった。もとより、そのような発想はまったくなかったのだから。

私と浩志は荒戸が言うように、そんなに似ているのだろうか。

私が考えこんでいる様子に荒戸の方が驚いていた。

「白瀬さんは、浩志くんの母親と交際したことはなかったのかね。思いあたるようなできごとはなかったのかね」

最初に、浩志を見かけたときのことを思い出す。崖から顔を出した浩志を見て私は連想したのではなかったか？　これは幼い頃の私だ、と。しかし、自分と血が繋がっているとは思いもしなかった。

浩志を最初に見たときの直感が、やはり、そういうことだったのか。しかし、どうやって？

梓と最後に会ったのは……。

梓に招かれて一緒に食事をしたときだった。梓が苓浦町を旅立つ前夜のことだ。

梓が私にワインを注いだ。それから記憶が消えていた。意識が戻ったのは、白瀬銃砲店でだった。梓に抱きかかえられるようにして帰宅したのだと聞かされた。

その空白の時間に、何かがあったのだろうか？　私と梓との間に。

わからない。しかし、今、私に荒戸が呈示していることは一つだ。私と浩志が親子であるということ。

ふっと、あの夜の記憶の最後にある梓の言葉を思いだした。「今日は私の人生の中でも忘れられない夜になるわ」と。その夜が、私の人生で唯一思い出せないとは。

それ以上、荒戸はこの件については言わなかった。私が否定しても、荒戸にはどうでもいいことにちがいなかった。「心あたりがなければ、それでいいじゃないか」とでも言うに違いなかった。疑問だったことが一つ解ければ、彼にはそれでいいことなのだ。私にとっては大問題だとしても。

それから、私と荒戸とで交わす会話の中でこの件に触れられることはなかった。荒戸にはもう興味のないことらしかった。

夏、さまざまな工具、部品らしきもの、測定機を携え、書物とともに浩志は訪ねてきた。彼はクロノスの部屋に籠り、果てしない試行錯誤を繰り返していた。そして、成果が見えないことは、私と荒戸、そして浩志と三人で夕食をとるときに浩志の落胆ぶりでわかるのだった。もちろん、荒戸は私と浩志の関係について触れることはなかった。私も、浩志には何も告げることはない。完全に私と浩志が親子であることを信じているわけではない、と自分に言い聞かせながら。荒戸は、やはりそんな気配は微塵も見せないが、私の反応を楽しんでいるように思えてしまうのは、私の被害妄想だったのだろうか。

それから、半年は、私一人で岬の屋敷で過ごすことになった。浩志は具体的な進歩を見出せないままに大学院へと戻り、荒戸は、また何の前触れもなく姿を消した。荒戸が寝起きするようになった部屋からも姿は見えなくなり気配さえ感じられなくなった。荒戸は何も言い残すことはなかったが、時間がこの岬に対して気まぐれを起し荒戸を気まぐれの旅に連れていったのだと考えるしかなかったのだった。

岬で一人きりになった私の老化は一層早まったようだ。

時間軸は、この岬にいる者に一人ずつ異なる償いを強いてくるような気がする。しかし何の罪を？　人が挑んではならない時を超えようとした罪か？　しかし、私は、そのような罰を受けなければならないのだろうか？　私は、時の檻に捕われた少女を愛してしまっただけなのに。私の肉体的な時間経過は加速度的に変化しているように思われた。かつて老化が早まったのだろうかと感じ始めた頃からすれば数倍の速さになっている気がする。先日までは階段の上り降りも苦にはならなかった。今では、一段ずつを上るのさえもつらく感じてしまう。もう肉体年齢は八十歳を超えようとしているのではないだろうか？　だとすれば、私の人生の時間もあまり残されていないということになる。

　秋の初め、階段をゆっくりと下っていたときもそうだ。老いを感じながらも足をもつれさせないように私は必死だった。その腕を支えてくれたのは、浩志だった。新しい理論を目にしたのだという。そこから浩志なりの霊感が湧いた。するとクロノスの本体で試してみたくて駈けつけたのだという。浩志は階段を駈け登ってきて私の手をとってくれた。私は、嬉しかった。浩志は反射的に身を投げるように動いて私を庇ってくれたのだから。

　私が、日溜りに腰を下ろすと、浩志は安心して目的のクロノスの所へと道具や計器類を運びこんだ。

一人になれば、私の変らぬ日常だった。ぼんやりと海を眺めて時を過ごす。ただ、ときどき浩志のことを想像した。その夕に、私の前にどのような表情で現れるのか。いつものように彼の目論見がはずれて落胆顔で食卓に着くのか、それとも時を忘れてクロノスに打ち込むのか。

どちらでもなかった。

食事の準備は私がやった。浩志の味覚は私と似ている。私の好みで準備すれば間違いない。そんなことでも、血の繋りを連想すべきだったのかもしれないが。

その夜の浩志は、まだ結論を見ない宙ぶらりんの状態だった。できれば食事などとらなくともクロノスに時間を費やしたいという気持が表に現れていた。心ここにあらずということが一目でわかる。

「今日は成果があったかい?」私はそう尋ねるのが精一杯だった。浩志は、一瞬で我に返り食事の手を止めた。

「いや、まだ判断がつくところまでたどり着いていません。ただ、もし間違っていなければ大きく進められるはずです」

はっきりと、そう答えた。

もし、世間話をする余裕が浩志にあるのなら、私と彼の関係について話題にしてみようかという思いはあった。だが、とても、そんな雰囲気ではなかった。

もし、浩志が自分の父は私であると知ったらどのような反応を見せるのだろうか？

梓は、浩志に父親はいないと教えて育ててきたと聞いている。そんな彼に私が父親だと告げて彼はそれを受け容れるだろうか？

私の頭の中でだけそんな疑問がゆらゆらと揺らいでいた。

「もう少しクロノスにかかりたいと思います。不作法ですが許して下さい」

浩志は礼儀正しくそう伝えて席を立つと食器を片付けた。そして私は頷き、彼を見送る。

「もう、時間はあまり残されていませんから」

浩志は、そう伝えて食堂を出た。

浩志と杏奈との肉体的年齢差のことを言ったのだと、私にはわかる。私も、そのことについては焦り続けてきたのだから。

それから、浩志はクロノスに打ち込み続けた。丸一日近く、彼は姿を見せなかった。

さすがに、彼の身体のことが心配になった。軽食を用意してやり部屋に運んだとき、浩志はクロノスと壁の隙間の床の上に横たわっていた。私は驚いて彼を呼んだのだが、呻くような返事をした。疲労の極みに達したのだとわかった。

元気を取り戻した浩志は、一歩前進したことを告げた。その状態をぜひ私に見てもらいたいと言う。

一歩前進したということは、まだ完全ではないということらしい。浩志は、私がクロノスを扱っていたときよりも数段復元を進めているということがわかった。このときも、私には理解を超えた付属装置が浩志の手によって取り付けられていたのだから。

浩志はクロノスに乗り込み、私は離れた場所から見守った。クロノスは扉が閉じられて、震動を始めた。いくつもの光点がクロノスの表面を走っているように見えた。私にも内部の様子が容易に想像できる。ここまでは私にも見覚えがあった。内部からもクロノスの外観がモニターに映るからだ。それから、私の知らないクロノスの動きがあった。まるで一匹の生きもののようにクロノスが呼吸をしているかのようだった。なぜそのように見えるのか？　クロノスの機体全体が金属性にもかかわらず膨張と収縮を繰り返しているから、そのように見えていたのだ。

これは、ひょっとすると……。

そんな予感が生まれていた。それからの変化は、私に鳥肌さえ生じさせていた。

クロノスを取り囲む空気が変っているようだった。気のせいではない。顔が熱く感じる。何かがクロノスに起っていることの証しだ。私は、無意識のうちに数歩後ろへと下がっていた。クロノスの周囲で光が屈折しているようだった。クロノスそのものが微妙な揺らぎの中で歪んでいるように見える。

　このままクロノスは時を超える。

　そんな気配を感じたときだった。

　クロノス周囲の空間が元に戻った。機体の収縮もやみ震動も消えた。もちろん光点もない。

　クロノスのドアが開き、転がるように浩志が出てきた。私の前で少しよろめく。今度は私が浩志の身体を支えてやる番だった。

　嗄らした声で、ようよう浩志は言った。

「どうでしたか?」

　どう答えるべきなのだろうか。

「かなり本稼動に近付いたように思う。今にもクロノスは時の壁を超えてしまいそうに見えたよ」

　それが私の正直な感想だった。しかし、浩志にはそれが期待した答ではなかったようだ。代わりに、がっくりと肩を落していた。

「決定的な欠落があるんです。補助装置は機能しているのですが、メインの推進跳時装置にあたるものがない。だから、クロノスをどれだけ理論的に起動可能に近付けても推進跳時装置が備わらなくては、役に立たないのです」

推進跳時装置というのは、浩志の造語なのだろうか？　それが何を指すのか、浩志がクロノスの内部を指差したときに、私は納得できた。

座席中央の前方だった。黒い蓋のような部分が開かれていた。黒い部分がわかる。何もない。嵌まっているべきものが存在していないから、無の闇が見えているのだ。私が初めてクロノス内部に乗り込んだときに疑問に思ったのが、そのことだった。

本来は、そこにあるべきものがない。

「そこに、装置があるはずなのです。それが揃えば、クロノスは立派にその機能を発揮することができます。だが、その装置だけはぼくにとってはブラックボックスなのです。どのような法則なのか、まったくわからない。そしてなぜ、存在しないのかも」

つまり、浩志の新しい試みも、そこで壁につき当ってしまったということなのだ。あれほど逸る様子を見せていた浩志がしおれてしまったというのは。

「正直、これから自分が何をなすべきかもわからない。少なくとも、ぼくが学ぼうとしている知識でも、それが解決できるのか見えてこない。これがぼくの限界です。ぼくは、杏奈を必ず救うと約束したのに、ぼくの力ではできない」

その辛さも苦しみも、私には、わかりすぎるほどだ。私がクロノスに挑み、味わった挫折感。それを、浩志も味わっているのだ。もし、新しい技術や情報に巡り合えなければ、浩志は私と同じ人生を歩むことになるのだろう。杏奈はいつまでも少女のままで、自分だけが年老いていく苦しみを味わうことになる。それは、私と浩志が実の親子であることの業なのだろうか？

もし、本当の息子であるとしたら、浩志にそんな哀しみを味わってもらいたくない。そんな気持が私に湧き上ってくる。私自身が味わった辛さを知っているだけに、どのような言葉をかけてやるべきか、思いつかなかった。どんな言葉で元気づけてやろうとしても、虚ろに響いてしまうのではないのか、と。

私は立ちつくすしかなかったのだが、口を閉じたままの私に代わって沈黙を破ったのは意外な人物だった。

誰かが拍手する音だった。それも私の背後から。眉をひそめて辛さを隠しきれなかった浩志の表情があっけにとられていた。

私が振り向いたとき、荒戸が立っていた。

荒戸は遠慮する様子もなく大きく拍手を続けながら部屋に入ってくると私の隣にな

らんだ。

「ずっと、部屋の外で話は聞かせて頂きました。素晴らしい進歩ですね」

「荒戸さんでしたね」そう浩志は言う。憶(おぼ)えているらしい。「どうして拍手をされたんですか？」

浩志は自分が拍手されるには値しないと考えているようだ。だから、それは素直な疑問だったろう。

荒戸は馬鹿(ばか)丁寧なお辞儀をした。私の前から前回姿を消したときと、まったく同じ恰好(かっこう)のままだった。

「なぜ、拍手をしたかって？　申しあげたとおりです。クロノスが正常に動き出す道のりを自分の力だけで正しく進めておられたから、ですよ。見事ではありませんか。独学で、クロノスを復元しようとするなんて」

浩志は、それを聞いて申し訳なさそうに頭を下げた。

「ほめて頂いて恐縮です。しかし、これ以上はまったく進まないのですから。いかに復元しそうなところまで近付いたと言っても作動しないのであれば成果はゼロと同じであるとしか言えません」

浩志はやや自嘲(じちょう)的な口調でそう答えた。荒戸は、それに大きく手を振ってみせる。

心配するなというように。

「時代の科学力というようなものもあります。この時代で出来ることは、この状態だということです。クロノスを正常な形で復元するには、もう少し時間が必要だということは感じます」

「ということは、ぼくの力で復元は不可能ということですか？　もっと未来になって技術が進歩しなければ、クロノスは動かせないということですか？」

荒戸は、肩をすくめた。

「焦らないように。今の私も奇妙な体質を身につけています。今日のところは時間軸に連れ戻されますが、次は、もう少し未来に現れることになると思います。推進跳時装置は、開発されるまで待つ必要はないと思います。感じるんです。その時は……」

今思えば、荒戸の出現は瞬間的だった。だから、肝心な部分に触れようとしたとき、荒戸は重要なことを伝えないままに掻き消えてしまったのだ。

秋まで、岬の屋敷で私一人の日常が続いた。クロノスを磨き、庭から海を眺める穏やかな日々だ。荒戸も現れない。少々大きな台風が来て桜の木が一本犠牲になったが被害がそれでとどまったのは幸いだった。台風の記憶が薄れかけたとき、珍しく浩志が姿を見せた。

「新しい発想でも浮かんだのかね」と私は尋ねた。

「いえ、母の命日が近付いたので、帰ってきました。法事らしいことは何もやっていなかったので、罪滅ぼしですよ。法事といっても母の墓に参るだけですが」

「梓さんの命日か」

「そうです」

茶浦町の丘に、その墓地はあるのだ、という。思わず口にしていた。

「私も一緒に墓に連れていってくれるかね」

浩志は私の申し出に驚いた様子も見せなかった。かえって目を輝かせたほどだ。

「白瀬さんは、母の幼馴染みですから。もちろん、母は喜ぶと思いますよ」

春待岬を出て茶浦町に足を運んだのは、いつ以来だったろう。ずいぶん長い時間が経ったように思えてならなかった。

私は、浩志に連れられて茶浦町を歩いた。岬から茶浦町まではタクシーで。そして茶浦町から墓地までは、自分の足で。

墓地は海が見渡せる丘の上にあった。私は左腕を支えられてやっとのことで、梓が眠る場所まで行った。梓が望みそうなシンプルな墓標だった。海鳥が啼き、潮風が吹く。春待岬となんら変ることはない。そして、ここからも水平線が見渡せた。ここからも、春待岬の屋敷を見守ることができるのがわかった。

私は、梓に黙禱を捧げた。すると、梓の笑顔が蘇ってきた。浩志が私と過ごすことに彼女は不満はないのだろうか？　自分でも理由のわからない涙が溢れだすのがわかった。

きっと、もう二度とこの墓地を訪れることはできないのではないか？　私は、そんな予感を抱いていた。

浩志も掌を合わせていた。浩志は本当に私の子なのか？　そう問いかけたが、答が返ってくるはずもない。だが、本当に浩志が私の息子であってもいいではないか……。そう思えるようになっていたのは確かだった。

その夕、浩志は、岬の屋敷で過ごした。そして、その時間の大部分をクロノスの内部で費やした。

私が部屋を覗いたとき、クロノスのドアを開けたまま、浩志は実験を続けていた。クロノスで時を超える試みをするのであればドアは閉じて行うはずだ。しかし、その時の浩志はクロノスの試験的な稼動で各部の微調整に取り組んでいたらしい。

そのままの状態でクロノスを始動させていた。浩志はシートに腰を下ろしていた。

「大丈夫か？」

私は思わず浩志に声をかけていた。浩志はシートから腰を上げ、私に手を振った。

「大丈夫です。今日はクロノスの外部もチェックしたいんです」

そう浩志が答えると機体の表面に何色もの光点が走るのが見えた。

あの時と同じだ。「パネルは復元しました。推進跳時装置は外部に取り付けてあったと思います。それを確認したいんです」

浩志がそう言ってシートを下りてクロノスの外へ出てこようとする。クロノスを取り巻く空間が歪み始めていた。まさに前回の再現だ。なぜ、空間が歪むのか、歪んでいるように見えるのか？

浩志は機体の縁に沿って点検する。そのとき、私にはわかった。クロノスの底部に光が見える。そこに何か部品があったのではないか？ 今は部品の形だけを残している。そこから何かが脱落したのではないか？

「あそこではないか？ 何かが、あの外殻に付いていたのでは」

その場所を示そうとして私はクロノスの機体に手を差し延べた。

「危い！ やめて下さい」

浩志がそう叫ぶ。しかし一瞬遅かった。私の手が歪んだ空間の中に入った。私は単に光が屈折しているだけなのかと思ったのだ。浩志も歪みの中にいた。しかし、みるみる腕が熱くなっていく。表面ではなく腕の内部から。まるで電子レンジの中に腕が入ったような感触だったろう。

あわてて手を抜こうとした。自分の喉から悲鳴が漏れるのも聞いた。浩志がクロノスの内部に飛び込みメインのスイッチを切った。

目の前で空間の歪みがおさまり、クロノスの震動も走る光点も瞬時に鎮まっていた。

「大丈夫ですか？」

クロノスから出てきた浩志は私の腕を見て眉をひそめた。どうも私は火傷を負ったようだ。まさか、本格的作動をしていないクロノスの表面に近付いただけでこれ程のダメージを負うとは。あれ以上クロノスに近付いていたら、どのような肉体的影響をうけていたことか。それは、私だけではなかった。浩志も同じように腕も顔も軽い火傷を負っていた。

「君の方がひどいんじゃないか？」

クロノス周囲が特殊な場となっている。それは人間の肉体には危険な環境なのだ。

「ぼくは……大丈夫ですよ」と浩志は言ったが、とても大丈夫なようには見えなかった。痩せ我慢だろう。今の状態で、このような危険性を持つとしたら、すべての部品が備わったら、クロノスはどれほどの影響を周囲に与えることになるのだろう。それを考えると、私は恐怖を感じた。ひょっとして、クロノスが未来から飛んで来たときに故障を引きおこした原因は、このようなところにあったのではないかと連想してしまったほどだ。

幸い、浩志の火傷は皮膚にその痕跡(こんせき)を残すことはなかった。ただ、その痛みは浩志を長いこと苦しめたようだ。

クロノスを完全停止させた状態で私は浩志に気になる表面の孔(あな)を示した。

「そうかもしれませんね。この孔の上部あたりが、例の正体不明のパネルの位置になります。ここに本来あるべき部品があると思います」

「それが、推進跳時装置というわけだね」

「そうだと思います。そして、それが脱落したからこそ、クロノスにさまざまな障害が起ったのでしょう」

「その装置は君には再現できないのかね」

浩志は悔しそうに首を横に振った。

「まったく、ぼくにはわかりません。ブラックボックスのようなものだと思います。しかもそんな機能の部品がこれだけの小ささだと思うと、現代の技術では、はなから歯が立たない気がします」

そう告げる浩志に私は感じていた。彼が、クロノスの復元に絶望し始めていることを。

ここで諦めてしまうのなら、私の二の舞いになってしまう。私は口にせずにはいられなかった。

「ひょっとしてクロノスのことを諦めたわけではないだろうね。もし、クロノスの復元を諦めるのであれば、それは杏奈を救うことを諦めたことと同じなのだからね」

そう私は言った。「わかっています」と浩志は答えたが力がないのが明らかだった。

正月を浩志は岬の屋敷で私とともに過ごした。だが、その間、クロノスの部屋に行こうともしなかった。新しい情報もなかったのだろう。クロノスについて何も試すこともない。クロノスの前に立てば自己嫌悪に陥ってしまうのかも知れなかった。

浩志の年齢の頃は、正月を過ぎると、あと何日で杏奈に会えるのかと指折り数えたものだ。そして杏奈の笑顔をいつも心に思い描き、このような運命を呪っていたものだ。今はどうだ。もちろん今も杏奈が目の前に現れたらどれだけ嬉しいことか。しかし、どれだけ渇望しても、そのときにならなければ杏奈は現れない。それもわかった。

これは老化なのか？　あるいは則天去私という心境か？

浩志は冷静さを装って(よそお)も、常に杏奈と過ごすことができたらといったさまざまな想(おも)いが、胸中には去来しているであろうことは容易に想像できた。

夢のまた夢だ。

クロノスの部屋に籠り始めたのは大寒を過ぎた頃からだ。浩志の年齢がこれから更に杏奈と離れていくことを考えるといたたまれなかったのだろう。もちろん成果らしいものはない。

杏奈が訪れる前に、学年末試験を受けるために浩志は大学院に戻った。

その隙を盗むように荒戸は私の前に現れたのだ。

気がつけば、荒戸は庭先の私の目の前、宙空数十センチの位置でにこにこ笑いながら浮かんでいた。なぜ浮かぶことができるのか不思議だったが、よく彼を見ると納得できた。身体が半透明なのだ。つまり、私がいる時間軸に半ば存在し、半ば存在していないようなものだからだろう。私が連想したのは幽霊というより『不思議の国のアリス』に登場するチェシャ猫だった。

「珍しいな。荒戸さんは何か用事があって現れたのかね？」

荒戸は完全に実体化すると同時にゆっくり着地した。

「用事があって？　ほほう、また私は消えていたのか。別に用事はないけれど、意味があって出現したということだと思いますよ。私のせいでもない。白瀬さんでもない。未知の意志が働いたということかな。感じることはあります。運命的なできごとが近付いているということ。そんなことです」

「運命的なできごと……それは何だ？」

「こちらのお嬢さんが時空の虜囚となった原因は、浩志さんが言っていた推進跳時装置の脱落のためだと。その事故発生の時点が近付いているんだと。それが私が実体化させられた理由じゃありませんかね」

荒戸の説明は、わかり易かった。クロノスが過去へ跳び続けてある時点で部品脱落事故を起す。しかし、過去への跳躍はその時点ですぐに止まることなく、更に数十年を遡ってやっとクロノスの静止を見ることになった。

おかげで、杏奈は特殊な時空に捕われ、また春待岬そのものが、異常な場と化してしまったということだった。

「荒戸さんが、不規則に出現したり消失したりすることも関係あるのかね？」

荒戸は、頷いたものの肩をすくめた。そこまでは自信がないようだった。人には、それぞれ知ることができる限界があるのだろう。私もそうだし、浩志もそうだ。それは時を跳ぶ荒戸にしてもそうなのだろう。時を支配する神でもなければ。

「関係あるかどうかはわからないが、感じたことを伝えるために現れる。そんな役を私に与える存在がいるのかもしれないよ」

そう荒戸が言ったが、私が考えていたようなことを口にしたのは驚きだった。

私ももの淋しくなっている時期だった。その頃は、私の楽しみに、酒を嗜むということも加わっていた。

「どうだろう。私と、アルコールを一杯つきあうというのは」

荒戸は、昼間から酒をつきあってくれた。私は、屋敷の奥の酒庫から見つけたたくさんのワインから一本を抜いて荒戸に奨めた。もっと荒戸と話したかった。昔のことも語り合いたかったし、荒戸が跳んだ未来のことも聞きたかった。そして、今、荒戸が予知しているらしい正体のわからない〝運命的なできごと〟についても、もっと詳しく知りたかった。

だがそれはかなわなかった。

「なぜ、この時期に私が白瀬さんの前に姿を現したのか、意味があるかどうかは、わからないが、これからずっとこの時間に居られるわけでもないようだ」と荒戸は言った。「だが、居なくなっても、運命的なできごとの前にはまた戻ってくるよ。そして白瀬さんに教えるよ。これがそうだ！　ってね」

　ワインを飲む荒戸は、そう言いながら、実に満足そうだった。だが、その手に持っているグラスが床に落ち砕け散った。

　肩をすくめる荒戸は、半透明に変化していた。「じゃあ、また現れるよ」と言い残すと首が消え、やがてすべて消えてしまった。


　荒戸が、嵐で行方不明になった後、春待岬の〝場〟は彼を未来へと連れ去った。そして荒戸の能力は改変されたのだが、それは誰が何のために施したのかは、わからない。ただかつての荒戸とは格段の変化をとげた彼もすべてを知っているわけではないようだ。次に現れたのは、春待岬の桜が蕾をつけ始めた頃だった。朝、庭に出て、いつもの習慣で桜の枝に目を近付けて蕾の大きさを確認する。それから、海を眺める。

　庭と崖の境に目をやると荒戸の後頭部だけが揺れているのが見えた。

「荒戸さん」と声をかけると、彼は振り返り悪戯っぽくにたっと笑った。「いつだったの？」

「今だよ。なんだか懐しくなって、海の向こうをずっと見てました。いつまでも飽きないから」

それから、庭に両手をついてよじ登った。

「いよいよだねえ。だから、私は姿を現せたのだと思う」と謎の言葉を吐きながら。

浩志が屋敷に姿を見せたのも、その日の午後だった。偶然ではなかったのだろう。

すべてが意味を持って一点に集中し始めた。

夕食は私たち男ばかり三人というむさ苦しいものだった。それでも、私一人で黙々と掻きこむ夕食とは異り、にぎやかなものになった。

「今回が、どれほどの意味を持っているかわかりますか?」荒戸がもったいぶって言う。

「杏奈さんを救うことができる最初で最後のチャンスだということですよ。これを逃したら、クロノスを作動させることができません」

荒戸の日の動きから、私にはハッタリ等ではないとはっきりわかる。浩志にもその重大さが伝わったのだろう。背筋を伸ばしていた。

「これまでと何がどう違うのですか? 荒戸さんはどうやればいいかわかっているのですか?」

そう尋ねられた荒戸は大きく頷き、真剣な表情で口を開いた。

「私が嵐の日から未来に跳ばされたときからそうです。時を跳ぶときに、他のものは何も見えない。しかし、稼動しているクロノスだけは、はっきり見えました。それも一度だけではない。時跳びの体質を得てからは、この春待岬の特殊な〝場〟の中を何度も往復しています。そして、いつもクロノスを目撃します。未来から過去へ跳ぶクロノス。そして、衝突事故を起して部品を脱落させるクロノスを」

私と浩志は顔を見合わせていた。偶然ではない。私が引っかかったのは浩志と同じだったようだ。すぐに荒戸を遮って浩志が尋ねた。

「クロノスが衝突事故？　それが故障の原因ですか？」

「そうです。その衝撃です。部品が落ちたのは」

「推進跳時装置と私が呼んでいるものですね」

「そうです」

「未来から過去へ跳んでいたクロノスが衝突したって……。何と衝突したんですか？」

「クロノスとですよ」

一瞬、私は意味がわからなかった。だが、そのとおりの意味だったのだ。「浩志さんが必死で復元しようとしているクロノスが、そのとき半稼動の状態だった。だから、クロノスは二重存在になった。つまり激突したというわけです。部品を脱落したクロノスは、このあたり一帯の空間に変調をもたらし、杏奈さんや秋彦さんにも影響を与え、機械そのものはオーバーランで、もっと過去へと飛び去ってしまったのですよ」

しばらく沈黙があった。浩志も私も、それが何を意味するのか考えていたのだ。

「では、今、クロノスに手を加えなければ、未来から跳んでくるクロノスとの衝突は避けられるということですか?」

「そういうことですが、それでは歴史は変ることになる。杏奈さんも秋彦さんも無事に目的時間に到着し、白瀬さんとの出会いもない、浩志さんも存在するかどうかわからない。そんな世界が生まれる可能性はある。と、同時に私たちもここに取り残されて、欠陥クロノスと、やはり時の檻(おり)に捕われたままの杏奈さんがいる宇宙も平行して存在するようになるかもしれない」

そういうこともあって不思議ではない。誰も正解は知らないのだから。

「しかし、唯一(ゆいいつ)、歴史を変更せずに解決する方法があるのです」そう荒戸は付け加えた。

「なぜ、その時点で激突したか? 衝突はもっと未来でもおかしくないと思いませんか?」

「より未来では衝突しない理由があるのですよね」

「そうです」と荒戸が頷く。

浩志の表情が輝いた。パズルが解けた表情だった。

「ひょっとして脱落した推進跳時装置を回収して、こちらのクロノスに再装着できれば航時能力を回復できるということですか」

「そのとおりです」

なんと、そんなに簡単なことだったのか。確かに今の私たちの科学力では推進跳時装置を作ることはできない。そうであれば、未来からの落しものを利用するという手が残されている。

「では、未来からのクロノスが跳んできて、こちらのクロノスと衝突するのを待っていれば、クロノス稼動に必要な未知の部品は手に入るということですか？　だから、以降の未来で衝突は起らないということですよね」

「私が、脱落した部品を見たのは数瞬のことです。それが、再度、装着されたということかもしれませんし、この時空から何処(どこ)かに弾(はじ)かれたのかもしれません。もし浩志さんが考えるように脱落した部品を再利用できるとすれば、やってみる価値は十分にあると思います」

「荒戸さんは、何度か、その部品の脱落を目撃しているのですよね。その部品が消滅するまで、どのくらいの時間の余裕があるんですか？」

荒戸は肩をすくめた。右腕の装置を見せた。私と浩志が親子だと判定した例の装置だ。

「反射的に、時間を測定していました。衝突して部品が脱落し、消滅するのに十三分。十三分がタイムリミットです」

余裕のある時間幅ではなさそうに思えた。部品の形状も不明なのに。

「とにかく素早くやり終えるしかない。もたついたら装着作業の途中でも部品は容赦なく時空の彼方(かなた)に消え去るかもしれない、ということです」

「具体的には、どんな手順ですかね」私が尋ねると、浩志が荒戸の代わりに言った。

「こちらのクロノスは半稼動にしないと、衝突しないのですよね。だから、ぼくは杏奈さんをクロノスに乗せ、いつでも作動できる状態で待機します。衝突後、部品を回収して装着します。それでいいですか？」

気になったのは、そのときクロノスを覆(おお)う空間は特殊な場になっているということだ。瞬間的に場に入っただけでも激痛と炎症を受けた記憶が蘇る。

「それはやめた方がいい」と荒戸は言った。彼は例の右腕の装置を浩志に示す。

「浩志さんは、クロノス内部でドアを閉じて杏奈さんといつでもスタートできる状態でいて下さい。特殊な電磁波が並の人間には危険すぎる。私が脱落した部品を装着します。これで自分を防禦フィールドで覆えるから。作業終了したら、すぐにクロノスを本稼動させればいい」

「荒戸さんは、部品の装着はできるのですか？」

「ああ、脱落部品を見た限りでは、それほど大きなものでも複雑なものでもない。嵌めこみ式で簡単に装着できるからこそ、簡単に外れてしまったのでしょう」そう自信を持って答えた。そのとき、初めて浩志の目に笑いが宿った。

「そのまま、クロノスを停止させれば、杏奈さんを、我々と同じ時間軸に連れ戻せるわけですね。もう杏奈さんは消え去ったりしないのですね」

荒戸が、その通りだというように頷いた。

「しかし、荒戸さんは、これまでも突然消えてしまうことが何度もあったじゃないか。一番大事なときに、消えてしまったりしないのか？」

そう私が尋ねると、荒戸は思い出したようにワインを飲み干してから口を開いた。

「今度は、時間の涯の誰かが、猶予を与えてくれている気がしてなりません。わかるのですよ。しばらくは、私はここにいるんだということが」

荒戸がそう感じているのであれば、きっとそうなのだろう。私は少しあっけなさも感じていた。私が半生を費したことの意味があったのかという想いと、そしてなぜに今、という想いが交錯していた。同時に、やっと杏奈を取り戻すことができることに、ときめいている自分を感じてもいたのだった。

浩志は、涙を止めることができずにいた。嬉しさのあまりだろう。その輝く表情に、私は羨しさを感じていた。

それから、私は酒庫からもう一本のワインを持ち出していた。思う存分に飲みたい気分だった。久々に三人で意識をなくす程に痛飲した。ワイン一本で済むはずもなかった。浩志と荒戸が交互に酒庫へ足を運んだ。

「必ず、杏奈さんを救います」

そう浩志が宣言したのを覚えている。そう浩志が叫んだことで私の中にあった嫉妬に似た感情がみるみる鎮火されて、爽かさだけが残ったことを覚えている。

その夜は、どのように終ったのかも定かではない。酔いが進むにつれ、意識が融け去ろうとするのを感じていた。そのとき、ふと、女性の顔が浮かんでいた。そうだ。あのとき以来だ。これほど飲んだのは。

脳裏に浮かんだ女性は杏奈ではなかった。

浩志の母親である青井梓だった。

翌朝、頭痛を呪いながら身を起したときは、そのこと以外は、何を話したのか、どのように眠りについたのか、何も覚えていないことに愕然としたものだ。

「昨夜は、よほど、白瀬さんは嬉しかったのだろうね。あんなに多弁になる白瀬さんは初めて見たような気がする」

荒戸がそう私に耳打ちしたときは、ぞっとしたものだ。

「私は何を喋ったんだね」

荒戸が肩をすくめた。

「まさか、私は浩志に何かを言いはしなかったろうか？」

荒戸も、そこまでの記憶はなかったようだ。浩志の宿酔いも相当なものだった。

「何か、昨夜のことを憶えているかね？」と私が問い質すと申し訳なさそうに浩志は頭を下げた。

「ワインを三人で一本飲んだところまでは、はっきり憶えています。しかし、これだけ空瓶が転がっていて、呆れました。本当にぼくらだけで飲み干したんですよね」

やはり酒を飲んだら記憶を喪失するという体質を私から引き継いでいるというのは幸いだったし、皮肉なことだった。

運命の時は確実に、近付いてきていた。杏奈を閉じた空間から解き放つことができる運命の時まで。

しかし、浩志もそうだったろうが、私も心配していたことが一つある。今年、ちゃんと杏奈が還ってきてくれるか、という不安だった。もし、裏年だったとしたら、タイミングよくクロノスを修理できたにしても杏奈がいないのであれば意味がない。また次の一年を待てばいいのだろうが、部品がその間に消失してしまうことはないのだろうか? そうなれば、杏奈を救う機会は永遠に失われてしまう。

だが、荒戸は、その不安を拭ってくれた。それだけではない。クロノスが衝突するX時まで、彼は知っていたのだ。

「言ってませんでしたっけ。過去からのクロノスと未来から翔んでくるクロノスが衝突するのは三月三十一日の午前零時ですよ」と彼は告げた。それは奇しくも例年、杏奈が春待岬に帰還し、消失するまでの時間のまさに中間にあたるのだ。

「もし、今年、裏年にあたったら、杏奈さんは還ってこないということもありますよね」

浩志がそう尋ねた。彼もやはり私と同じ不安を抱いていたわけだ。だが、荒戸は声をあげて笑った。「何を心配しているんです。今年は、お嬢さんは、杏奈さんは……還ってくるに決まっているではありませんか」

「どうして、それがわかるのですか？」

その質問の方が、荒戸を驚かせてしまったようだ。

「えっ。出現の法則からいけば、今年は杏奈さんは還ってくる年ではありませんか」

荒戸の頭脳の中には、私たちにはまだ見いだすことのできていないいくつもの物理法則が渦巻いているようだった。その法則が真実かどうかは疑うことはしない。それを荒戸が教えてくれただけでも、大きな心の支えとなった。

やがて、桜の蕾が膨らみ、その朝を迎えた。私も浩志も杏奈の出現を待っていた。そしてその日の朝は荒戸も。

荒戸は、杏奈にとっては初対面のはずだった。荒戸が現れてからのこの一年がなんと濃密だったことか。そんなことを杏奈が現れるまで、ぼんやりと考えていた。変化していた荒戸。荒戸によってもたらされた情報。皆に生まれた杏奈を救う希望。

まだ暗い時間に私たちは三人揃(そろ)って庭に出た。まだ陽は昇らないが、少しずつ海が明るくなっていく。そして、水色の淡い色彩のワンピースを身につけた杏奈を私たちは迎えることができた。

私たちが声をかけるより早く、桜の樹(き)の横で杏奈は呟(つぶや)くように言った。「また、一年経（た）ったのですね」

その通りだったのだが。

約束されたかのように、杏奈の頭上で桜の花が数輪、開花していた。

それから、私たちを一人ずつ見回した。杏奈は変らない……。最初に見かけた杏奈のイメージのまま。ただ、私が齢（よわい）を重ねているから、杏奈を幼く感じることはあるかもしれないが。

杏奈の視線が浩志で止まった。

「浩志さんは、また大人の顔になったのですね」

「ええ」とそれだけを彼女に言った。私と荒戸がいるから、もっと話したいことをこらえているのだろう。そんなことは承知しているというように杏奈は頷いていた。私には、言葉を交わさなくても杏奈と浩志の間でわかりあえていることがあるように思えてならなかった。私の気のせいだろうか？

それから、杏奈の視線は浩志の隣の荒戸に移った。私が荒戸を紹介しなければならないだろう。しかし、どのように紹介すればいいのか。

「彼は荒戸さんというんだよ。前から杏奈のことを知っていた人だ。私にも、彼が杏奈のことを教えてくれた……」

杏奈が何の疑問もなく頷いていたのが意外だった。

「知っています。前に荒戸さんという方は、よく見かけていました。その…海に続く…切り立っているところから、首だけ見せて庭を覗きこんでましたよね」

荒戸は驚いて目を見開いていた。杏奈は、荒戸の存在に気がついていたのだ。杏奈にしてみれば、それほど遠い昔のできごとではないのだから。そして、それは荒戸にとっては万更でもなかったらしい。驚きから苦笑いの表情に変ったのだから。

それから、杏奈を囲んでのお茶会。

秋彦兄さんが残した発酵茶を私が淹れる。杏奈は、「この前よりも美味しい」とはしゃぐ。私は杏奈が喜んでくれさえすればいいのだ。もう杏奈を私が独占しようとも思わない。そんな人生の時期はとうに過ぎているのだから。

「このお茶は、どうやって淹れたのですか？」

浩志が真剣な表情で私にそう尋ねてきたのは嬉しかった。

「うん。近いうちに正しい淹れ方を教えてあげるよ」と私は答えるにとどめた。

その日は、私も浩志も、そして荒戸もクロノスを使った試みについての話題には誰も触れなかった。浩志は私がその話題について口火を切るべきと思ったのか。荒戸は、自分からそのことについて話す立場ではないと思ったのか。私も、どのように話すべきなのか、揺れていた。

翌日、昼間に浩志と杏奈が二人っきりで過ごしていたときに杏奈には伝わったのかもしれないが、四人揃った夕食のとき、私の口から杏奈へは「実は——」という形で語られることになった。

私たちと同じ時間軸で杏奈が過ごせる方法がやっと見つかったことをまず伝えた。クロノスを正常に作動させることができるかもしれないと。

そのとき、杏奈が、それほど感情の動きを見せなかったこと。浩志からすでに聞かされていたにちがいない。それから、私が荒戸から聞かされていた部品出現のX時と、どのような手順でクロノスを動かすかということを、杏奈にできるだけわかり易く告げたつもりだ。杏奈は静かに何度も頷いていた。ひょっとして正常な時間軸に戻ることを杏奈は望んでいないのではないか？

だが、そうではなかった。杏奈は肩を小刻みに震わせていた。彼女の頰をゆっくりと涙が伝っていくのを私は見た。

「ありがとうございます。嬉しいです」と杏奈は言った。「皆で、私のために考えてくださったのですね。申し訳ありません。そして、このことを秋彦兄さんにも知ってもらいたかった」

私には、それは杏奈の本音だということがわかった。どれほど杏奈はあたり前の時間を生きたかったことか。秋彦兄さんと同じく成長し、私と一緒に暮らし、私とともに年齢を重ねる。そんな普通の人生が送れるようにすると私は彼女に約束した。しかし、できなかったのだ。今、普通の人間と同じ時間を生きることができるようになると聞かされて、すぐに実感が湧かなかったに違いない。私は安堵したと同時に杏奈に申し訳ない気持でいっぱいだった。こんなにも、待たせてしまった。

浩志は例年にも増して、杏奈を気遣ってやっているように見えた。確かに、クロノスで杏奈を救ってやれる刻が近付いている。しかし、私にも浩志にも〝絶対〟かどうかは確信が持てない部分がある。それは杏奈本人にとっても大きな不安ではないのか？　浩志の心配りは当然のことだろう。

そして、確実に、その日は近付いてきた。杏奈に付き添う浩志を見る度に、さまざまな想いが去来した。しかし、もう私には少なくとも嫉妬する気持は存在しない。ただ、そのとき、私に出来ることは祈ることしかないと考えていた。杏奈が普通の幸福を手に入れてくれることを。

過去と未来のクロノスが衝突し、部品が出現し、クロノスは正常な機械へ復元する。そのとき、私には傍観するしかないのだ。もうその時までは数日だった。私は、庭に腰を下し、これまでの人生を振り返っていた。思えば、杏奈に捧げた一生だったな、と。これで、自分の人生は正しかったのだろうか？

いや、後悔だけの人生を送った者も多かったはずだ。やりたいことを我慢して一生を過ごした人もそうだろう。自分はどうだ。成しとげることはできなかったが、やりたいことをやる道を選んできたではないか。それだけでも後悔はしないだろう。

「健志さん」

名前を呼ばれたのは、ずいぶん久しぶりのことだ。誰が呼んだのかはすぐにわかった。椅子(いす)に腰を下したまま振り返ろうとすると、杏奈が私の横にいた。彼女は一人だった。

「浩志と一緒ではなかったのかね」

「苓浦町へ行ってくると言ってました。すぐに帰ってくるそうです」

杏奈を置いて出掛けるとは、浩志にしては珍しいことだった。

「そうか。どうしたんだい。何だかあらたまった様子だが」

「ありがとうございます」杏奈が、そう言う。

私の胸が激しく鳴り始めていた。どうしたというのだ。

「どうした。杏奈」

「秋彦兄さんが逝ってから、これまで健志さんにずっとお世話になってお礼も言っていなかったから」

「私こそ、申し訳なかった。杏奈を救い出すと言いながら、とうとう果たせなかった。謝らなければ」

「今でも、健志さんが大好きです。でも、健志さんは私のことを避けているんでしょう」

「そんなことはない。私は避けたりはしない。しかし、今は、杏奈は私の娘のように見えて仕方ないんだよ。そんな意味で愛しているよ。浩志とは、うまくいっているんだろう？」

「ええ。でも浩志さんは若い頃の健志さんとおもかげが重ってしまうの。どういうことなの？」

「若さということだろうね。浩志は本当に杏奈のことが好きなんだよ。私が浩志くらいの頃、そうだったように。私にはもう残っている時間が少ない。でも、杏奈がこの世界で生きていけるようになったら、浩志とならずっと一緒に過ごしていけるんだよ」

杏奈は、何も言わずに黙って私のことを見ていた。「浩志のことを頼むよ。私よりも、杏奈は、浩志といる時間の方が永いのだから」

すると、もう一度杏奈は私に言った。「健志さん。本当にありがとう」

私は水平線の彼方へと視線を移すしかなかった。涙が溢れてきたからだ。水平線は歪(ゆが)んでしまい、はっきりと見ることはできなかったのだが。

そのとき浩志が邸(やしき)へ帰ってきた。私は少し声を荒らげた。

「何も言わずに、どこへ行っていたんだ。杏奈をひとりにして」

すると、浩志は申し訳なさそうに手に持っていた包みを杏奈に渡しながら言った。

「もうすぐ、その時が来ます。そのとき、正直、何が起こるのかわからない。だからこそ杏奈さんには、一番美しい姿でいてもらいたいと思ったんです。だが、杏奈さんは自分を飾るものを何も持っていない。ぼくにもわかりませんが、今、苓浦町で買い求めてきたところです」

包みから杏奈が取り出す。口紅だということは私にもわかる。そして、男にはどう使うのか想像もつかない品も次々に出てくる。化粧品だということはわかるのだが。

そうなのだ。杏奈も少女から女へと変ろうという時期に入ろうとしていたのだ。私が気がつかなかっただけのこと。

そして、浩志は訪れる運命の刻に杏奈を一番美しい姿で迎えさせたいと願ったに過ぎないのだ。

私は、浩志の肩を何度も軽く小突いてやる。「よくやった」と。その気持は浩志にはちゃんと伝わったはずだ。

杏奈は感動したように、浩志からの贈りものを両手で胸に押しあてていた。


三月三十日の夜が訪れた。食事をすませると、私たち四人はクロノスが鎮座する部屋へと移動する。私は、部屋の隅でその結果を見守る。

私にはそれだけしかできないのだ。

浩志と杏奈がクロノスに搭乗する。そして衝突を荒戸が予言した時間の少し前から、始動準備に入る。

後は、未来からのクロノスとの衝突によって出現するであろう推進跳時装置を荒戸が装着する。そして、浩志がクロノスの航時能力を使い、杏奈の存在できる時間軸を固定させる。

杏奈は私たちと同じ時間軸に帰ってくるはずだった。それからは、杏奈が帰ってきてから今日までの時間と同じように続くことになる。

そのための特別な儀式は必要ないと考えていた。心の中では一抹の不安を持たないではない。だが、言葉にすべきではないと考えていた。

十一時を回って部屋に姿を見せた杏奈に私は思わず嘆声を漏らしていた。

杏奈は唇に紅をさしていた。これまでも十分に美しいと思っていた。だが、それは完璧ではなかったのか。今、私の前に立つ杏奈はまさに女神だった。真白い雪のような肌に紅が恐いほど映えた。そして白いワンピース。眉はいつになく杏奈の意思の強さを示していた。やはり化粧が施された効果なのか。それよりも杏奈が化粧の方法を知っていたことが驚きだった。

「そろそろ準備のために乗り込みます」と浩志が立ち上った。「杏奈さんは、まだ、いい」

荒戸が、右腕の奇妙な装置を突き上げるように示してみせ「こちらはいつでもいいから」と叫んだ。

クロノスの機体の表面に光点が走り始めていた。クロノスのドアが開き、浩志が顔を見せた。

「杏奈さん。そろそろ中へ」

杏奈は頷き私に振り返った。

「いろいろとありがとうございました」そう言うと杏奈は右手を私に差し出した。そして、小さな声で「入口まで、一緒にお願いできますか？」

「ああ、かまわないよ」

私は杏奈の手をとり、ゆっくりとクロノスのドアへ歩き始めた。思わず杏奈の柔かい手を握りしめて。風景が歪んだ。幼い頃からのことが走馬燈のように浮かび涙が溢れるのだ。まるで、自分が、花嫁の父になったような錯覚があった。バージンロードを娘と腕を組んで進むような。

ドアの内部から浩志が手を伸ばした。私は握っていた杏奈の手を浩志に渡すと、ゆっくりと後ずさった。大丈夫だから……。そう、彼女に頷きながら。

壁に目をやると、カウントされた数字が、十分を切っていることがわかった。ドアがゆっくりと閉じられる。

私は荒戸が立っている場所へと急ぐ。すべてが予定通りだった。私は膝が震えていた。立っていられるだろうか？

床が震動する。浩志がクロノスを始動させたのだ。

「もうすぐ未来からクロノスが現れる。そうしたら」と荒戸が言った。脱落した部品を浩志と杏奈が乗ったクロノスに装着する。そう言いたいのだろう。だが……。

急に荒戸の様子が変った。あわてて腕の装置をはずそうとする。

「何やってるんだ。今、腕からはずしたら危ないことになる」と私が叫ぶ。

「これを白瀬さんがはめるんだ」

「何を言ってるんだ」

「こんなはずじゃなかった。消えそうだとわかる。今頃来るなんて」

まさか……。一番、大事なときに。荒戸がいなくなるなんて。

「これを」腕の装置を私に差し出したときだった。間に合わなかった。手に持って差し出した装置ごと、次の瞬間に荒戸の姿はなくなっていた。

なんで、今……。

荒戸は言っていた。しばらくは消えない、と。それが、一番肝心なときに、どうしていなくなる。彼には脱落した装置を装着するという何よりも重要な任務が控えていたのに。

そのときクロノスの機体が発光した。

機体のすべてがガラス状に透明化していく。そして、私の目からシートに腰を下ろした浩志と杏奈の姿が見える。浩志が立ち上がる。外の様子がわかったらしい。浩志にも、荒戸が消えたことはわかったのだ。

浩志はドアを開こうとしていた。荒戸の代わりに浩志自身で部品を装着するつもりなのか。
壁を見た。カウント・ゼロだ。
凄(すさ)まじい衝撃音が部屋中に響いた。閃光(せんこう)。
爆発が起ったのかと思った。
目を疑った。クロノスの機体が二重に見え、閃光を放つ。
衝突の瞬間だった。
すぐに光は消える。代わりに床に何かがぶつかり弾ける音が聞こえた。
眩(くら)んだ目で、その音の正体を必死で探す。
未来から跳んできたクロノスは、すでに過去へと弾け跳んだようだった。代わりに
……。
あった。
クロノスの機体の下を転がる円筒形の金属。
あれこそが、荒戸が言っていた脱落した部品ではないのか。
推進跳時装置。
私は両手を上げ、クロノスのドアを開こうとする浩志に叫んだ。
「やめろ。出るな」

外は危険すぎる。浩志は機内の杏奈を守らなければならない。

クロノスは特殊な場に覆われている。それが人体に過酷すぎる影響を与えることは、誰よりも私が知っている。

いったんクロノスを停止させ、装着する方が安全だろう。

しかし……。それでは効果が万全かどうかわからない、と荒戸は言っていた。荒戸は、いつ再び現れてくれるのか？　あてのない話だ。

そして、脱落した部品に目をやる。

余裕がそれほど残されていないことは、すぐにわかった。私の太股(ふともも)ほどの大きさの円筒形部品は、先端がぼんやりとしか見えない。目のせいではない。脱落した推進跳時装置が他の時空に消えさろうとしている。愚図愚図と迷っている暇はない。

そのとき、私にはわかった。私がこれまで生きてきた理由。私が存在しなければならなかったのはなぜか。私も、浩志も。

浩志が大きく口を開くのが見えた。浩志だけではない。杏奈も立ち上っていた。

クロノスの機体の下に転がる円筒形の部品を両手で抱えた。金属製だが、見た目程は重量を感じなかった。確かに輝いている先端部の金属が消失しようとしている。

そのとき、気がついた。顔も手も……いや全身を灼(や)きつくすような痛みが走っていることに。クロノスから逃げ出したい。しかし、そうしたらすべての機会を放棄するに等しい。

どのように部品を装着すればいいか。私には一目でわかった。これまで、わからずとも、どれ程クロノスの欠けた空間に想像を広げてきたことか。どちらの向きに装着すべきなのか、上下がどちらなのか私には一目見たときからわかっている。

この痛み……激烈な肌を焦(こ)がすような痛みさえなければ、装着に数分もかからないのに。

両手で推進跳時装置をクロノス底部の穿(うが)たれたような円形の孔へと近付ける。もう駄目かもしれない。そう呟いていた。無意識に唇がそう漏らすのだ。部品の先端が半透明になりつつあった。腕から力が抜けていく。

顔を上げると、杏奈の泣きだしそうな瞳(ひとみ)があった。声は聞こえないが、何か叫んでいる。拳(こぶし)でクロノス内の壁を叩(たた)いていた。

私の名を……呼んでいる。はっきりわかる。そう唇が動いていた。健志さん……と。

それを見たから踏んばることができた。この部品を装着したら、もう死んでもかまわないのだ。何の悔いもない。

先端が消えかかる。部品としてちゃんと機能するのだろうか。すぐに再び脱落するのでは。

邪念をはらい落とし、気持を無に帰して両腕にすべての力を込めた。入った。

クロノスのすべてが発光する。目の前が太陽と化したかのようだ。熱、そして衝撃。

どこかへ自分が跳ね飛ばされるのがわかる。

すべてが瞬(まばた)きの間に起ったことだ。

足に続いて背中が何かに叩きつけられるのがわかった。

痛みが消えたのが幸いだった。私は今、どうなっているのか？　それ以外のことが何も思い浮かばなかった。

目が眩んでいた。その直後、闇(やみ)が訪れた。

これが死というものなのか？　という疑問がふとよぎった。

周囲が漆黒となった理由を私はやがて知った。

クロノスが消失していたのだ。

そのまま私の意識のスイッチは切れてしまった。

どれくらいの時間が経過したのだろうか。私の名を遠くから呼ぶ声で目を開いた。

荒戸が私の顔を心配そうに覗(のぞ)きこんでいた。

再び荒戸が帰ってきたのだと、ぼんやりとわかる。身を起しかけて全身の皮膚に痛みが走り、一瞬にして記憶が蘇った。ここはどこだ。あわてて周囲を見回した。クロノスの部屋だった。

しかし、クロノスはなかった。そのおかげで随分と部屋が広く感じられる。

全身の激痛は少しずつ鎮まっていく。

「クロノスは？」それだけを知りたかった。

「消えていますよ」と荒戸は答えた。

「杏奈は？　浩志は？」

荒戸は首を大きく横に振った。それが、何を意味するのか……。推進跳時装置を装着して完全なクロノスに復元したのであれば、そのままクロノスを停止させ杏奈を正常な時間軸に連れ戻せるはずだったのだが。そのまま、クロノスごと消失してしまうとは考えなかった。

二人は何処へ消えたのか？

遥かな過去？　それとも未来へ？

手がかりは何も残されていなかった。荒戸が戻ったときにはクロノスは消え去った後だったという。

少なくとも、岬の時空間は正常化したのではないだろうか？　だから、いったんは消失した荒戸が呼び戻され実体化したということではないのか？

ひょっとして、脱落した部品を再装着する手順に間違いがあったのではないか、とも思う。あのとき、円筒形の部品の先端は半透明だった。他の時空へ消えようとする不完全な状態だったのではないか。だからこそ、クロノスの機体も消失してしまったのではないのか？

本来であれば、桜が散る頃まで屋敷にいた杏奈の姿は、以降、ふっつりと消えてしまったのだ。杏奈だけではない。浩志も還ってくることはなかった。

幸いなことに、私は身体を襲った変調から回復することができた。

それは花びらがすべて落ち、葉桜になった頃のことだ。

それから、この屋敷では、私と荒戸が二人で暮らすようになった。

クロノスが屋敷から消えたことで、荒戸は時空の気まぐれから解放されたのだろう。それまでのような突然の消失と出現はなくなった。だが、彼が未来で誰と会い、どのような処置を受けて舞い戻ったのかの部分は記憶が欠落したままだ。

私は、それでかまわない。荒戸と過ごしていれば、心地よく日々を過ごせるのだ。杏奈のことも、美しい夢を見ていたような気がする。

私の老化速度が正常に戻ったとしても、残された時間は限られているということはわかる。時々、無性に淋しさが襲ってくる。すると、いったい自分の人生は何だったのだろうという思いに捕われる。

何もなしえない空虚な人生だったのではないか？　切なさに涙が溢れそうになる。

荒戸に、そんな気持を伝えたことがある。すると荒戸は私に言った。

「すべてに満足した人生を送る人なんか、皆無だよ。皆、なにかをやり残している。そう思っていると思うよ。ああすればよかった。なぜやらなかった。後悔ばかりさ。一番は、これでよかった！と自分に言いきかせることさ」

そう言って荒戸は笑う。そんなものか、と私はそのときだけは少し気が楽になるのだ。

一人で庭に座り水平線を眺める。潮風を受けていると、さまざまな光景が蘇った。祖父母の家で過ごした日々。杏奈を初めて見たときの衝撃。秋彦兄さんとの約束。梓のおもかげ。

わかっていても、これでいいと言いきかせても、やりきれない感情が溢れ出してしまうのだ。

一年が過ぎ、桜の花びらが一輪ずつ開花していく。

覚悟していたが、杏奈が出現することはなかった。そう……クロノスは、あれから、どこへと向かったのだろうか？

時が果てる時まで、弾き飛ばされたのか？　あるいは、消滅してしまったということか？　ひょっとして、私が部品を装着した方法が間違っていたのか？　装着作業の完了がタイムリミットを過ぎていたのではないか？

果しなく自分を責め続ける私の所へ荒戸が知らせにきたのが、桜満開の頃のことだ。

「急いで、庭に！　庭に出て下さい」

私はゆらゆらと立ち上り、荒戸に誘われるままに庭に出た。

陽光に包まれ、桜の花が咲き乱れる春の庭があった。昨日と同じように。それがどうしたというのだ。

荒戸は庭の中央に立ち尽くし、空を見上げていた。太陽の眩(まぶ)しさから目をかばうように右手を額の上にかざしながら。

私も見上げた。

上空には信じられないものがあった。

巨大なクロノスだった。

私が脱落した部品を装着したときのままだった。だから外装は透明化したままだ。だから、内部の様子も、はっきりと見える。

杏奈と浩志がシートに座っている様子が。二人が宙空にいる。巨大な像として私たちに見えている。

二人は顔を見合せ、笑顔だった。そして、浩志は右手を上げ彼方を指差していた。

「まだ、クロノスは跳び続けているんでしょうか？」

荒戸が、そう呟くように漏らす。

「やはり欠落を抱えたまま出発したということかな？　部品がうまく機能していないということだろうか……」

「いや……」と荒戸は言った。「これは奇跡なんですよ。二人は、その奇跡を白瀬さんに見せに来たんです。彼等の行く先が過去でも未来でもいいではありませんか。あんなに二人が幸福そうにいられるのであれば」

頭上の現象は、それから十数分続き、ゆっくり青空の中に溶けこむように消えていった。

私の一生は無駄ではなかったと、その瞬間に信じることができた。杏奈はもう一人ぼっちではない。常に同じ時を過ごす人を得ることができたのだから。そして、その相手は私の生命の次の鎖を担（にな）う者なのだ。

幸せになってほしい。

無意識のうちに私はそう呟いていた。荒戸にそれが聞こえたかどうかはわからない。

荒戸は優しく私の背中を数度叩いた。私は頷いて、青空を見上げたまま潮風に舞う桜の花びらの中でゆっくりと椅子に腰を下ろした。

溢れる涙を隠すこともなく。

解　説

笹　本　祐　一

作家を志したときに決めたことが一つある。

自分の才能を疑わない。

自分の才能を信じて作家を志すのだから、これを疑いはじめたら話なんか進まなくなってしまう。自分が、誰よりもこの話をうまく書ける、自分が一番だと信じられなければ、作家などという職業は続けられない。

しかしまあ、何事にも例外はある。自分の才能を疑ってはならないと誓ったはずの笹本が、この人の才能はうらやましいと最初に思ったのは、笹本が作家となって二年も経たない一九八六年のことだった。『手塚治虫・創作の秘密』と題されたNHK特集の中で、すさまじい仕事ぶりを見せながら、神様はこう語っていた。

「アイディアだけならバーゲンセールにして売るほどある。だけど、描いてる時間がない」

デビューして四十年、生涯に描いたまんが原稿十五万枚、寝てる時間以外はぜんぶまんが描いてたんじゃないかと思うほどの出力を見せながら、なお、描きたいネタならいくらでもあるという神様に、テレビの前の駆け出し作家は圧倒され、はじめて他人の才能をうらやましいと思った。

実は、現役の作家に同じ台詞(せりふ)を直接聞いたことがある。それも、二度。一回は直木賞作家の佐々木譲に、そして、もう一回は他ならぬ梶尾真治に。

確か、信州で行なわれた地方SF大会の席上だったと思う。参加人数も少なく、同業のよしみでよくしてくれる梶尾真治に笹本は酒呑(の)んで忘れてしまうにはあまりにも貴重な話をいくつも聞いた。

話は、今どんな話を書いてるかから、この先どんな話を書きたいか、に広がる。その時に聞いた。「アイディアだけならいくらでもあるんだけどねえ、書いてる時間が、ない」

そりゃね、笹本にだって書きたい話、書かなきゃならない話はいっぱいありますよ。だけど、依頼されてる分量やら将来的展開やら今の興味やら様々な事情によって書ける話は限られてくるし、構想にぴたりと合う依頼が来るのは奇跡みたいな確率でしかない。だいたい、成り行きまかせの行き当たりばったりで話を展開するタイプなんで、笹本にとって創作とはネタを構想しているよりは展開に四苦八苦するものである。

そんな作家の個人的な職業事情はもちろん承知の上で、それでもアイディアつまりネタだけならいくらでもあるとは、やっぱり笹本は言えない。尊敬する先輩作家がそのレベルだったかと自分の眼力に安心すると同時に同じ土俵で勝負することは避けようと心の中で戦略方針も決定したのであった。

同じ席上で、梶尾真治の作劇作法も訊いた。当時の最長編の中での展開、とあるシークエンスで最大の困難をもたらすはずだった敵があっさり自壊してしまう事情について質問したのである。

梶尾さんの答えは、半ば予想していたものであった。そこに到る展開はすべて構想組み立て済みだったのだが、編集部の依頼枚数が足らずに書き込めなかったのだ、と。

作劇作法は、作家と作品の数だけある。梶尾真治の作劇作法は、小説内に描写されていることだけでなく、必要とあらば描写されていないことでも考えて作っておくことだとその時に確信した。

だから、本作でも描写されていないいくつかの事柄については梶尾さん、きっとちゃんと考えてあるんだろうなと思う。なぜ、杏奈が兄と二人だけで未来から逃げてこなければならなかったのか、行方不明になっていたカズヨシ兄ちゃんがいったいいつのどこでなにをやっていたのか。春待岬の古い洋館の過去と未来とその廻りの桜並木についてもちゃんと話があって、今回はメインストーリーに絡んでこないから描写されないけど、いずれまた別の話で語られることがあるのかもしれない。

そして、梶尾真治を読み解くもう一つの鍵が、映画である。熱心な映画ファンでもある梶尾は、小説のそこここに昔映画で見たシーンを滑り込ませる。

本作も、タイムトラベルラブロマンスといえば外せない『ジェニーの肖像』（一九四八年米映画）をはじめとするいくつもの映画の雰囲気を見つけることが出来る。熊本県天草地方が舞台とはいえ少年の一人称による朴訥な語りは広島県尾道を舞台とした大林宣彦監督の『時をかける少女』（一九八三年邦画）を思い起こさせるし、作中の特殊効果は最新技術による精密なＣＧよりは昔ながらのアナログ光学合成による特殊撮影が似合う。

しかし、映画ファンとして読み解くならば、本作はかつて焦がれた映画のヒロインを観客の立場を越えて救い出す男の物語であろう。

もし、『時をかける少女』ラスト近くで、本編から十一年後、原田知世演じる芳山和子が大学の薬学部で再びタイムトラベルしてきた高柳良一演じる深町一夫とすれ違いながら気付かず通り過ぎるシーンに、空き缶のひとつでも投げ込んで互いの振り向くタイミングを合わせることが出来たなら。

あるいは、『ある日どこかで』（一九八〇年米映画）。クリストファー・リーブ演じる脚本家リチャード・コリアーが、行き詰まりから逃避した先、ミシガン州のグランドホテル内にある歴史資料室に飾られていた古い写真で一目惚れした、ジェーン・シーモア演じる古き良きアメリカの名女優、エリーズ・マッケナ。観客である我々が、もしスーパーマン俳優であるクリストファー・リーブと共に一九一二年当時のグランドホテルにタイムトラベルし、いろいろやって二人の結末をハッピーエンドに変更して現代に戻って来れたら。

いや、映画の内容を改変しようとかいう大それた話じゃない。劇場で上映される展開はそのままに、しかしその世界に入り込み、協力したり妨害したりして、最後には女優とこの時代に残るという脚本家の時代遅れのチョッキのポケットから、忘れずに、元の時代に戻る鍵となる一九七九年のコインを回収して帰る。

現代に戻って再びグランドホテルを訪れて、資料室に飾られている若い脚本家が一目惚れした古い写真に写っていた舞台女優の表情が幸せそうなものになり、そのうしろにちょいと時代設定の合わない衣装の男の一部でも写り込んでいたら。

そしたら、我々はちょっと素敵な気分で次の目的地に向かって歩き出せるだろう。エンディングまで完成しちゃってる映画の改変はほぼ不可能だけど、自分で自由に展開できる小説なら、その悲劇的結末を回避することも出来る。妹を救えなかった秋彦兄さんを見送り、自分も杏奈を救えなかった健志だからこそ、我が身を顧みない英雄的行動でお相手も出来たヒロインを笑顔で見送れたのだろう。

そういえば梶尾さんと映画についてゆっくり話したことないなあ。いずれ機会があればじっくり語っていただこう。

（二〇一八年八月、作家）

この作品は二〇一六年三月新潮社から刊行された。

伊坂幸太郎著

オーデュボンの祈り

卓越したイメージ喚起力、洒脱な会話、気の利いた警句、抑えようのない才気がほとばしる！　伝説のデビュー作、待望の文庫化！

伊坂幸太郎著

ラッシュライフ

未来を決めるのは、神の恩寵か、偶然の連鎖か。リンクして並走する4つの人生にバラバラ死体が乱入。巧緻な騙し絵のごとき物語。

伊坂幸太郎著

重力ピエロ

ルールは越えられるか、世界は変えられるか。未知の感動をたたえて、発表時より読書界を圧倒した記念碑的名作、待望の文庫化！

畠中　恵著

しゃばけ

日本ファンタジーノベル大賞優秀賞受賞

大店の若だんな一太郎は、めっぽう体が弱い。なのに猟奇事件に巻き込まれ、仲間の妖怪と解決に乗り出すことに。大江戸人情捕物帖。

畠中　恵著

ぬしさまへ

毒饅頭に泣く布団。おまけに手代の仁吉に恋人だって？　病弱若だんな一太郎の周りは妖怪がいっぱい。ついでに難事件もめいっぱい。

畠中　恵著

ねこのばば

あの一太郎が、お代わりだって?!　福の神のお陰か、それとも…。病弱若だんなと妖怪たちの「しゃばけ」シリーズ第三弾、全五篇。

和田竜著　**忍びの国**

時は戦国。伊賀攻略を狙う織田信雄軍。迎え撃つ伊賀忍び団。知略と武力の激突。圧倒的スリルと迫力の歴史エンターテインメント。

和田竜著　**村上海賊の娘**（一〜四）
吉川英治文学新人賞受賞
本屋大賞・親鸞賞・

信長vs.本願寺、睨み合いが続く難波海に敢然と向かう娘がいた。壮絶な陸海の戦いが幕を開ける。木津川合戦の史実に基づく歴史巨編。

リリー・フランキー著　**東京タワー**
—オカンとボクと、時々、オトン—
本屋大賞受賞

オカン、ごめんね。そしてありがとう——息子のために生きてくれた母の思い出と、その母を失う悲しみを綴った、誰もが涙する傑作。

米澤穂信著　**ボトルネック**

自分が「生まれなかった世界」にスリップした僕。そこには死んだはずの「彼女」が生きていた。青春ミステリの新旗手が放つ衝撃作。

米澤穂信著　**儚い羊たちの祝宴**

優雅な読書サークル「バベルの会」にリンクして起こる、邪悪な5つの事件。恐るべき真相はラストの1行に。衝撃の暗黒ミステリ。

米澤穂信著　**満願**
山本周五郎賞受賞

磨かれた文体と冴えわたる技巧。この短篇集は、もはや完璧としか言いようがない——。驚異のミステリー3冠を制覇した名作。

宮部みゆき著

魔術はささやく

日本推理サスペンス大賞受賞

それぞれ無関係に見えた三つの死。さらに魔の手は四人めに伸びていた。しかし知らず知らず事件の真相に迫っていく少年がいた。

宮部みゆき著

レベル7（セブン）

レベル7まで行ったら戻れない。謎の言葉を残して失踪した少女を探すカウンセラーと記憶を失った男女の追跡行は……緊迫の四日間。

宮部みゆき著

返事はいらない

失恋から犯罪の片棒を担ぐにいたる微妙な女性心理を描く表題作など6編。日々の生活と幻想が交錯する東京の街と人を描く短編集。

宮部みゆき著

龍は眠る

日本推理作家協会賞受賞

雑誌記者の高坂は嵐の晩に、超常能力者と名乗る少年、慎司と出会った。それが全ての始まりだったのだ。やがて高坂の周囲に……。

宮部みゆき著

本所深川ふしぎ草紙

吉川英治文学新人賞受賞

深川七不思議を題材に、下町の人情の機微とささやかな日々の哀歓をミステリー仕立てで描く七編。宮部みゆきワールド時代小説篇。

宮部みゆき著

かまいたち

夜な夜な出没して江戸を恐怖に陥れる辻斬り〝かまいたち〟の正体に迫る町娘。サスペンス満点の表題作はじめ四編収録の時代短編集。

杏奈(あんな)は春待岬(はるまちみさき)に

新潮文庫　か - 18 - 12

平成三十年十月一日発行

著者　梶尾真治(かじおしんじ)

発行者　佐藤隆信

発行所　株式会社新潮社

郵便番号　一六二―八七一一
東京都新宿区矢来町七一
電話　編集部(〇三)三二六六―五四四〇
　　　読者係(〇三)三二六六―五一一一
http://www.shinchosha.co.jp

価格はカバーに表示してあります。

乱丁・落丁本は、ご面倒ですが小社読者係宛ご送付ください。送料小社負担にてお取替えいたします。

印刷・錦明印刷株式会社　製本・錦明印刷株式会社

ISBN978-4-10-149012-0 C0193